김 성 달 선생님

2018. 가을

유선희 드림

소설가가 사는 골목

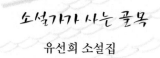

소설가가 사는 골목

유선희 소설집

도화

차 례

고향무정

청량리에서 중앙선 열차를 타고 안동역에 내린 정혜는 비로소 고향으로 가는 감회가 구체적으로 다가왔다. 안동에서 다시 구담행 버스에 오르자 고향은 20년 전의 세월을 돌려놓은 듯 그 모습 그대로 한달음에 달려들었다. 경상도 북부지방의 억양과 안동에서만 들을 수 있는 '사돈, 나오셨니껴?'와 '장에 왔니더.' 등의 인사말은 매우 안동적이었다. 가는 날이 장날이라더니 마침 안동 장이 서는 날이었다. 장이 서면 주로 중년 아버지들이 지푸라기에 한물간 갈치나 고등어를 대롱대롱 묶어서 들고 다니던 모습이 이제는 보이지 않는다. 그들은 텃밭에 뿌릴 씨앗과 농약을 살 때도, 오랜만에 만난 사돈을 만나 막걸리 한잔에 얼근히 취해도 한사코 갈치와 고등어를 잃어버리는 일이 없었다.

늙으신 부모와 자식들이 먹어야 할 소중한 물건인 것이다.

버스 안은 승객이 탈만큼 타서 더는 탈 수 없는데도 시나브로 서있는 촌로들을 태우느라 버스는 가다가 서고 가다가 서고를 반복하는 것도 옛날과 다름이 없었다. 정혜가 20년 만에 오는 오늘이 하필 안동 장날이라 버스는 혼잡하기 그지없었다. 정혜는 손잡이를 잡을 필요도 없이 겹겹의 사람들 속에 얄다랗게 압축되어 끼어있었다. 가끔씩 운전기사가 급한 브레이크를 걸거나 촌길의 둥그런 커브길을 한참 돌 때마다 사람들은 일제히 좌우 앞뒤로 쏠리며 비명을 질렀다. 정혜는 차체의 흔들림에 되는대로 몸을 맡겨버렸다. 버틴다고 나을 것 같지도 않았고, 에워싸인 사람들 속에 다칠 염려도 없었다. 그러나 그녀의 가슴이 젊은 청년의 등께로 마구잡이 밀착될 때는 몹시 당혹스러워 두 손으로 가슴을 안았다.

시간이 갈수록 밀폐된 차내는 불쾌하고 불결한 공기로 점점 호흡이 어려워졌다. 차가 흔들릴 때마다 후각으로 끼쳐지는 사람들의 입 냄새로 울렁거리는 속을 참아내느라 정혜의 등에서는 식은땀이 흘렀다. 게다가 촌로들은 잠시도 입을 다물고 있질 않았다. 김치로만 안주 삼아 막걸리라도 먹은 것일까 마침내 누군가가 그어억, 하며 트림을 하자 가까스로 달래오던 그녀의 위장은 기어이 반란을 시작하였다. 정혜는 입을 틀어막고 필사적으로 사람들을 헤쳐 버스 밖으로 뛰쳐나왔다.

내리고 보니 중리 삼거리다. 장날이 아닌 중리 장터는 텅 비어있었다. 빈 공터 위로 가끔씩 겨울바람이 휘~ㅇ 불고 지나가고, 잡종 개 서너 마리 힘껏 달리기를 하고 노는 것을 보며 정혜는 샛노란 얼굴로 길옆에 앉아 멀미를 가라앉혔다.

중리 동네를 빙 둘러본다. 그녀가 초등학교 때 동네 언니를 따라 다녔던 작고 초라한 교회가 더 초라해져서 아직도 그 자리에 서있고, 풍년정미소도 수십 년 전 그때의 먼지를 한 톨도 날려 보내지 않은 게 분명한 그 위에 더 수북한 먼지를 쓰고 그대로 있고, 문화 사진관, 영미 미장원, 오케이 양복점 등도 여전히 살아있었다. 반갑다기보다 빛바랜 사진을 보고 있는 것처럼 조금 쓸쓸하였다.

멀미가 가시자 춥다. 정혜는 일어나 엉덩이의 흙먼지를 털고 그녀의 '옛집'을 향해 걷기 시작하였다.

중리에서 하회로 들어가는 신작로 길은 옛날이나 지금이나 늘 빈 길이다. 오른쪽으로 뱀산을 낀 하얀 신작로는 구불구불 산머리를 따라 아득히 펼쳐진 풍산들과 잇대어 사라진다. 뱀이 자주 출몰하여 이름도 뱀산이다. 정혜가 어렸을 때 걸핏하면 크고 작은 뱀이 길 중앙에 나와 누웠다가 사람들 눈에 띄어 변을 당했다. 아이들조차 긴 뱀을 잡아 막대기에 걸치곤 동네로 들어왔다.

그 신작로의 끄트머리쯤에 정혜가 고등학교로 진학하기 전까지 살았던, 복숭아꽃 살구꽃 아기진달래와 개나리 벚꽃 배꽃 감꽃들이 철 따라 울긋불긋 피는 동네가 있다. 그녀의 성씨들이 모여 살고 있는 풍산 류씨 집성촌이다.

겨울 들판은 괴괴하다. 뱀 산머리를 돌아 사라지는 신작로 끝까지, 그리고 아득히 펼쳐진 들판에도, 움직이는 물체라곤 없다. 작년 가을에 추수를 끝내고 갈아엎은 논의 흙덩이들이 겨울 칼바람에 강파르게 얼어붙은 위로 2월의 엷은 햇살이 인색하게 내려앉고 있었다.

그리고 사방은 고요하였다. 방금 전까지 사람들의 소요에 질려 멀미를 냈던 정혜는 갑작스레 맞닥트린 그 적막이 도무지 현실감이 없어서 흡사 타임머신을 타고 다른 세계에 다다른 듯 뚤레뚤레 사위를 둘러보았다. 그 고요 속에 움직이는 물체라곤 자신뿐이라는 생각이 미치자 그녀는 문득 공포감이 일었다.

'이럴 때는 어김없이 기수가 나타나 주었는데.'

무섬증과 동시에 떠오른 기수였다. 중앙선을 생각만 해도 정혜가 살던 낡은 고가에 묻어 함께 떠오르던 기수였다. 동갑내기 기수. 정혜는 고향과 함께 기수를 정말로 너무나 오래 잊고 살았음을 상기하였다. 꼽아보니 인연을 끊고 산 지가 이십 년도 훨씬 넘은 세월이었다.

아침 안개가 자욱한 이른 새벽, 아니면 어둑어둑 어두워지는 저녁 무렵의 정혜의 등하굣길에는 언제나 기수가 있었다. 등굣

길에서 바쁘게 걸어가는 정혜를 발견하곤 괭이나 낫 혹은 삽 같
은 것을 높이 치켜들곤

"정혜야아! 학교 가나아?"

하였다. 캄캄한 하굣길에는 교문 멀찌감치 기다렸다가 교문
을 나서는 정혜를 보곤 부리나케 나타나 책가방을 받아 지게에
얹었다. 걱정도 늘어놓았다.

"인자 끝났나?! 먼노무 공부를 새벽부터 밤중까지 하노! 아
(아이) 죽이겠네!"

들 잎새에 들어서면 배고픈 정혜에게 길섶의 무를 뽑아서 낫
으로 쓱쓱 깎아 먹였다.

"배고프제? 얼렁 무라! 무도 잘 무면 인삼보다 낫다카더라.
그나저나 나는 공부라카믄 진절머리부터 나던데 니는 몸서리도
안나나? 니가 참말로 존갱시럽다. 그라고보믄 공부라카는 것도
다 뻭다구가 있다카이."

동갑이면서도 도저히 동갑이라고 생각할 수 없었던 기수는
그때 이미 너끈히 어른 몫을 하던 어린 농부였다. 대대로 남의
집 마름이나 머슴 혹은 소작인과 농부로 이어지는 그의 집 내력
과 선대 선선대 그 위에서부터 줄곧 자손들이 본을 고향에 두고
서도 서울로 대처로 나가 살고 있는 정혜네 와는 일찍이 '뻭다
구'가 다르다고 그는 확신하였다. 일찌감치 농사가 자신이 할
일의 전부라고 굳게 믿는 기수였다.

그랬으므로 기수는 어디 얼룩 하나 없이 밝고 환한 농부였다. 궁색한 형편에도 늘 한여름 잘 익은 수박처럼 검게 탄 얼굴에 흰 이를 드러내며 시원하게 웃는 기수의 웃음은 기수의 간판이었다. 그의 때 묻고 땀에 전 잠방이와는 너무나 대조적이었다. 사람들은 그런 기수를 보고 저 얼굴 때문이라도 언제건 한바탕 잘살 놈이라고 덕담을 아끼지 않았다.

　　언제부터였던가, 기수는 들일을 하러 가거나 남의 집 일을 하러 갈 때, 하다못해 남의 집 변소를 퍼서 거름을 내면서도 머리에 포마드를 듬뿍 발라 멋을 부리기 시작하였다.

　　"아이고, 기수가 노래자랑에 춤추고 노래 불러 솥단지를 탔다네!"

　　기수는 노래도 잘 불렀다. 특히 고향무정이라는 노래를 좋아하였다. 노래 중에 산골작에는 물이 '마르고'를 '흐르고'로 고치고, 기름진 문전옥답 '잡초에 묻혀있네'를 기름진 문전옥답 '올해도 풍년일세'로 개사해서 불렀다.

　　"아이고, 기수가 읍내 다방아가씨하고 걸어가는 걸 봤다네!"

　　아이고, 아이고, 기수가, 기수가……

　　기수는 그렇게 도무지 뉴스거리가 없는 동네에 늘 신선한 뉴스의 주인공이었다.

　　'기수는 어떻게 변했을까. 장가는 갔을까? 아직도 우리집 마

당에 뭔가를 심었을까……'

정혜는 잡다한 생각에 잠긴 채 부지런히 발을 옮겨 동네 안으로 들어섰다.

"아이 아이?! 이기 누군고? 우산댁 액씨(아기씨) 아인가? 아이고, 시상에! 이기 얼마마인고! 아이! 사람도 사람도……"

영자네 올케 삽실댁이었다. 영자네 올케는 샘에서 물을 긷다가 정혜를 발견하곤 두레박을 팽개치고 두손을 헤집으며 달려나왔다. 삽실네도 옛날 정혜네 논을 부치던 소작인이었다.

"삽실아지매, 반가워. 아제도 잘 계시고?"

"글치! 우리사 인자 걱정이 없네! 큰돈이 없어 글치 밥 굶겠는가? 우리는 인자 아무 걱정이 없다네!"

그녀는 그 옛날 불같이 없던 시절을 겪었다. 끼니를 못 끓여 동향의 집 앞마루에서 해가 중천인데 그제사 국수를 밀어 정혜할머니의 혀를 끌끌 차게 했었다. 아침에 국수 미는 게 흉이 아니라 '그런 형편이면 남이 일어나기 전에 국수를 밀어 먹어야 한다'고 하였다. 아침에 국수 먹는 것이 무슨 자랑이라고 중천에 삼이웃이 다 알도록 할 일이냐고 정혜할머니는 삽실댁을 못마땅해하였다.

삽실댁은 신작로 복판에서 정혜를 붙잡고 한참이나 그네의 살림이 얼마나 환히 퍼졌는지를 설명하였다. 어디에 농토는 언제부터 자기네 것이 되었고, 몇 년도에는 무엇을 심어 떼돈을 벌었고, 5남매의 아이들은 모두 대처의 공장에 들어가서 다달이 얼마의 돈을 부쳐오는지를 자랑하느라 입이 바빴다. 바쁘게 움직이는 삽실댁의 입께를 멀거니 보며, 끼니가 없어 걸핏하면 댓박 쌀을 얻어가던 삽실댁이 떠오른다. 삽실댁은 정혜를 보자 그렇게 자랑하지 않고는 견딜 수 없었을 것이라고 정혜는 생각하였다. 하지만 삽실댁의 말대로 그 어렵던 살림살이를 그렇게 부자로 만드느라 삽실댁의 몰골은 말이 아니었다. 정혜친구인 영자의 올케이기도 한 삽실댁은 정혜와 겨우 세 살이 많았다. 푼수 없이 시누이들과 어울려 놀려고 하여 자주 그녀의 시모에게 혼이 나기도 한 그녀였다.

"어데 좀 보세! 아이고~! 세월을 까꿀러 살았는가, 어예 늙도 않았네이?!"

"아지매도 안 늙었네 뭐…… 근데 기수는 아직 그 집에 살고 있나?"

정혜는 삽실댁의 자랑도 웬만큼 끝난 것 같아 지겨워진 김에 화제를 돌렸다.

"기수? 아이고오~! 그 망종! 말도 말게. 그게 오데 잉가인 줄 아는가? 시상에 시상에, 경북에 있는 술이란 술은 혼자 다 퍼묵고, 사람 못 할 짓은 혼자 다 하고 댕기고! 집구석이 망해도 어예 그레 망할꼬. 밤낮으로 술로 멱을 감고 온 동네가 아니라 이웃 동네까지 댕김서 행패를 안 부리나. 동네 어지들이 그놈 무서서 밤에 댕기지도 몬하네. 한창 발광이 날 때 보문 눈까리까지 벌게 갖고 아무 여자한테나 달라들지를 않나! 그라다가 온통 동네사람들한테 몰매를 맞아 골뱅이 들어도 숱하게 들었을끼라!"

황당하고 놀라운 소식이었다. 원래 남의 말을 좋게 하지 않는 삽실댁의 말뽄새를 반으로 접어 듣는다고 해도 도무지 상상이 되지 않는 기수의 변화였다.

"곡촌아지매는 어디 가고?"

"말도 말게. 그레 조선에 없는 큰아들한테 땅 팔아 소 팔아 딸까지 팔아 공부시키서, 미느리를 봐노이 그 미느리가 호랭이보다 더 무서서 그 아들집에 얼씬도 못 했다네. 지금은 어데서 사는지도 몰라. 소문에는 서울서 남의집 살이를 한다고도 하고…… 멀쩡하던 집이 어예 그레 풍지박살이 나는지. 쯧쯧."

삽실댁의 문자는 늘 그런 식으로 한두 글자가 틀렸다. 진수성찬은 진주성찬으로, 금상첨화는 금산천하로, 풍비박산은 풍지박살이 되던 것이었다.

자기집 살림 자랑할 때도 그랬지만 남의 집 흥보는 일 또한 신바람이 나서 삽실댁의 입은 또다시 바빴다. 정혜는 아무래도 기수네와 삽실네 집 사이에 뭔가 불화한 일이라도 있나보다고 생각하며 삽실댁 앞을 벗어나려 하였다.

"아지매, 나 집에 한번 가보고, 이따 시간 나면 들를께. 영자도 잘살지?"

"웅웅. 우리 액씨도 잘살아. 제천에서 분식집 한다네. 글고, 그기 먼 소린고? 시간 나면이라께? 이따 저녁답에 저녁 먹으러 오게. 꼭 들어와, 이? 저녁해놓고 기다기네이?"

삽실댁으로부터 벗어나면서 정혜는 내가 저 여자와 그렇게 친했던가, 어리둥절하다. 저 아낙이 저렇게 정혜를 반기는 건 이어지는 농한기의 오후가 엔간히 지루하고 따분했던가 보다고 정혜는 생각하였다.

정혜는 고가를 향해 걸음을 놓았다. 한여름에는 차고, 겨울에는 따뜻한, 깊이 백미터는 될 우물 앞을 지나, 남풍댁과 디뜰댁을 지나, 그녀의 고가로 들어가는 골목은 리어커 한 대가 간신히 지나다닐 수 있는 완경사 길이었다. 양쪽으로 쇠비름과 참비름 키 낮은 잡초들이 담을 따라 졸로레기 살고 있던 좁다란 길이 지금은 무성한 잡초들이 우거져 걸음을 방해하였다.

좁은 골목길을 똑바로 올라가면 디근자의 반듯한 고가가 있다. 기역자집은 기와지붕, 나머지 일자집은 초가지붕이다. 초가지붕 밑에는 잿간과 헛간 그리고 돼지우리와 닭들이 살았던 닭장이 있다. 그 앞에는 또 둥그렇게 쌓인 거름동산이 있었는데 어릴 때 정혜의 네 자매들이 밤마다 변소길이 무서워 그 거름 앞에 나란히 턱을 괴고 앉아 환한 보름달을 보며 똥을 누었었다. 아침에 나와 보면 둥그런 거름동산을 돌아가며 일정한 간격으로 똥무더기가 세 개 혹은 네 개가 나란히 있는 것을 기수나 그의 아버지가 와서 삽으로 떠서 거름동산에 합류시켰다.

암내 난 암퇘지는 걸핏하면 돼지우리 벽을 박차고 신작로로 뛰쳐나가 살찐 엉덩이를 옆으로 흔들며 급한 언덕을 내려갔고, 그러면 동네 젊은 아제들이 한바탕 돼지몰이에 나서야 하였다.

닭장에는 일 년 내내 빛 좋은 장닭 한 마리가 여러 마리의 붉은 암탉을 거느려 잠을 자고, 봄볕 좋은 하얀 흙마당에는 암탉 중 하나가 서른 마리도 넘는 병아리를 데리고 몹시도 바쁜 듯 모이를 찾아 나섰다. 담이 붙어 있는 남청댁 마당은 여름에서 늦은 가을에 이르기까지 콩타작 보리타작 도리깨 소리가 끊이질 않았다. 젊은 농군들이 내리치는 휙! 휙! 힘찬 소리와 함께 돌아가는 도리깨 꼭대기가 정혜네 담 너머로도 보였었다.

고가는 참혹하였다.

허옇게 이끼가 덮인 골기와 위로 겨울 햇빛만이 녹을 듯이 앉아 있었다. 정혜는 무릎 위로 감기는 잡초를 헤치고 떨어져 나간 대문 안으로 들어갔다. 안마당은 말 그대로 한가득 잡초밭이었다. 그곳이 아침마다 비질 자국이 선명하던 단단하고도 하얀 흙마당이었다곤 믿어지지 않았다.

안채는 세월의 무게를 더는 이기지 못하고 툇마루 한 귀퉁이가 완전히 내려앉았고, 찢기고 무너져 성한 곳이 없었다. 그나마 사랑채는 낡은 지붕을 이고 간신히 버티고 있었다. 땅이 척박하면 잡초들은 더욱더 악착같아지는지 돌바닥 같던 봉당에도 키 높은 잡초들이 살고 있었다. 정혜는 눈앞에 드러난 현장이 믿어지지 않아 이곳이 정녕 내가 살던 집이었던가 주위를 다시 둘러 보았다.

유월 초순이면 아침마다 감꽃으로 뒤뜰을 하얗게 덮어놓던 젊었던 감나무는 이제는 노령이 되었다. 노령임에도 안간힘으로 꽃을 피우고 열매를 달았으나 추수 손을 만나지 못하여 까맣게 쪼그라든 감을 여태도 매달고 있었다. 정혜는 머리가 멍해진 채로 넋을 잃고 서서 황갈색의 잡초밭을 내려다보았다.

'어째서 기수는 집을 이 지경이 되도록 버려두었나.'

정혜는 기수가 마땅히 이 집을 돌보고 있어야 할 것처럼 순간적으로 기수를 원망하는 심정이 되었다.

한때 할아버지와 할머니, 그리고 우산댁과 정혜네 자매가 이 집에서 자랄 때는 날마다 웃음이 끊이지 않던 집이었다. 걱정은 단 하나 우산댁에게 아들이 없는 그 한 가지였다.

딸들은 '아무 소용없는 것들'이었다. 할머니가 기회 있을 때마다 말씀하시던 대로였다. 언니들은 하나둘 결혼하여 먼 나라 이웃 나라로 떠나버리고 정혜마저 결혼을 하여 우산댁의 슬하를 떠나오면서 왜 어른들이 한사코 아들에 집착하는지 알 것 같았다. 우산댁은 딸을 넷이나 생산했지만 봉제사는커녕 고가조차도 건사할 이가 없었다. 할아버지 할머니가 세상을 떠나자 우산댁만이 혼자 이 고가에서 늙었다. 못생긴 나무가 선산을 지킨다는 말을 입증이라도 하듯이 네 딸 중 세 딸이 미국, 싱가포르, 호주로 떠나갔고, 네 딸 중 못생기고 제일 공부도 못하던 정혜만이 국내에 남아 가끔 늙은 모친이 있는 이 고가를 드나들었다.

마침내 우산댁이 늙어 더는 늙을 수가 없게 되었을 때, 정혜는 우산댁을 반강제로 서울로 데려갔다. 우산댁이 크고 작은 병치레를 할 때마다 서울에서 오가는 일이 쉬운 일이 아니었다. 우산댁이 서울로 옮기면서 이 고가의 관리는 자연스레 기수에게 맡겨졌다. 그러나 우산댁은 그 후에도 혹독한 겨울을 제외하고는 반 넘어 이곳에 내려와 대청마루를 닦으며 세월을 보냈다.

정혜는 우선, 저 귀신 치맛자락처럼 너덜거리는 벽지들과 마당의 키 높은 잡초부터 좀 태워야겠다고 생각한다. 하지만 생각일 뿐 막상 무엇부터 어떻게 시작해야 할지 발이 떨어지지 않았다. 바닥이 보이지 않는 잡초 울창한 저 마당에는 여름은 물론 겨울인 지금도 뭔가 수상한 생물들이 살고 있을 것만 같았다. 정혜는 도리없이 기수를 찾아오는 수밖에 없다는 생각을 또 한다. 정혜네 집에서 작은 등성이 하나만 넘으면 기수네 집이 있었다.

　기수네와 정혜네는 일가이다. 한 조상을 가졌다는 인연 외에
도 기수네는 대대로 정혜네의 농토를 맡아 농사를 짓고 남자 없
는 정혜네 살림에 안팎 궂은일을 맡아서 하였다. 그랬으므로 우
산댁은 물론, 그 선대의 어른들까지도 기수네를 남으로 여기지
않았고, 그들도 정혜네 집일을 남의 일이라고 여기지 않았다.

　우산댁이 떠난 후에도 기수는 정혜네 빈 고가를 쥐들의 소굴
로 만들지 않았다. 겨울이면 한 번씩 빈집에라도 장작을 지피고
봄이면 넓고 햇빛 풍성한 마당에 거름을 펴고 텃밭을 키웠다.
텃밭은 거름자리까지 합쳐서 꽤 넓었다. 그렇게 해놔야 그 빈집
을 자주 돌아볼 수 있다는 게 기수의 이유였다.

　야산의 겨울바람이 맵다. 산속 군데군데 잔설이 덮여 바람이
더 차다. 산길을 내려서 양지바른 논둑으로 들어서자 그곳에는
또 얼었던 흙이 녹아 진창이었다. 찰진 진흙은 정혜의 구두 바
닥에 필사적으로 들러붙었다. 정혜는 번번이 신발을 빼앗기고
흙 반죽 속에 발을 집어넣었다.

　그렇게 농로를 따라 개울의 징검다리를 건너며 기수를 찾아
가는 동안 정혜는 조금 전 우물가에서 만난 삽실댁의 말이 뇌리
를 떠나지 않는다. 폐인이 되었다는 기수의 모습이 도무지 상상
이 되지 않으려니와 폐인이 뭔지조차 알 수 없었다.

기수는 채 넘어가지 않던 머리에 포마드를 발라 가르마를 타면서부터 또래의 아이들 중 제일 먼저 어른이 되어갔다. 아침 안개에 묻혀 들길에 들어서면 기수는 하마 한창 일을 하고 있는 중이었다. 기수는 교복을 입고 떼 지어 학교 가는 동무들을 향해 소리치며 반겼다.

기수가 그렇게 일찍 농부가 된 것은 물론 집안 형편이기도 했겠지만 그보다는 그의 형의 빛나는 앞날을 위해서였다. 간신히 초등학교를 마친 기수는 새벽부터 밤까지 이마에 김을 피워 올리며 들에서 여린 뼈를 키우는 동안 그의 형은 이 땅의 저 아득한 별. 기수는 결코 닿을 수 없는 고지, 서울로 올라갔다. 후끈후끈 올라오는 지열에 얼굴이 익고, 거친 바람에 쓸리며 기수는 그의 형 장래를 위해 진정 기꺼이 이 땅의 손색없는 농부가 되어갔다.

그의 형이 고등학교를 졸업했을 때, 보다 못한 우산댁은 기수 어미인 곡촌댁에게 말했다. 이제 기수의 형 장수가 마땅한 직장을 얻고 그만 동생은 동생이 가는 길을 가게 하는 게 순리라고. 그러나 곡촌댁은 우산댁 뒤에서 우산댁에게 날을 세웠다.

"홍! 오데 문사 나는 족보가 따로 있등가? 두고보라매! 우리 장수가 누구 안부런 인물이 될낀께! 우리 장수가 대학만 나와 봐! 오데 대 끊긴 집에다 델라꼬!"

장수는 그 집안을 밝힐 등불이며 전깃불이며 횃불이라고 곡촌댁은 거품을 물었다. '대 끊긴 집'은 아들이 없는 정혜네 집이었다.

과연 기수의 형 장수는 그 집안의 등불이자 횃불답게 서울의 유수한 대학에 합격을 하였다. 뒷감당이야 어쨌건 기수어미의 꺼먼 얼굴에 자랑이 넘쳤다. 형이 불합격이었으면 기수의 노고도 그것으로 끝났을지도 모른다. 하지만 형은 합격했고 기수는 형의 뒷바라지를 계속해야 하였다. 말하자면 형의 행운은 동생의 불행인 셈이었다. 그 후에도 정혜는 그들 형제에게 일어나는 일들이 이상스러울 만큼, 형에는 좋은 일이 동생에게는 더 힘들고, 형에게 좋은 일일수록 동생은 더 힘들게 되는 것을 보며 참으로 운명이라는 불가사의한 존재를 인정하지 않을 수 없었다.

만일 기수가 폐인이 될 것이라면 마땅히 그때 됐어야 하였다. 하지만 그때도 기수는 씩씩하였다. 이미 고등학교 3년으로 유학하는 형의 뒤를 대는 일이 어떤 것이라는 것을 충분히 겪은 그는 앞으로의 대학 4년 고생도 비장하게 각오하였다. 그의 각오는 다만 비장했을 뿐, 형에 대한 원망이나 시샘이 조금도 섞이지 않았다.

"4년이면 끝나는기라. 4년 후면 형은 뭐가 되도 크게 안 되겠나! 니도 알제? 우리집은 친외가를 다 훑어도 동서기 하나 없는 집 아이가. 인젠 다르다! 형이 서울대학만 나오면 우리집의 판도가 확 달라지는기라. 그레만 되면 얼매나 좋겠노! 내사 그 생각만 하면 잠이 안온다카이. 힘으로 하는 기라면 나는 겁날 기 없다!"

기수가 꿈꾸던 그의 형과 그의 미래였다. 하늘도 져 올릴 것 같은 그의 각오와 어릴때 부터 일로 굳어진 그의 어깨를 보며 정혜는 힘세고 순한 황소 한 마리가 떠올랐다. 그 후, 그의 잠방이는 더 자주 소금꽃이 피었고 얼굴은 강파르게 말라갔다.

"이제 일 년만 하면 돼!"

라고 할 즈음 기수도 웬만큼 지친 것 같았다.

포마드를 유난히 좋아하던 기수. 농투성이와 포마드. 어쩌면 영원히 조화되지 않을 그 두 가지를 기수는 둘 다 무던히 좋아하였다. 까맣게 반사되던 기수의 머리와 그의 손에 들린 낫 혹은 쇠스랑, 혹은 두엄지게 따위의 부조화로 정혜는 자주 웃음을 터트렸지만 기수는 상관없이 농기구를 깃발처럼 흔들며 마주 웃었다. 기수는 그렇게 그런 모습으로만 정혜의 기억 속에 살아있었다. 황금물결의 벼 이랑을 배경으로 검게 탄 농부가 활짝 웃는 '새농민' 잡지의 표지 같은 모습으로만 살아있는 것이었다.

추수가 끝나면 그의 형 장수는 해거름 막차로 마을에 들어섰다. 장수는 그의 집 식구들과 생김새부터 달랐다. 우선 피부색이 그랬고, 가늘가늘한 몸집도 그랬고, 조용조용한 말씨도 그랬다. 그러나 어째도 그의 연약한 외모는 아무개 집 등불이나 대들보가 되기에는 불안해 보였다. 그의 불안한 눈빛과 좁다란 어깨에 기수와 그의 집 식구의 모든 것을 올려놓기에는 아무래도 부실해 보였다.

추수를 끝낸 기수네의 쌀과 고추, 깨와 콩, 무엇이든 돈이 될 만한 것들은 모두 쓸려나가 돈이 되었다. 기수가 일 년 내내 등이 휘도록 농사를 짓거나 남의 집 일로 벌어놓은 것들이었다. 장수는 그것들이 돈으로 바뀌기를 기다렸다가 그 또한 해거름에 그것들을 가슴팍에 안고는 서울로 떠나갔다. 그러고 나면 기수네 식구들은 겨우 내내 점심을 거르거나 찐 고구마와 감자로 끼니를 때웠다.

텃골에서 한번 더 기수의 집을 물어본 정혜는 곧장 그의 집 마당으로 들어설 수 있었다. 삼실댁의 말을 다 믿진 않았지만 기수가 변했다는 사실은 마당에서부터 알 수 있었다. 그녀의 고가 못지않은 기수의 집이었다. 방 문살은 군데군데 부러져 나가고, 그 아래 쇠죽솥은 언제 쓰고 안 썼는지 해묵은 녹이 뻘겋게 슬어있었다. 삽, 지게, 삼태기 등 농기구들도 동서남북으로 아무렇게나 내던져져 있었다. 농기계들도 바퀴에 무거운 진흙 덩이를 허옇게 말린 채 잔뜩 감고 있었다.

경운기, 이앙기, 콤바인 등의 농기계들을 차례로 사들일 때마다 새마누라를 들였다고 흥분하던 기수였다면 상상할 수도 없는 일이었다. 그는 늘 저것들을 반짝반짝 닦고 기름 치기를 세 끼니 밥을 먹어야 하듯 해야 하는 일들이었다. 봉당 위에도 비닐 슬리퍼와 장화들이 어지럽게 나뒹굴었다. 정혜는 그녀의 폐가에서도 느낄 수 없었던 또 다른 황폐함을 느끼며 방문 깨를 향해 기척을 보냈다.

"계세요?"

아무 기척이 없다. 정혜는 한 번 더, 아무도 없어요? 하고 불렀다. 그러자 안에서 기척이 느껴졌다. 그러나 방문은 좀처럼 열리지 않았다.

"아무도 없어요?"

정혜는 소리를 꽥 질러보았다. 그러자 안에서 주섬주섬 옷깃 스치는 소리가 들리고 여자의 웅얼거리는 목소리에 섞여 풀썩 문이 열렸다.

"에이 씨팔, 누구얏!"

기수였다. 그제야 정혜는 방문이 얼른 열리지 않은 까닭을 막연하게 상상하였다. 정혜는 황황히 방문 앞에서 물러 나와 마당 한켠에서 기다렸다. 이윽고 풀썩 열린 문으로, 한눈에도 몹시 신산스런 세월을 살았음직 한 여자 하나가 아직도 채 열기에서 벗어나지 못한 낯빛으로 스적스적 걸어 나와 부엌으로 들어갔다. 정혜가 어떻게 할지 몰라 쩔쩔매는 동안 그 여자는 정혜 따위는 안 보이는 것처럼 들어가 버렸다.

비스듬히 열린 방문 안으로 정혜는 기수를 보았다.

쏟아져 들어간 한 무리의 햇살이 방바닥에다 비스듬히 네모난 빛을 피하여, 기수는 짐승처럼 앉아있었다. 방안의 사정이 적나라하다. 봉두난발의 그의 머리와 미처 챙겨 입지 못하여 비죽이 나와 있는 그의 허리께의 불결한 속옷이 보이고, 말할 수 없이 어질러진 방이 보였다. 참으로 보지 않았더라면 좋았을 광경이었다. 방문객이 정혜인 것에 놀라 기수의 눈은 몹시 흔들렸다. 하지만 도망칠 쥐구멍조차 찾지 못할 때의 쥐처럼 기수는 오히려 용감하였다.

"니가 어인 일이고…… 왔으면 들온나!"

기수가 한 첫말이었다. 흡사 어제도 만나고 그제도 만났던 것처럼 기수는 아주 심드렁하게 말했다. 그러나 기수 역시 심한 낭패감으로 당황스런 몸짓이 분명하였다.

"네가 나와."

정혜는 말해 놓고 황황히 마당을 벗어났다.

기수는 정말로 폐인이 되었나 보았다. 흔히 질 나쁜 술로 몸을 망친 자들에게서 볼 수 있는 분위기가 그의 몸 전체에서 무르익어 있었다. 늘 감춰놓지 못해 전전긍긍하던 검지와 장지가 없는 오른손이 함부로 나와 있어 더욱 폐인의 구색을 갖춘 듯했다. 그녀가 본 것은 삽실댁에게서 들은 것 이상이었다.

정혜는 마음이 어지러웠다. 기수가 안 됐고, 안타깝고, 무언가 견딜 수 없는 심정이었다.

마지막으로 기수를 본 것이 언제였던가. 정혜네가 이곳을 떠난 후에도 기수가 서울집을 마지막으로 드나든 때를 기준으로 하면 어림잡아 십 년이 좀 넘었다. 그동안에 기수가 저렇게 변할 수 있단 말인가.

기수는 스무 살이 되면서부터 대놓고 장가부터 가겠다고 하여 사람들을 웃겼다. 사람들은 가볍게 웃었지만 기수는 심각하였다. 부모도 형제도 형의 편이 되어 형을 응원하는 동안 그는 세상에서 가장 완벽한 그의 편을 만드는 것은 오직 한 가지 방법, 빨리 장가를 들어 식구를 만들어야 한다는 나름대로의 계산이었다. 온통 형에게로만 쏠리는 그의 가족들에 대한 소외감이 기수로 하여금 일찌감치 그런 계산을 하게 했을 것이었다.

곡촌댁의 그런 광적인 편애로 기수는 그의 모친에게 보다 정혜의 어머니인 우산댁에게 더한 모정을 느꼈다. 정혜네가 완전히 서울로 옮기고 나서 기수는 더욱더 장가를 가겠다고 각시를 구하러 자주 우산댁이 있는 서울로 들락거렸다. 서울에 와서도 그는 형과 어미가 있는 집으로 안 가고 우산댁이 있는 정혜네로 왔다. 기수가 우산댁을 얼마나 마음으로 의지했는지 알 수 있었다.

새로 뽑아 입은 양복임에도 불구하고 기수의 멋 내기는 언제나 정혜의 놀림감이었다. 검은 얼굴과 새하얀 와이셔츠, 다홍색 넥타이와 흰 양말, 흘러내리도록 바른 포마드. 그 극명한 대조에 정혜는 사양 않고 기수를 놀렸지만 그러나 기수가 여자를 만나러 갈 때는 넥타이를 바꿔주고 새 양말을 내주며 진심으로 기수가 각시를 얻는 소원이 이루어지기를 빌었다.

기수는 그럴 때마다 그가 꿈꾸는 각시 상을 소개했다.

"봐라, 정혜야. 아무리 농사꾼 각시라 캐도 다리가 객사기둥만 해서는 곤란하겠제? 못돼도 정혜 니정도는 돼야 안 되겠나! 흐흐. 두고보라꼬. 누가 뭐라캐도 내 각시는 절대 농사일 안 시킬끼다. 보레이, 정혜 니보다 더 뽀얗게 가꾸라 칼끼다."

그러나 기수는 번번이 낙심만 안고 돌아갔다. 농촌 총각이 장가가기 어렵다고는 해도 설마 기수가 그렇게 되리라고는 기수는 물론 정혜, 우산댁마저도 상상하지 못한 일이었다. 기수는 어릴 때부터 외모에 관심이 많았고, 생긴 것도 남의 눈에 번쩍 띄지 않았을 뿐 어디에 내놔도 그저 손색없는 농촌 총각이었다. 건강하고 성실하고 부지런하고 씩씩한 청년이었다. 일곱 살 때 쇠먹이를 썰다가 작두에 오른손 검지와 장지를 잃었지만 막상 아가씨와 부딪쳐보면 손가락 두 개 없는 것쯤 별문제가 되지 않는 것 같았다.

그때쯤 기수도 죽어라하고 형의 뒷바라지를 끝내고, 그의 소유 논 수천 평과 산날맹이 과수원 수천 평, 크고 작은 밭떼기 등

재산을 갖고 있었으므로 그만하면 다른 농촌총각은 몰라도 기수만큼은 장가 못 가는 일은 없을 것이라고 기수 자신은 물론 주변에서도 믿어 의심하지 않았다.

하룻밤 자고 나면 두 셋집씩 농촌을 떠났지만 기수는 농협의 자금을 빌려서 이앙기와 콤바인을 사들이고 인근의 모심기와 추수 등을 혼자 도맡아서 돈을 벌었다. 농촌에는 젊은이 보기가 하늘의 별 따기였을 때 기수의 몸값은 저절로 뛰었고, 일감은 몸이 두세 개라도 모자랄 만큼 밀려들었다. 기수에게 돈을 버는 일은 땅 짚고 헤엄치기보다 더 쉽다고 여겨지던 때였다. 농촌지도소가 운영하는 농민대학, 새마을교육장 등으로 부지런히 찾아다니며 새로운 영농기술을 배우고 젊은이가 없는 동네에서 향토사랑 청년회장을 비롯하여 새마을 지도자가 되어 기수는 피폐해진 농촌에서 보기 드문 농촌청년의 귀감이 되기도 했었다. 한겨울에도 그의 하우스에는 푸른 야채들이 싱싱하게 자라고 해마다 철마다 그는 발 빠르게 대처하여 품종을 바꿨다.

비로소 기수는 아무것도 부러울 게 없었고, 그의 소원은 다만 각시를 얻는 일뿐이었다. 그의 방 윗목에는 온갖 전자제품들, 대형냉장고와 티비세트 등이 비닐로 꽁꽁 포장된 채 한방 가득 들어차 주인을 기다리고 있었다. 기수는 서울을 뻔질나게 들락거렸다.

기수네 집 대들보이자 횃불이던 그의 형 장수는 대학을 졸업하고 장가를 들어 도시의 가장 평범한 샐러리맨이 되었다. 서울에서 평범한 샐러리맨의 자리를 차지하는 일도 쉬운 일은 아니건만 모친과 동생의 인생을 저당 잡히고 출세(!)한 장수는 그것만으로는 왠지 부족할 것 같았다. 장수도 그것을 충분히 알고 있었다. 언젠가 집안 친척 혼인잔치에서 만난 장수는 오랜만에 만난 정혜와 맥줏집에 앉아 그런 말을 했었다. 특히 동생에 대한 부채감으로 마음이 편치 않다고 하였다. 졸업을 하고 취직을 하고 나면 동생에게 어떤 식으로든 보상할 수 있으리라 생각했었지만 날이 갈수록 보상은커녕 그 자신 자리보존하기도 벅차다고 눈자위가 붉어지던 거였다. 하지만 장수는 대학을 졸업하자마자 곧 장가를 들 수 있었다. 그의 결혼에는 곡촌댁이나 기수의 의견 같은 것은 개입할 여지가 없었다. 그가 임의로 정한 여자와 일사천리로 진행된 혼인에 그 어미와 기수가 할 일이란 오직 알량한 농지를 팔아 돈을 대는 일뿐이었다.

똑똑하고 야무진 장수의 각시는 자신이 시집오기 전에 일어났던 시어머니와 시동생의 희생 따위는 알 필요가 없는 듯했다. 곡촌댁은 추수가 끝나면 두어 차례 서울의 큰아들 집을 갔지만 하룻밤이 지나기 무섭게 돌아왔다. 많이 배우고, 똑똑하고, 야무진 며느리는 마냥 어렵고 겁만 났다. 그 손에 노후를 의탁하기에는 애저녁에 그른 것이라는 것을 곡촌댁은 서울 행보를 할 때마다 확인하였다.

늘 마른 명태 같던 장수는 장가를 들어 형편이 좋아지자 신수도 보기 좋게 균형이 잡혀갔다. 놀라운 것은 그의 얼굴에 윤기가 돌면 돌수록 더 이상 동생에 대한 부채도 점점 잊어가는 것이었다. 그는 오랜만에 밝고 비로소 행복해진 것 같았지만 기수는 형네 집에 발걸음을 하지 않았다.

우산댁도 기수를 장가 못 보내 애를 태웠다. 우산댁이 동서남북으로 수소문한 처녀와 선을 보이고, 돈 받고 중매 서는 곳까지 나가 선을 봤지만, 기수는 번번이 딱지를 맞았다. '농촌총각 장가보내기' 단체에서 벌이는 행사에까지 거듭 딱지를 맞으면서부터 기수는 차츰 그의 염원이 예사로 어려운 일이 아님을 깨달았다. 직업이 농사라고 하면 초장부터 보려고도 않는 맞선은 그렇다 치고, 처음부터 농촌 총각이라고 내놓은 행사에서 만난 아가씨들마저 서너 번 만나다가 결혼 말이 구체적으로 오가면 하나같이 몸을 꼬며 도회지로 나가자고 속살거리던 것이었다.

하지만 기수는 태어나서 지금껏 농사일 외에는 아는 게 없었다. 농촌 형편이 아무리 어렵다고 해도 그는 그곳을 떠야겠다는 생각은 한 번도 해본 적이 없었다. 또 그는 각시만 있으면 이곳에서 얼마든지 행복할 자신도 있었다. 일손이 부족하면 할수록 그의 힘센 젊은 팔은 더욱 진가를 발휘할 것이었다. 그러나 처녀들은 믿으려 들지 않았다. 공주처럼 위해 주겠다는 그의 진심이 농촌에서는 절대로 불가능하다고 고개를 젓는 것을 보면 기수는 환장할 것 같았다. 기수는 비로소 구로공단의 남자들보다 훨씬 수입도 좋고 생활도 윤택하게 할 수 있다며 '각시상' 운운했던 꿈이 얼마나 그의 분에 넘치는 꿈이었나를 알았다. 그런 날 기수는 또 말했다.

"정혜야이, 다리가 객사기둥만 하면 어떻노! 오히려 그게 좋은기라. 이쁜다리 해갖고 밤낮 아프다 캐 싸면 그것도 골친기라. 안 그렇나? 맘씨 좋고, 튼튼한 다리로 해거름에 들로 마중도 나와주고…… 얼매나 좋겠노! 그쟈?"

하지만 그 객사기둥인들 어디에 있단 말인가. 기수가 그렇게 딱지를 맞고, 처진 어깨로 시골로 돌아가고 나면 우산댁과 정혜는 내내 가슴이 무거웠다. 한번씩 시골에서 나올 때마다 때 빼고 광내고 왔다 갔다 하며 여자를 만나는데 그에겐 참으로 피같은 돈이 순식간에 스러졌다.

"참말로 지랄것데이! 농사꾼이 살인범이라도 되나, 와 지랄이고? 그 가시나들은 살인범캉은 살아도 농사꾼하고 촌에서는 몬산다칼끼라. 에이, 드러븐년들!"

딱지를 맞고 들어온 날 기수는 소주 한잔을 하였다. 그러면서 앞에 앉은 정혜에게 하염없이 푸념을 했다.

"정혜야, 보레이. 내는 농사 안 짓고는 못산다. 농사는 내한

테는 정말로 중요한기야. 흙만큼 정직하고 좋은 게 어딧노! 꼭 내가 흘린 땀만큼 주거든. 내가 흘린 땀이 다 살아서 소출이 된 다꼬. 내는 농사가 좋아. 흙에는 말이다, 눈에는 안보이도 마음으로 보이는 그런기 있단 말이다. 하기사 니나 형이나 그런걸 어에 알겠노."

물론 알 수 없었지만 기수의 마음은 이해하고도 남았다. 그러면서도 기수에게 어떤 도움도 위로도 될 수 없어 안타까울 뿐이었다. 그에게 도움이나 위로는 오직 각시를 구해주는 일이었으므로.

딱지를 맞을 때마다 기수의 가슴은 퍼렇게 멍이 들었다. 도시 여자들은 그 퍼런 가슴패기에다 무려 백번도 넘는 못을 박았다.

그 무렵 정혜의 어머니 우산댁이 세상을 떠났다.

"아지매요, 이랄 수는 없심더. 날 장가도 안보내주고 이레 가시면 지는 이제 누굴 믿고 사니껴? 아지매요, 아지매요……"

기수의 울음은 보는 이의 가슴을 저몄다.

우산댁이 죽고 나서 정혜는 시골집에 있던 엄마의 마지막 짐을 정리해야 하였다. 엄마의 체취가 밴 소소한 가재들을 서울로 옮기고 커다란 짐들의 처리는 기수에게 맡겼다.

"집을 억지로 팔라카지는 마라. 뭐 어차피 내놔도 팔릴지도 의문이고. 별장이다, 생각하라모. 내가 쓸고 닦고 까지는 몬해도 마당에 풀 안날 정도는 할끼다."

그리하여 팔고 싶어도 살 사람이 없어 지금까지 방치한 집이었다. 기수의 말대로 처음 몇 해 동안은 아이들 방학 때마다 친구들 아이들까지 데리고 이곳 '별장'에 와서 지냈다. 넓은 마당이 어느새 텃밭으로 갈아져 있었다. 아이들은 나뭇가지에 달린 오이와 가지 고추를 따보는 그 생급스런 체험에 탄성을 지르고 어른들은 보리밥보다 푸성귀가 더 많이 든 비빔밥을 먹느라 위가 시퍼래질 지경이었다. 한창 농번기였음에도 기수는 하루분의 노동이 끝나면 오토바이를 타고 예의 그 시원스런 웃음을 물고는 대문께 나타났다. 그러면 정혜는 취사용 부탄가스를 사러, 바닥난 아이들의 주전부리거리를 사러, 그를 쉽게도 읍내로 내몰았다.

정혜가 기수의 집을 벗어나 얼어붙은 작은 개울을 건너고 진흙 길이 시작되는 논둑에서 한참 동안 우두망찰 서 있을 때, 기수가 어슬렁 따라와 있었다. 봉두난발이었던 머리가 그런대로 빗이 지나간 흔적이 보였고, 눈도 한결 조용해져 있었다.

둘은 걸었다. 말없이 한동안 걷기만 하였다. 진창길에 이르자 기수는 그의 발등을 딛고 지나가라고 막무가내 성화를 대어 정혜는 그의 발을 질끈 밟고 건넜다.

"집이 엉망이던데 좀 도와줘. 마당도 좀 태우고, 벽지도 내강 걷어 태우면 좋겠는데, 혼자서 엄두가 안났어."

정혜가 그를 찾아온 이유를 말했다. 집이 엉망이라는 말에 기수는 삐뚜름히 웃는 듯했다. 그리곤 고개를 주억거리며 발밑의 돌멩이 하나를 힘껏 차서 멀리 보내버렸다.

"미안하다. 알았어. 니 먼저 가 있그라. 내 저기 내려가서 뭐 좀 먹을 거 사갖고 갈게. 점심 안 먹었지?"

"아냐, 난 괜찮아. 정말이야. 너 술 생각나서 그러지? 니가 술 먹으면 나는 이 길로 갈 거야."

삽실댁의 말들이 떠올라 술 먹는 기수가 무서웠다.

"한 잔이라도 해야 일을 하지. 날도 추운데. 가 있어!"

"아니, 됐어!"

"그래? 그럼 가그라! 집 태우는거야 니 없어도 내가 해노께. 잘 가그라."

기수는 그렇게 말하곤 미련 없이 산길을 내려가 버린다. 정혜는 당황하여 그의 뒤통수에다 고함을 쳤다.

"야!! 알았어! 그럼 딱 한 잔만 해야 돼? 알았지? 집에 가서 기다릴게 빨리 사갖고 와!"

쿨렁쿨렁 산을 내려가는 기수의 구부정한 어깨에는 그 옛날 그 기수라곤 흔적도 찾아볼 수 없었다. 그처럼도 자신만만했던 그 기수가 정말로 저 기수와 같은 인물이었는지. 황소처럼 일하고도 늘 배가 고프고, 배가 고프면서도 티 내지 않고 싱글벙글

하던 그 기수가 저 기수였는지 정혜는 착찹한 생각에 사로잡혔다. 고가로 돌아와 먼지가 켜로 앉은 대청 끝에 간신히 엉덩이를 내려놓고 기수를 기다렸다.

눈 아래로 고만고만하게 닮은 지붕들이 보이고, 멀리 산자락을 따라 구부러진 신작로에 버스 한 대가 꽁무니에 마른 먼지를 잔뜩 일으키며 느릿느릿 가는 정경이 평화롭기만 하였다.

얼마 후 소주 한 병과 아직도 점심을 못 먹은 정혜를 위해 빵과 우유를 사 들고 기수가 나타났다. 그리고 기수는 무너진 담을 타넘고 주인 없는 옆집 부엌으로 들어가 소주잔도 하나 집어 왔다. 그리곤 소주잔 반 정도 소주를 따라 정혜에게 권했다.

"추우니까 쫌만 먹어봐라."

"그래, 오랜만에 만났으니 건배하자! 너 딱 한 잔인 거 알지?"

정혜는 순순히 잔을 받으며 딱 한 잔에다 힘을 주었다. 그들은 말없이 소주병과 잔을 부딪치고 비로소 얼굴을 마주 보았다. 그리곤 똑같이 실소하였다. 소주 때문에 하마터면 험악하게 헤어질 뻔했던 것이다.

기수가 입가에 웃음을 띠우니 정혜도 마음이 풀어진다. 기수도 그 순간 좋은 것 같았다. 기수는 아까운 듯 조금씩 맛을 보더니 이윽고 병 채로 꿀꺽꿀꺽 몇 모금 마시더니 남은 술을 그대로 잡초 위에다 쏟아버린다. 정혜의 성화 때문이 아니라 정혜의 불안감을 불식시키기 위한 기수의 마음일 것이었다.

술을 쏟아버린 기수는 흡사 낯선 곳에 초대받은 사람처럼 두 개의 손가락이 없는 오른손을 한참 들여다보다가 피폐해진 집 둘레를 둘러보다가 이윽고는 감나무 꼭대기 너머 하늘로 시선을 보냈다. 그런 그의 움직임은 뭔가 한없이 안타깝고 슬픔을 자아냈다.

"이 서방하고 아이들도 잘 있제? 본 지 오래됐다."

대청 끝에 붙이고 있던 엉덩이를 떼며 기수가 말했다. 그동안 매정스러웠던 정혜에게로 향한 원망도 있을 것이었다.

우산댁이 세상을 떠나자, 언제부터인가 정혜는 기수의 존재가 무거운 부담으로 얹혔다. 그가 힘없이 처진 어깨를 하고 시야에서 사라지면 정혜는 얼마 동안 일손이 잡히지 않을 만큼 심란했다. 그의 부모와 형, 아무도 기수를 걱정해 주지 않았고 우산댁 만이 아들이라도 되는 양 태산 같은 걱정을 하다가, 그 태산이 느닷없이 정혜에게로 넘어온 것이었다. 그것은 참 얼토당토않은 태산이었으며 정혜는 할 수만 있으면 그 태산을 치워버리고 싶은 것이 솔직한 심정이었다.

흙 하나 들어있지 않은 깨, 잘 손질된 말물 고추, 유기농으로 가꾼 푸성귀며 때맞춰 올라오는 잘 띄운 메주…… 정혜는 그런 것들이 하나도 반갑지 않았다. 반갑지 않을 정도가 아니라 어느 날부터는 그것들이 군시럽기만 하였다. 그것들로 하여 기수와의 관계가 영영 끊어지지 않는다는 사실이 더 싫었다. 또 무엇보다 정혜는 차츰 서울 여자가 되어가고 있는 중이었다. 기수 때문에 소모되는 신경도 피곤해서 싫었고, 엄마가 없는 지금 그가 혈육인 양 다가오는 것도 싫기만 하였다.

정혜는 기수가 보내오는 메주, 고추, 깨에 그에 적당한 값을 똑 떨어지게 계산하여 재깍재깍 송금하였다. 처음엔 미친놈처럼 펄펄 뛰며 화를 내던 기수는 결국 정혜가 무엇을 원하는지 알아챈 듯 아무것도 보내지도 않고 그 자신 발걸음도 끊어버렸다. 정혜는 그렇게 차츰 고가와 함께 기수를 잊었다.

기수는 익숙한 낫질로 마당의 잡초들을 대강 걷어내고 주위의 어지러운 것들을 모아 마당 한가운데로 모았다. 벽에 붙어 너덜거리는 벽지를 걷어낼 때는 먼지 난다고 멀리멀리 떨어지라고 성화를 했다. 벽지는 낡고 헐어서 한 귀퉁이를 잡고 조금만 잡아당겨도 통째로 끌려 나왔다.

햇살이 엷어지자 기온이 썩 내려갔다. 기수는 마당 한 귀퉁이에서부터 불을 붙여 중앙으로 몰고 왔다. 떨어져 나뒹구는 기둥과 서까래 등을 끌어내어 불을 붙이자 겨울 가뭄으로 잘 마른 나무들이 맹렬히 타올랐다. 기수는 익숙하게 불길을 다스렸다. 그의 얼굴이 불빛을 받아 자줏빛이 되었다가 검은빛이 되었다가 하였다. 정혜도 대청을 내려와 불 앞에 와 앉았다. 기수는 또 멀끔한 나무판 하나를 가져다 옷자락으로 쓱쓱 먼지를 닦아내곤 정혜의 엉덩이 밑으로 밀어 넣었다.

정혜는 두 손바닥을 펴서 불을 쬔다.

"니는 와그렇게 안 왔노?"

"……미안해. 그렇다고 니가 이렇게 사니?"

"와? 내가 어때서?"

"상상도 안 돼. 니가 이렇게 변하다니."

"내가 어떻단 말이고? 니 보기엔 내가…… 치아라마! 씨발."

기수가 하려던 말을 중단하고 내뱉는 욕설에 정혜는 펄쩍 뛴다. 그리고 삽실댁 말대로 저러다 기수가 휘까닥 돌아버릴까 봐 문득 무서워지기까지 한다.

"너 지금 나한테 욕했니?"

"내가 와 니한테 욕을 하겠노!"

"놀랬잖아…… 기수야, 차라리 여길 떠나는 게 어때? 나가는 게 오히려 나을 것 같아. 여기보다 색싯감을 만나기도 더 쉬울지도 모르고."

"고마해라이. 인자는 다 필요 없어! 다 한때 내가 미쳤던기지. 농사꾼 주제에 감히 장가를 들겠다고 허구헌날 포마드로 대가리를 감고 그만큼 서울을 들락거렸음 된 기라. 그때는 그걸 몰랐지. 농사꾼이 장가가서 아들 낳고 딸 낳고 농사지음서 잘 사는 꿈이 그렇게 과분한 꿈인 줄 내가 우째 알았겠노!"

기수는 말을 할수록 기가 찬다는 듯 대상도 없는 그 무엇을 향해 증오 가득한 얼굴을 드러냈다.

"정혜야, 나는 열다섯 살 때부터 장가 갈라꼬 안했나. 니도 알제? 어무이 아부지는 형의 부모지 내 부모는 아니었제. 나는 얼른 장가가서 내 편도 많이 만들고 진짜 잘살아볼라꼬 했다. 그래서 허기로 배가 등어리에 가서 붙어도 찬물 한 사발로 달래고 뼈가 부서지도록 일을 해도 힘드는 줄 모르고 했지. 나는 내 마누라가 낳은 내새끼 데리고 고생을 하면 죽어도 좋다고 생각했어. 나이 드니까 더 몸 달았지. 대놓고 너무 나댄다고 니가 조옴 핀잔을 해쌌나. 그래도 밤에 자다가도 생각하면 환장을 하겠는기라. 나가보면 나보다 못한 놈들도 다 장가가고 아 낳고 사는데 내가 와 그걸 못하노 말이다. 내가 뭐가 부족하노! 어이?"

정혜는 가책을 느꼈다. 기수를 집에 못 오게 만들고, 더 이상 선을 볼 수 없게 하고, 그보다 기수의 희망을 앗아버리는데 그녀 자신 큰 역할을 했을 것이었다.

"근데, 이레 살아보이 이것도 나쁜 거만 있는 게 아니야. 낙도 없지만 걱정도 없어. 편하기가 말할 수 없다꼬. 팔자에 없는 각시 얻겠다고 나부대서 공연히 우산아지매하고 니만 괴롭힜지."

"그래, 네 말대로 팔자에 없다 체념을 했으면 체념을 하고, 잘 살아야지 이게 뭐니? 엄마도 기막혀하실 거다."

"그러게. 하지만도 나도 해볼 만큼 다 했다. 가난한 건 어제

오늘 일도 아니고, 농투성이로 대를 이었으니 농사일이야 평생
해도 좋고말고! 근데…… 니는 모른다. 이 촌구석이 얼마나 외
로분 동넨지. 말 한마디 섞을 친구가 하나 있나. 술 한잔 먹을
사내새끼 한 놈이 있길 하나. 하루종일, 한 달도 아니고 두 달도
아니고, 일 년 열두 달 가야 밥 먹고 일하고 밥 먹고 일하고……
그것도 농번기는 할 일이라도 있제, 요새 같은 농한기에는 안
미치는 게 이상하지."

기수는 한참 동안 잘 타고 있는 불더미를 물끄러미 쏘아보다
가 갑자기 설움이 치밀어 오르는지 이마를 젖혀 하늘을 쳐다보
다가 이내 땅바닥으로 고개를 처박고 침을 꿀꺽 삼켰다.

정혜는 기수를 이해할 수 있었다. 젊은 사람이라곤 다 떠나
간 이곳에서 정녕 하루도 아니고 한 달도 아니고, 언제까지나
사람과의 소통이 불가능한 기수의 막막한 고독과 외로움이 뼈
저리게 이해가 되었다.

"기수야. 서울로 올라와라. 올라오면 무슨 일이든 할 일이 있
을 거야. 지금은 우선 이곳을 떠나는게 중요한 것 같아."

"필요 없어, 인자는. 나는 여기서 난 후로 한 번도 떠나본 적
도 없고, 서울에 가서 살 자신은 더 없어. 우산아지매 살아계실
때도 한 번씩 가보면 서울은 사람 살 데가 아이드라. 내 겉은 사
람은 죽어도 거기선 못살아."

"그런 게 어딨어. 어디든 정붙이고 살면 또 살게 돼. 생각 좀

잘 해봐. 안된다고만 하지 말고. 응? 알겠제?"

"됐다, 고마."

"……"

긴 침묵이 두 사람 사이에 오갔다. 침묵을 깬 건 정혜였다.

"이 집도 팔려야 하는데…… 걱정이야. 언제까지 이럴 수도 없고."

정혜가 이곳으로 내려온 목적을 그제야 말한다.

"그러게. 쫌 기다리봐라. 좀 있으면 도청이 이쪽으로 내리온다카이."

"니가 사라. 돈도 얼마 안 되는데. 니가 사면 더 싸게 팔게."

정혜는 말끝에 웃음을 달았다.

"내가 뭔 돈이 있노. 내는 돈엄따."

"뭔 소리야? 돈밖에 없는 기수라고 일찍부터 소문났는데."

"허허허. 옛날 소리다. 과수원이고 논이고 다 팔았지."

"아니, 왜에?"

정혜는 깜짝 놀랐다. 사연인즉 직장에 다니던 형 장수가 회사에서 나와 벤처사업을 한다고 하여 몇 차례에 걸쳐 다 팔아 보냈다는 것이다.

"내가 돈이 뭐 필요있노. 이레 살면 돈도 쓸데가 없어."

"아이구, 아이구! 그래도 글치, 이 사람아, 이 사람아~! 돈 필요 없는 사람이 어딨어?! 아이구 참, 차암…… 어떻허냐?"

정혜가 말을 잃고 기수에게서 눈을 떼지 못하고 '어떻허냐?'
란 말만 되풀이했다.

"걱정 마라. 내가 이래도 농사철 되면 돈 버는 귀신아이가.
메뚜기도 한철이자네! 쫌 기다리라. 내 돈 벌어서 이 집 사지 뭐.
허허허."

겨울의 짧은 해가 기울기 시작하였다. 겨울 하루는 한여름의
반나절도 안 되는 것 같았다. 벌겋게 타던 불도 시나브로 사위
어 가고 있었다.

"나 삽실아지매네 가서 저녁 먹고 막차로 나가야 돼. 기수야,
제발 술 좀 자제하고…… 인생 다시 시작한다 생각하고…… 응?
벗어날 궁리를 해. 응?"

"니 오늘 여기서 자고 가면 안 되긋나? 자고 가라. 사랑방에
불만 넣으면 되고, 다락에 우산아지매 쓰시던 새 이불도 있다카
이."

"……가야 돼."

정혜는 일어선다.

"기수야! 내 말…… 알겠제?"

마지막으로 한 번 더 기수에게 다짐을 하곤 삽실댁으로 발길
을 돌렸다.

삽실댁 집은 신작로 가였다. 버스가 큰 고갯마루를 올라오는 소리를 듣고 나가도 버스를 탈 수 있는 집이었다. 정혜가 삽실네서 이른 저녁을 얻어먹고, 길 떠나기 전 마지막으로 변소에 들러 볼일을 보는 중에 언뜻 버스가 오르막을 올라오고 있는 소리가 들렸다. 정혜는 부랴부랴 일을 끝내고 옷을 추스릴 사이도 없이 삽실댁에게 인사도 하는 둥 마는 둥 하며 버스를 향해 뛰었다. 삽실댁도 버스를 향해 마구 손을 흔들며 뛰었지만 버스는 꽁무니에 먼지만 잔뜩 일으키며 가버렸다. 승객이 한 사람도 없으면 버스는 가끔 제멋대로 오 분 십 분 일찍 올 때도 있다고 삽실댁이 말했다.

"그런 게 어딨어! 말도 안 돼!"

정혜가 발을 굴렀지만 무슨 소용이랴. 버스는 가버렸다.

"자고 가라는 팔자네."

어느새 기수가 어슬렁 나타나 있었다. 그는 분명 근처에서 정혜가 떠나는 걸 보려고 버스를 기다리고 있었을 것이었다.

"고마, 잘됐네! 우리집에 자고 가면 되지 뭘."

삽실댁이 말했다. 하지만 그 집도 아이들 하나 없는 집에 내외가 거처하는 방에 끼어 잘 수는 없는 일이었다.

"집에 가서 자. 사랑에 불넣을께."

기수가 말했다. 정혜는 기수를 따라 집으로 올라왔다.

기수는 널린 땔감들을 끌어다 급히 사랑채 아궁이에 불을 지피고, 들락날락 바빴다. 수건으로 방바닥을 닦고 또 닦고, 양초와 그것을 받힐 받침대를 구하러 한동안 집 둘레를 돌아다니더니 어느새 작은 항아리를 멀끔히 씻어 방안으로 들여 엎어놓고 그 위에 양초 세 자루에 한꺼번에 불을 붙여 방안을 밝혔다. 굵고 긴 서까래서껀 기둥서껀이 통째로 아궁이로 들어가 방이 더워질 동안 기수는 방안에 들어와 쓸고 닦고를 거듭하였다. 기수는 오랜만에 할 일을 만나 반가운듯했다. 아궁이 속에 감자와 고구마도 묻는다. 정혜는 대청마루 기둥에 무릎을 세우고 기대어 그런 기수를 눈으로 쫓아다녔다.

"아까 진작 자고 간다 캤으면 바람이라도 쐬었을 거 아이가."

다락에서 이불보퉁이를 꺼내며 기수가 말했다. 마지막으로 짐 정리를 할 때 새 이불이라 차마 버리지 못했던 양단이불이었다. 이불보따리를 풀자 오랜 세월냄새가 방안에 퍼졌다. 엄마 냄새이기도 하고 할머니 냄새인 것도 같은 오래되고 익숙한 냄새였다.

기수는 믹스커피를 양은주전자에 끓여 스텐밥그릇에 부어주었다.

"마셔바라. 특별한 맛이 날끼다."

둘은 스텐밥그릇으로 커피를 마시며 마주 보고 웃었다. 아궁이의 감자 고구마도 꺼내와서 뜨거운 그것들을 알뜰히 껍질을 벗겨 정혜 앞에 놓아준다.

다락 속의 낡은 가방에서는 추억거리들이 가득 들어있었다. 사촌들과 함께 살던 때의 사진들과 학교 때의 성적표 상장 표창장 등이 나왔다. 객지에 나가 있으면서 그들이 할아버지와 할머니께 보낸 편지들도 섞여 있었다. 초등학교 때의 졸업사진이 나오자 정혜와 기수는 좀 더 촛불 가까이 머리를 맞대고 들여다보았다. 흑백사진은 누렇게 변하여 얼굴도 잘 알아볼 수 없었다.

"야가 니 아이가!"

동그란 카라를 댄 윗도리를 입은 정혜를 대뜸 알아본 건 기수였고, 맨 오른쪽에 발목이 드러난 바지를 입고 얼굴을 한껏 찡그리고 섰는 아이가 기수 같다고 추측하였다.

정혜는 흔들리는 촛불 아래 낡은 수첩들과 조부모님에게 보낸 사촌들과 형제들의 편지들을 읽어보았다. 어느 해던가. 할아버지 생신 때 서울 중부시장에서 창란, 명란, 김, 미역 등을 사서 소포로 부친 것을 할아버지는 여러 종반들에게 자랑하셨나 보았다. 그 후로 사촌들은 그들이 살고 있는 곳의 특산물들을 집으로 부칠 줄 알게 된 것 같았다.

바닥이 절절 끓자 정혜는 방문을 열어놓았다. 달이 환하였다. 파란 하늘에 노란 달이 깨끗하게 박혀있었다. 달은 어찌나 밝은지 달 주변으로 날카로운 빛이 칼날처럼 뻗쳤다.

저 마당 한켠에 둥그런 거름동산이 있었지. 거기서 정혜네 네 자매는 걸핏하면 밤똥을 누었다. 넷이 나란히 앉아 밤하늘을 올려다보며 똥을 누었다. 아침마다 기수네 아버지가 들어와 마당을 쓸고 나란한 똥들을 떠서 거름에 묻었었다. 어느 날 할머니는 아이들에게 닭장 앞에 가서 절을 하며 주문을 열 번 외우라고 하셨다.

"사람이 밤똥누나 닭이 밤똥누지!"

네 자매는 나란히 닭장 앞에 가서 큰절을 하곤 두손을 모으고 서서 열 번 주문을 외웠다. 그 후에 그들이 밤똥을 누지 않았는지는 기억나지 않지만.

그 옆에 돼지우리에서는 커다란 암돼지가 살았다. 암돼지는 걸핏하면 돼지우리를 박차고 뛰쳐나와 신작로를 내달았다. 그러면 동네의 아제들이 돼지를 몰러 다녔었지. 그 돼지를 무슨 큰고모가 시집가는 날 마당에서 잡았다. 마을의 장정들이 총동원되어 돼지의 사지를 묶고 살아있는 돼지의 멱을 땄다. 목을 찔린 돼지는 꽥꽥 소리를 지르고, 꽤애액~! 하고 소리를 지를때마다 목에서 시뻘건 피가 벌컥벌컥 나오던 것이었다. 그걸 본 정혜는 며칠을 아팠지만 사람들은 그 돼지를 삶고 구워서 잘도 먹었다. 사촌들이 뱀을 잡아서 감나무 밑에 파묻어 놓은 뱀술은 그 후에 어떻게 되었는지……

"그런 게 있었나? 그라믄 내가 낼 당장 한번 파봐야 되겠네."

정혜 말을 들은 기수의 반응이었다. 둘은 시간 가는 줄 모르고 옛날이야기에 젖었다.

"인자 자야제. 잘 자그라. 첫차는 6시다."

열 시였다. 방바닥을 확인하고 기수는 일어섰다.

밤새도록 정혜는 꿈을 꿨는지 잠을 잤는지 뒤숭숭한 채 일어
났다. 5시 30분. 버스는 여섯 시에 있다고 했었다. 정혜는 부랴
부랴 일어나 대충 이불을 걷었다. 방바닥이 아직도 쩔쩔 끓었
다. 어질러진 간밤의 추억거리들을 가방에 쓸어 넣어 다락으로
던져넣었고, 나머지는 기수가 알아서 정리할 것이다.

세수도 생략한 채 가방을 들고 방문을 연 정혜는 혼비백산하
였다. 방 앞에 기수가 서있는 것이었다.

"엄마야! 깜짝이야, 뭐야?"

"잘 잤나? 용케 잘 일어나네. 깨울라캤더만."

아궁이에서는 그제도 잔불이 타고 있고 밤새 먹은 듯 소주병
들과 안주 등 밤새 기수가 지낸 흔적들이 어지러웠다.

"설마? 여기서 잔 거야?"

"자기는! 보초 섰지!"

하며 부뚜막에 올려있던 정혜의 구두를 정혜 앞에 놓아주었
다. 어제 진창에 빠져 진흙투성이였던 구두가 새것처럼 얼룩 하
나 없이 닦이어 있었다. 구두 안으로 발을 집어넣자 발이 따뜻
하다.

'으이그……어쩌냐.' 하지만 정혜의 입에서는 반대말이 나왔

다.

"니가 더 무서워야!"

사랑채가 높아 아궁이가 움푹 들어가서 날바람은 피한다 해
도, 영하의 한겨울 밤인 것이다.

"아이구, 정말 미쳤어, 미쳤어!"

"퍼뜩 나온나!"

"아이구, 아이구, 참!~ 왜 그러니! 진짜!"

"……"

쇠비름 참비름 버들강아지 바랭이풀 등이 우묵숲으로 자란
골목을 걸어 나온다. 새벽바람이 날카로웠다. 아직도 캄캄하다.
밤이 지났지만 아침이 오기에는 이른 시간이었다. 정혜는 앞선
기수의 어렴풋한 등판을 가늠하며 따라 걸었다. 갑자기 기수가
돌아서더니 와락 정혜를 껴안았다. 놀란 정혜는 뿌리칠 수도 있
었지만 그러지 않았다. 그래야 할 것 같았다. 기수가 가엾고, 안
타깝고, 그리고 너무나 아까웠다. 기수에게서는 밤새 먹은 술냄
새가 그제도 났다. 정혜를 안은 팔에 점점 힘을 가하는 기수의
가쁜 숨소리를 듣고 있다가 숨이 막힐 즈음 정혜는 조금 몸을
흔들었다. 그제야 팔을 푼 기수는 정혜가 떨어트린 핸드백을 주
워들고 정혜의 손을 잡고 성큼성큼 걸어 버스가 서는 곳까지 왔
다.

"정혜야, 고맙다. 살다보이 이레 소원성취하는 날이 오네!"

웃지도 않고 기수가 말했다.

"시끄럽다, 고마!…… 술이나 좀 끊고, 제발 정신 좀 차리고 살아."

"……술 끊고…… 그런다꼬 뭐가 달라지겠나……"

기수가 새벽하늘로 시선을 보내며 말했다. 정혜는 가슴이 터질 것 같았다. 막막했다. 무언가 기수에게 희망이 될 말이 없을까. 꼭 해야 할 것 같은, 위로가 되고 약속이 되고 확신을 주는 그런 한마디는 끝내 떠올라주지 않는다.

이윽고 저쪽 큰고개 마루에서 그녀가 타고 갈 버스가 불쑥 올라왔다. 한구비만 돌면 곧 정혜 앞에 당도할 것이었다. 정혜는 안타까이 기수에게 해줄 한마디를 생각하려 애썼지만 결국 어떤 말도 하지 못했다.

"잘 가라, 정혜야! 고맙다! 덕분에 내는 정말로 천국같았데이. 잘 가!"

기수는 흔들거리며 손가락 없는 오른손 대신 왼손을 내밀었다. 커다랗고 굳센 손이었다. 정혜는 그 굳센 손에 희망을 걸라고 말하고 싶었다.

"방법이 있을 거야, 기수야. 정신 차리고 살아. 너는, 넌 아직 뭐든 할 수 있잖아!"

그러나 기수는 희미하게 웃으며 보일 듯 말 듯 고개를 저있다. 마주 보는 눈 가득히 눈물이 고였다. 그녀 역시 콧속이 뻐근하며 눈물이 차올랐다.

이윽고 버스가 그들 앞으로 와 서고, 정혜는 버스에 올랐다. 버스에 오르자 정혜는 뒤차창 쪽으로 달려갔다. 희미한 여명 속에 기수가 신작로 복판으로 나서며 높이 손을 든다. 흔들리는 몸을 간신히 가누며 두 손을 높이 흔드는 기수가 이내 어둠 속으로 사라진 뒤에도 정혜는 망연자실 차창 밖을 내다보았다.

이층 왼쪽 방 남자

'신원 확실. 잠만 잘 분. 보증금 없이 월 오십만 원.'

광고의 위력은 실로 대단하였다.

그녀가 낸 벼룩시장 광고가 나가자 전화가 빗발쳤다. 무엇보다 지하철 2개 노선이 통과하는 교통의 편리함이 강점 중에 강점인 데다 보증금이 없는 것도 큰 이점이었다. 그녀는 빗발치는 전화 중에 목소리만으로 옥석을 가리는 일에 돌입하였다. 무엇보다 확실한 신원이 중요하고, 출퇴근 시간이 일정할 것과 집안에서 음주나 흡연이 금지되고, 허락 없이 외부인은 출입금지 등까다로운 조건을 그녀는 오로지 전화로 동의를 받아야 하였다. 사람들은 의외로 그녀의 까다로움에는 별 이의를 달지 않는 것같았다. 열 명이 넘는 사람의 전화를 받으면서 그녀는 사람의 목소리가 그의 신상명세서보다 더 많은 정보를 대변해 준다는 걸 알게 되었다. 나중에는 몇 마디의 말로 고향과 나이, 교육 문화 수준과 취미까지도 어느 정도 알아낼 수 있던 거였다.

그리하여 마침내 그녀는 한 사람을 뽑았다. 우선 고향이 같은 쪽이라는 것이 이유 없이 안심이 되었고, 광고 일을 한다고 하니 수준도 웬만할 것 같았다. 마흔한 살이 되도록 독신인 것이 좀 걸렸지만 그의 말을 믿었다. 그는 일만 하다 보니 어느새 이런 나이가 되었더라고 말했다. 그의 솔직함에 오히려 신뢰가 갔다. 전화로 모든 조건에 합격을 하여 이윽고 그 남자가 방을 보러 왔다. 그 남자는 이층 왼쪽 방을 보곤 매우 흡족해하였다.

"방이 좋군요!"

그가 감탄하여 말했다. 방이야 좋고 말고다. 남쪽으로 넓은 창이 나 있고, 열두 자 장롱이 들어갈 만큼 큰방인 데다 장차 아들이 장가를 들면 신혼부부의 침실로 쓰려고 지어졌으므로, 작은 드레스 룸이 딸려 있을 뿐 아니라 비데까지 설치된 화장실까지 붙어있는 방이다.

십 년도 더 전에 그녀의 남편은 대지 육십 평, 별로 넓지도 않은 대지에 이층집을 지었다. 이층에 방 3개, 아래층에 방 3개를 넣어 방이 도합 여섯 개였다. 나중에 아들, 손자, 며느리 다 함께 살아야 한다고 그렇게 많은 방을 만든 것이었다. 그녀는 장래에 결코 아들 내외를 데리고 살고 싶은 마음이 추호도 없었지만 당시에는 그 일 말고도 남편과 하도 싸울 일이 많아서 앞으로 빨라야 이십 년도 더 후에 일어날 일을 미리부터 그까짓 방 때문에 싸울 체력도 없었다.

막상 집짓기가 시작되자 그녀의 남편은 하던 본업을 사촌 동생에게 맡기고 아침부터 공사장으로 출근하였다. 그리곤 인부들과 밥 먹고 술 먹고 싸우고 구슬리고 달래느라 집이 다 지어졌을 때는 그녀의 남편 체중은 거의 십 킬로그램이나 줄어 버렸다.

그녀의 남편은 아래 위층 팔십 오평에 이십 년 후 손자 손녀까지 궁리하여 두 손자들은 아래층에 두 손녀들은 위층 방을 주려고 하였다. 그러니까 그녀의 며느리가 될 아이는 손자 둘 손녀 둘 이상은 낳아야 할 것이었다.

물론 남편도 이십 년이 지난 지금은 아이들이 다 그의 꿈대로는 되지 않는다는 걸 알게 되었다. 허나 그때 겨우 중학생이었던 아이들은 그들의 꿈만으로도 과중한 어깨에 그들 부친의 꿈까지 얹혀 압사할 지경이어서 결국 아들이 집을 뛰쳐나가기에 이르고 말았다. 일이 그렇게 발전하기까지 번번이 남편이 받는 충격은 차마 옆에서 보기에도 딱하기만 하였다. 그녀는 아비에게 반기를 드는 아들도, 아들에게 대한 배신감으로 밤잠을 못 이루는 남편도, 어느 쪽이든 그저 다 같이 불쌍하기만 하여 살아도 사는 게 아니었다.

지금은 저세상에서 살고 있을 그녀의 시어머니는 원래부터 항용 아들과 손자만을 과도히 사랑하고 며느리에겐 이유 없이 적대감을 보여서, 어느 날은 아들 편이 되었다가 어느 날은 손자 편이 되기도 하였지만 한 번도 며느리 편이 된 적은 없었다. 그리하여 전쟁은 일쑤 일대일로 시작하여 반드시 이대일로 발전하기 십상이었는데, 그런 삼파전이 있는 날이면 실로 엄청난 사태가 야기되기도 하여서 그때의 그녀의 집은 정말로 언제쯤이면 평화가 도래해 줄까, 끝이 보이지 않았다.

그러나 이제 그 시어머니도 떠나고, 아이들에 대한 남편의 턱없는 꿈도 사라지고, 아이들은 제가끔 제 꿈을 꾸느라 부모의 꿈같은 건 꿈도 꾸지 않게 되었을 즈음 그녀의 집은 급속히 조용해져 버린 것이었다.

그렇게 비로소 집안에 평화가 찾아왔는데, 그 평화의 요소는 뭐니 뭐니 해도 그들 부부의 체력이 급속히 떨어져 더는 격렬한 전쟁을 할 수 없게 된 데 있었다. 집은 하루 종일 물 속 같은 정적 속에 잠겼다가 밤이 되면 제가끔 들어와 저마다 방문을 굳게 닫았다. 그러고 나면 건평 팔십 평의 집안은 또다시 깊은 물 속처럼 고요히 가라앉는 것이었다. 게다가 지금은 그 아들마저도 군대에 가버려서 이층은 온통 텅 비어버렸다.

"그럼 내일부터 입주하겠습니다. "

"네, 그러세요. 우선 전화로 들으셨던 조건에 서명을 해 주시겠어요?"

"그럼요 그럼요!"

· 실내에서 취사 절대 금지

· 사전 허락 없이 외부인 출입금지

· 음주 흡연 절대 금지

그녀는 깐깐하게 챙겼다. 남자의 사인을 받고 주민등록증을 받아 복사하고, 급한 연락이 가능한 친인척과 절친의 전화번호까지 요구하였다. 만일에 대비하여 긴급한 상황 이를테면 갑자기 발병을 하던가 하는 긴급한 상황이 발생했을 때의 대비였다. 그 남자가 흔쾌히 오케이를 했으므로, 그녀는 간혹 라면을 먹고 싶을 때는 아래층 주방을 사용해도 좋다고 선심을 썼다.

이튿날 저녁을 먹고 그 남자가 이삿짐을 실은 택시를 타고 집 앞에서 내렸다. 옷가지를 넣었는지 찢어지게 배가 부른 백화점 종이가방 두어 개와 이불 보따리 하나가 이삿짐의 전부였다. 광고 일을 하는 사람이 싣고 온 짐이라기엔 이삿짐이 꽤 남루하다는 생각이 잠깐 들었지만 그게 죄가 될 수는 없을 것이었다.

하지만 며칠 후 중고품으로 싸게 샀다는 설명을 붙여 침대를 사들일 때는 기분이 살짝 나빴다. 그녀의 집안으로 저런 허접한 짐이 들어오는 것을 그녀는 원치 않았다. 그러나 그것은 사소한 시작에 불과하였다. 그 남자는 매일매일 뭔가를 사들이기 시작하였다. 소형 냉장고와 십육 인치 티비 세트를 사들이고, 그다음 날은 중고 세탁기와 중고 옷서랍을 사들이고, 날마다 살림살이를 사들이는 거였다. 그 모든 것들은 재활용센터에서 사들인다는 사실도 더 기분을 나쁘게 하였다. 전기다리미, 행거, 전기담요, 전자레인지…… 그의 방은 날마다 사들이는 살림살이로 꽉 찼을 것인데도 그 남자는 한밤중이면 식구들이 자고 있는 중에 뭔가를 사가지고 와서 부스럭부스럭 박스를 벗기거나 비닐끈 풀어내는 소리를 내었다.

비로소 그녀는 아뿔싸! 이건 아니다! 뭔가 단단히 잘못되어 간다는 생각이 들었다. 그녀가 생각했던 것은 영자 동생처럼 날렵한 여행가방 하나만 들고 와서, 나갈 때도 그렇게 간단하고도 깔끔하기 이를 데 없었던 것처럼 그런 방을 놓고자 했던 것이지 저렇게 본격적으로 판을 벌여 살림을 살게 할 생각은 결단코 없었다. 그녀는 점점 불쾌하고 속이 뒤집어지기 시작하였다.

혼자 속을 끓이는 중에서도 급기야 이 모든 일이 여고동창인 영자 그 기집애 때문이라는 생각에 갑자기 영자까지 원망스럽다. 영자가 그녀에게 돈맛을 들인 탓이다.

어느 날 영자가 그녀에게 간청하였다.

"애! 니네 집에 노는 방 있지? 그거 내 동생한테 두 달만 좀 빌려줘라."

영자에게는 이십여 년 전에 미국으로 이민 간 동생이 있었다. 그가 이번에 국내의 어딘가에 테마파크 기획을 하게 되어 한국에 들어와 있는데 장기 모텔 생활이 너무 불편하다는 거였다.

"그럼 니가 데리고 있어야지 누나가 있는데 모텔생활이라니 니가 너무한 거 아니니?"

"왜 아니니? 안 그래도 우리 집에 있다가 모텔로 되나갔어. 머리 다 큰 아들 녀석이랑 한 방 쓸래니 좁은 방에서 서로 불편한 게 한두 가지가 아닌가 봐. 그러지 말구 느이 방 좀 내줘라. 부탁 좀 하자! 응?"

그리하여 영자의 동생이 조용하던 그녀의 이층 왼쪽 방으로 들어오게 된 것이었다.

"야! 그래도 나 절대 밥은 못 해준다, 그건 알지?"

"그런 걱정은 하지 마. 걔는 밥 줘도 못 먹어. 어디 얼굴 마주칠 시간이나 있는 줄 아니?"

그리하여 영자의 동생이 그녀의 집으로 들어오게 되고, 영자는 감지덕지 이 은혜를 평생 잊지 않겠다고 호들갑을 떨었다.

영자의 남동생이 들어오던 첫날, 식구들과의 상견례를 위해 저녁식사를 준비했지만 그마저도 영자 동생의 시간이 맞지 않아 이루어지지 못했다.

"누님, 죄송해요. 밥은 먹고 싶어도 못 먹어요. 나가는 시간은 새벽이지만 들어오는 시간은 언제일지도 모르니까, 아무것도 신경 쓰지 마세요. 그냥 방만 주시면 돼요."

영자 동생이 말했다. 과연 그는 새벽에 세수도 안 하고 나가 회사 앞 헬스장에서 운동하고 샤워했다. 세탁물은 일주일에 한 번 집 근처의 세탁소 아줌마가 가지고 갔다가 갖다 주었다. 그녀가 하는 일이란 그 오고가는 세탁물을 내주거나 받아주는 일이었다.

두 달만 쓰겠다는 영자 동생은 일의 공사가 지연되어 넉 달이 되었다. 그러나 석 달이건 넉 달이건 그녀는 아무 상관이 없었다. 사 개월이 지나 영자 동생의 일이 다 끝났을 때, 그동안 고마웠다고 말하며 영자 동생은 봉투 하나를 내놓았다. 물론 그녀는 펄쩍 뛰었다.

"아니 아니, 이러지 마! 영자 동생이면 내 동생이나 진배없어. 이러는 게 아니야. 더구나 내가 한 게 뭐가 있어야 돈을 받지. 돈을 받을 일이 없다네."

그녀는 펄펄 뛰며 사양하였다. 하지만 영자 동생도 막무가내였다.

"누님, 동생이라고 생각하시면 그냥 받아주세요. 이것도 한 달 치 모텔비에 대면 공짜예요. 그리고 나도 넉 달 동안 돈을 엄청 벌었답니다. 괜찮아요. 편안하게 잔 것만도 어딘데요. 그리고 조금 밖에 안돼요. 이러시면 제가 오히려 마음이 편치가 않아요. 받으세요. 그 대신 다음에 또 한국에 오면 그때도 저 재워주세요. 앞으로도 자주 나오게 될 거에요."

영자 동생이 가고 난 뒤 봉투 안을 확인한 그녀는 깜짝 놀랐다.

오십만 원짜리 수표 네 장. 이백만 원이었다.

세상에…… 이런 일이! 아무것도 한 게 없는데 넉 달이라는 시간이 흐르자 이백만 원이라는 돈이 저 홀로 살금살금 다가와 손바닥 위로 냉큼 올라앉은 거였다.

그녀는 계산을 시작하였다.

"방 하나를 내주면 한 달에 오십만 원이라는 돈이 들어온다. 일 년이 지나면 육백만 원이고, 이 년이면.…… 아이구머니나!"

갑자기 눈앞이 확 트여오는 느낌이었다. 그녀는 아직 그녀의 손으로 단돈 십 원을 벌어본 적이 없다. 그 사실은 어쨌거나 시시때때로 그녀를 기죽게 하였거니와 적잖은 스트레스였다.

나이가 예순에 가까움에도 아침마다 출근하는 앞집 여자에게 공연히 공손해지는 이유도 그런 이유에서이고, 빠듯한 생활비로 남편과 한 판 붙어 옥신각신할 때마다,

"아이고, 치사해서 못 살겠다! 내가 나가서 돈을 벌어야지!"

하고 큰소리치기를 한두 번 해본 게 아니지만 막상 무슨 일을 할 수 있을까에 생각이 미치면 앞서의 용기백배 큰소리치던 전

의는 사라지고, 그녀가 할 수 있는 일이 과연 무엇이 있을까에 대한 더 구체적인 생각에 빠졌다간 여지없이 기가 팍 죽었다. 그나마 누가 써줄지도 의문이었고, 또 사실 도무지 자신도 없거니와 점점 노동에 대한 공포감이 현실에 영향을 끼쳐 집안일 조차 두려움의 대상이었다.

하여간 그녀는 '나도 돈을 벌 수 있다!'는 사실에 흥분하였다.

'그렇다면 저 네 개의 빈방을 저대로 놀릴 수야 없지. 게다가 아들까지 군대에 갔으니 저 텅 빈 이층이 너무 불쌍하지 않은가!'

그녀는 난데없는 동정심을 발동시켜 괜히 혼자서도 잘 있는 이층을 긍휼히 여기기 시작했다. 하지만 쉬운 일만은 아니었다. 우선 대학생인 딸아이가 펄펄 뛰었다. 어찌 모르는 사람과 한집에서 사느냐는 거였다.

"아이구, 이것아! 모르면 가만히나 있어! 집에 비해 식구가 너무 적으면 집의 기운이 사람을 눌러 우환이 생긴대! 오래 방을 비워두면 귀신이 들어와 산대잖아! 너 이층에 방방이 귀신이 산다고 생각해 봐! 안 무섭니?"

"엄마는! 말이 좀 되는 소릴 하세요!"

"안 좋다는 건 미리미리 예방이 최고란 말이지. 어디 줄곧 하재니? 오래비 제대할 때까지 만이야."

"아유, 몰라 몰라!"

딸이 앙탈을 부렸지만 그녀는 그것으로 딸은 해결이 되었다고 생각하고 남편을 공략하는데 머리를 굴렸다.

사내 하나 홀리는 데는 그저 맛있는 먹이 이상의 좋은 게 없다고 그녀는 생각한다. 옛말에도 외양 좋은 계집은 소박을 맞아도 음식 잘하는 계집은 소박대기가 없다고 하였다. 그 옛날 친정엄마가 그녀를 부엌으로 내몰 때마다 써먹던 말이었다.

그날 저녁 그녀는 남편이 좋아하는 것들로 가득 식탁을 차렸다.

마침내 남편이 포만감으로 매우 형이하학적인 행복감에 젖어 거실 소파에 부른 배를 비스듬히 기댈 때, 이때다! 하고 그녀는 말랑말랑한 키위를 반으로 잘라 차 스푼으로 떠 남편의 입으로 날랐다. 그리곤 약간의 비음을 섞어 본론을 꺼냈다.

"여보, 당신 내 친구 명희 알지? 역학 풍수지리 이런 거 공부한 애 말이야. 걔가 아까전에 우리집에 왔다 갔거든? 그런데 우리 집처럼 이렇게 빈방이 많으면 안 좋다네? 빈방을 노상 그냥 냅두면 그 방에 귀신이 들어와 살기 시작한대요."

"별소릴 다 듣네!"

"옛날부터 그런 말은 있었어. 나도 들은걸! 사람 수보다 집이 너무 크면 사람이 집의 기운에 눌려 집에 우환이 생기거나 재수가 없다고. 당신도 그런 말 들어봤지?"

남편은 더 이상 대꾸가 없다. 원래 그럴 가치가 없다고 생각

되면 마이동풍이 되는 사람이다.

"그래서, 지난번 영자 동생이 쓰던 방. 그거라도 세를 들여 이층에 사람이 좀 살았으면 좋겠어. 안 들었으면 모를까, 그 말 듣고선 이층에 올라갈 때마다 자꾸 걸리기도 하고."

"아이구! 언제 철들래? 그저 예펜네들이 할 일 없어 큰일이 다……"

"아니, 그렇게만 말할 게 아니라니까! 명희도 다 생각해서 해주는 말인데."

그녀는 곧 죽어도 돈 욕심이 생겼다는 말은 할 수가 없었다.

"이러다가 만에 하나 당신이 암에라도 덜컥 걸려 봐. 아이구, 정말 생각만 해도……"

" 이 사람이……?!"

"알았어, 알았다고! 근데 사실 불안한 건 맞잖아! 그리고, 지난번 영자 동생 있어 보니 어디 하나 불편한 데 있습디까?"

남편은 대꾸 없이 방으로 들어가 버린다.

"민수 제대할 때까지만 사람 됐으면 좋겠어. 널 벼룩시장에 광고나 한번 내봐야겠어!"

그녀는 남편의 뒤통수에 대고 오금을 박았다. 반응이 없는 건 승낙이나 마찬가지다.

그리하여 이튿날 그녀는 당장 벼룩시장에 방을 내놓았고, 그 결과 오늘에 이른 거였으니 영자가 원망들을 이유가 아주 없지는 않은 셈이다.

그 남자는 예의 바른 사람이었다. 식구들을 보면 깍듯이 허리를 굽혀 인사하고, 들어오면 벗은 신발은 가지런히 한쪽에 돌려놓곤 발소리를 죽여 이층으로 올라갔다. 몹시 깔끔한 성격인 듯 퇴근한 뒤에는 매일매일 청소하고 빨래도 하였다. 이층 욕실에서는 밤이 늦도록 물 쓰는 소리가 들렸다.

'당장 나가 달라고 해야지. 더 이상 짐을 더 불려놓기 전에……'
이미 그 남자의 짐은 지금 실어내도 중형 트럭 하나는 불러야 할 만큼 불었을 터였다. 그러나 막상 들어온 지 열흘도 안됐는데 나가라고 하면 저 남자가 순순히 나가줄까. 만일 못 나가겠다고 버티면 나가지 않는 저 남자와 밤낮으로 얼굴을 부딪치며 살아야 할 것이었다. 그녀는 돌아버릴 것 같았다. 그렇다고 남편이나 딸에게 불평할 수는 더더욱 없었다. 혼자 끌탕을 하느라 그녀는 먹지도 자지도 못하고 전전긍긍하였다.

그 남자가 여전히 중고품 살림살이를 사들이기를 계속하는 어느 날, 그녀는 그 남자가 출근한 뒤 보조키로 그의 방을 몰래 열고 들어가 보았다. 문을 열자마자 그녀는 뒤로 자빠질뻔하였다.

넓은 방을 둘러가며 사방으로 살림살이가 빼곡하게 둘러쳐져 있었고, 방 중앙에는 접이식 침대가 놓여져 있었다. 들여올 때 그녀가 본 중고품들은 말 그대로 빙산의 일각이었다. 언제 들어왔는지도 모를 찬장, 전기밥솥과 선풍기, 소형 냉장고, 그 밖에도 프라이팬, 크고 작은 냄비들, 그릇들, 쌀통……에는 쌀이 가득하였다. 냉장고를 열어보았다. 고추장, 된장, 김치와 나물반찬 밑반찬들이 밀폐 용기에 담겨 가지런도 하게 놓여있었다.

화장실 문을 열자 세상에나! 그녀는 벌어진 입이 더 벌어졌다. 세탁기는 본 것이었고, 빨랫대야, 빨래판 가루비누, 옥시크린 수세미 퐁퐁…… 참하게 한 살림이었다. 욕조 위에는 언제 구해왔는지 넓적한 송판을 걸친 위에 휴대용 가스 부스타가 설치되었고, 구석에는 부탄가스가 박스 채 놓여져 있었다. 그 언저리에는 이미 다 쓴 빈 가스통들이 줄을 지어 서있었다. 그러니까 그 남자는 이 화장실 안에서 밥하고 국 끓이고 빨래하며 완벽한 '살림'을 하고 있는 거였다.

'실내에서 취사 절대 금지' 조건이 무색하였다.

아래층에서 가만히 귀를 기울이고 들어보면 이층의 그 남자가 문을 꼭 닫고 살림하는 소리가 들려왔다. 두꺼운 벽과 원목 방문으로 방음이 잘되어 문을 닫고 뭔가를 하면 잘 들리지도 않았지만 집중해서 들어보면 그 남자가 가만가만 쌀을 씻고 조심조심 파나 무를 썰고, 그릇을 씻는 물소리가 들렸다.

그녀는 기어이 머리를 싸매고 누웠다. 밤이면 침대에 파묻혀 그 남자가 내는 빨래하는 소리를 참느라 이불을 뒤집어쓰고 끙끙 앓았다.

"왜 그래? 어디 아파?"

퇴근한 남편이 이마를 짚어보며 걱정스레 물었다. 그 남자의 세탁기가 마침 작동을 시작하자 그녀는 금방 피가 거꾸로 달음질쳐서 마침내는 정수리로 팍 터져버릴 것 같았다.

"아이구, 못 살겠다! 여보!!"

그녀가 뒤집어썼던 이불을 확 걷어 붙이며 벌떡 일어나자 들여다보고 있던 남편이 혼비백산 물러났다.

"어이쿠! 왜? 왜 그래?"

"못 참겠어! 이제 더는 못 참겠어요! 여보, 저 남자 좀 어떻게 해 봐요."

그녀는 그녀가 저지른 일에 대하여 핀잔을 들을까봐 숨겨왔던 저 남자의 비리를 폭로하고 남편에게 구원을 청했다. 그동안 저 남자가 이층 왼쪽 방을 어떻게 유린하고 훼손하고 있는지에 대하여 낱낱이 일러바쳤다. 그러나 전후사를 다 들은 그녀의 남편은 그녀의 편이 아니었다.

"푸핫하하~! 어이구, 멀쩡한 집에 귀신이 사네 어쩌네 굿을 피더니 왜? 잘됐잖아. 이층이 텅 비어 무섭다며? 저렇게 밤낮으로 후닥닥후닥닥 빨래도 하고 밥도 해 먹고…… 이제야 사람 사는 집 같구만. 잘됐네! 핫핫핫하."

"이 이는! 내가 죽을 거 같다는데 지금 웃음이 나와요? 내일 당장 저 남자 좀 내보내요! 아이구 아이구, 나 죽네……"

"됐네, 이 사람아! 들온 지 며칠이나 됐다고 나가라고 해? 별 이유도 없이!"

"이유가 왜 없어요? 계약 조건을 깨트렸잖아요!"

"조건이 뭔데? 저 사람이 술 먹고 주정했어? 친구들을 몰고 왔어? 여자를 데리고 와서 잤어?"

"그건 아니지만 일단 실내서 취사는 안 된다고 했잖아요. 그게 제일 큰 조건이지. 그걸 저 남자가 어겼다구. 하여간에! 저 남자 좀 당장 어떻게 해요. 내가 진짜 죽을 것 같다니까? 에고, 에고!"

그녀는 머리끈을 동여매고 누웠다. 얼마나 스트레스를 받았는지 정말로 머리가 깨질 것처럼 아팠다.

"아무리 그래도 당장은 나가라고 못 해. 한 달이나 채우거든 나가 달라고 좋게 얘기해도 될둥말둥이야. 한 달 지나면 설득을 해볼 테니까 당신도 너무 그러지 마. 젊은 사람이 나쁜 짓 하는 것도 아니고, 한 푼이라도 아껴 살자고 저러는데 가상하구만. 어이구 어이구, 그저 긁어 부스럼을 만들어요~."

남편은 하나도 도움이 안 되었다.

'그래, 너 잘났다! 뭐 하나 돔이 되는 게 있어야지, 돔이! 저걸 남편이라구……'

그녀는 이층 남자보다 남편이 더 밉살스러웠다. 하지만 어쩔 것인가. 남편 말대로 어려운 젊은 사람에게 자비를 베푼다는 생각으로 한 달을 참아내는 일밖에 다른 수가 없었다.

그 한 달 동안 그녀는 되도록 그 남자와 마주치지 않으려고 노력하였다. 그 남자가 집에 있는 일요일이나 토요일이 되면 그녀가 집을 나가 거리를 배회하였다.

그렇게 겨우겨우 시간이 흘러 남편이 약속한 한 달에서 일주일이 남았을 때 남편은 이층 남자를 아래층으로 불러 정중하게 방을 비워줄 것을 청하였다.

그 남자는 매우 흔쾌하였다.

"살아보니, 안 그래도 불편하실 것 같아 그동안에도 몹시 송구했습니다. 낼부터라도 방을 알아보고 방이 정해지는 대로 비워드리겠습니다."

이러는 게 아닌가.

아아, 저렇게도 흔쾌한 남자라니!

그녀는 그 남자에게 백배사죄를 하고 싶은 심정이 되었다.

그 남자가 예의 깍듯이 허리를 굽혀 인사하고 이층으로 올라간 후에도 그녀는 저렇게 경우 바른 사람에게 너무 못 할 짓을 하고 있는 것 같아 마음이 몹시 불편하였다.

이튿날 밤, 자정이 넘어 소동을 하고 누웠는데 언제나 그랬

듯이 그 남자가 조심조심 현관문을 따고 들어왔다. 그런데 여느 때와는 다른 움직임이 있다. 문을 열고 닫는 시간이 오래 걸리거니와 이층으로 올라가는 발자국 소리는 분명 혼자의 것이 아니었던 것이다. 한사람의 발소리는 매우 가볍고 조심스러운 것으로 봐 그 주인공은 여자일 것이 분명하다! 그녀는 누웠던 이부자리에서 벌떡 일어났다.

"아니 아니, 저것이! 이제 마지막이라고 여자까지 집에 들이는 거야? 막판이라 이거지? 못 참는다! 절대로 못 참는다아!"

어제 그 남자에게 미안한 마음을 가진 것이 억울한 것까지 합쳐 그녀는 그 밤 한숨도 못 잤다. 치미는 분노를 삭이느라 온몸이 다 부들부들 떨렸다. 아침이 오기만 하면 일주일이 아니라 하루도 더 이상 안된다고 몰아붙여 당장 쫓아낼 방도를 연구하느라 그 와중에도 두개골이 몹시도 바빴던 밤이었다.

이윽고 아침이 오고, 남편과 딸아이가 집을 나가자 그녀는 서슬 퍼렇게 이층으로 뛰어 올라갔다. 그리고는 그 남자의 방을 사납게 노크하였다. 계집 사내는 간밤에 무슨 일을 했는지 아직도 한밤중이다. 그녀는 더 세게 방문을 두들겼다. 그러자 방문이 소리도 없이 배시시 열리고, 그 안에서 놀랍게도 파파 늙은 노파의 얼굴이 빠끔히 나오는 것이었다. 그 노파의 얼굴은 그녀를 보자 불에 덴 듯 놀라며 인사를 하였다.

"아이구, 주인 아주무이신교? 지가 어젯밤에 염치도 엄시 이레 들어와 잤심더. 우리 얼라가 어제 밤중에 돼서야 일이 끝나서 그레 늦게 안들어왔십니꺼. 죄송시럽심더. 이레 인사도 몬차리고예."

노파가 어쩔 줄을 모르고 굽실굽실하는 바람에 그녀도 얼떨결에 같이 굽실굽실하였다. 노파는 온화하고 겸손한 웃음기가 만면에 가득하였다.

"네에. 모친이시군요. 괜찮습니다. 그럼…… 쉬세요."

그녀는 황황히 인사를 끝내고 아래층으로 내려왔다. 밤새도록 그녀는 저 남자가 젊은 여자를 끌어안고 자는 광경만 상상하느라 눈이 뒤집힐 뻔하였다. 하여간 그녀의 집에서 뭔가 수상한 일이 일어나지 않았다는 것으로 조금 마음이 풀리긴 하였지만 그렇다고 영 마음이 편해진 것만은 아니었다.

노인은 이튿날도 그 이튿날도 가지 않았다. 아마도 저렇게 있다가 일주일쯤 후, 아들의 이사를 도와주고 갈 참인가 보다고 그녀는 나름대로 마음씨 좋은 주인이 되려고 애를 썼다. 노인은 일요일과 수요일에 예배당에도 다녀왔다. 어떨 땐 곡이 제멋대로인 찬송가까지 이층에서 조심조심 흘러내려 오기도 하였다. 그 남자는 집을 구하러 다니는지 한껏 바빠 보였다.

일주일에서 이틀이 남았을 때 이층의 남자가 아래층으로 내려와 그녀를 찾았다.

"아주머니, 다행히 방을 구했습니다."

"아, 그래요? 정말 잘됐네요!"

그녀는 상대방이 민망할 만큼 반색을 하였다.

"그런데요, 이삿날이 한 이틀 늦어질 것 같은데 어쩌죠? 제가 잠깐 중국 출장을 다녀오게 되어서요. 돌아오면 이튿날 바로 방을 비워 드리겠습니다."

그녀는 박정할 수가 없었다.

"네에. 그러시지요 뭐. 그러면 모친은 어떻게……?"

"그게요, 아주머니. 저 보문동에 누님이 살고 있는데요, 거기 모셔다 놓으면 되는데 마침 누님 내외가 유럽여행 중이랍니다. 그래서 그냥 그대로 계셨으면 하는데 어떻게 안 될까요? 뭐 안 된다고 하시면 천상 이틀간 여관에 계시라고 해야겠지요. 아주머니께서 이틀만 편리를 봐주시면 정말 은혜 잊지 않겠습니다. 일이 빨리 끝나면 낼이라도 돌아오고, 늦어도 모레까지는 틀림없이 돌아옵니다. 좀 안될까요?"

그녀는 또 박정할 수가 없었다. 노인을 여관에 혼자 보낼 수는 없었다.

"네에. 할 수 없지요 뭐. 그러세요. 다녀오세요."

그녀의 입은 어느새 그렇게 말하고 있었다.

다음날 그 남자는 출장길에 오르면서 또 그녀를 찾았다.

"아주머니, 이거 좀 잠깐 맡아주세요."

그 남자가 보여주는 서류봉투에는 돈이 들어있었다.

"아니, 모친께 맡기지 왜 내가 맡아요?"

"아이구, 엄마한테 맡기면 바로 교회로 직행합니다. 그냥 아주머니가 이틀만 맡아주세요. 혹시 압니까? 중국행 비행기가 사고라도, 그러면 어떻게 될지요. 하하하. 농담입니다. 그럼 잘 다녀오겠습니다!"

그녀는 농담이라는 그 남자의 말에 괜히 가슴이 철렁하며 기분이 나빴다.

"그럼 저는 잘 다녀오겠습니다!"

그 남자는 얼른 돈이 든 봉투를 탁자 위에다 놓고는 나가버렸다. 돈은 백만 원이었다.

그 남자가 떠나고 난 이층에는 이제 그 남자의 모친이 마음놓고 살림을 사는 것 같았다. 그 남자와는 달리 별로 조심하는 기색도 없었다. 노파는 마음 놓고 도마질을 하고 때때로 구수한 된장국 냄새나 시원한 콩나물국 냄새가 태연하게 그녀의 입맛까지 자극을 하는 것이었다. 아들에게 단단히 교육을 받았는지 아래층에는 얼씬도 하지 않거니와 이층 거실 소파에 앉았다가도 그녀가 방에서 나오는 기미라도 보이면 얼른 방 안으로 들어가는 눈치였다. 하루종일 들릴 듯 말 듯 조그맣게 티브이를 켜놓고 화장실에서 빨래를 하거나 쌀 씻는 소리를 들으며, 아아, 내 집이 이렇게 망가져 버리는구나. 그녀는 탄식하였다.

하지만 이제 곧 끝날 것이었다. 하루 이틀 늦어도 사흘 후면 끝날 것이었다. 그 남자가 중국에서 돌아오기만 하면 그때는 이 지옥 같은 생활도 깨끗하게 끝날 것이고, 그녀의 집은 예전처럼 물속인 듯 고요히 본연의 품위를 찾을 것이었다. 그녀는 하루하루가 여삼추 같아서 어서 시간이 흘러 삼 일 후가 되기를 기다리느라 학의 모가지가 될 판이었다.

그러나 그 남자는 돌아오지 않았다.

일주일이 지나고 한 달이 지나고 일 년이 지난 오늘까지 그 남자는 돌아오지 않았다. 생사마저 알 수 없었다.

그 남자가 떠나고 일주일이 넘도록 돌아오지 않자 그녀는 노파와 담판을 지었었다.

"어떻게 된 거예요?"

"지도 모르겠심더."

"아니, 모친이 모르면 누가 안단 말예요?"

"글쎄 뭐 중국엔가 월남엔가 돈 벌러 간다카기도 하고…… 쫌 걸릴끼라 캤심더."

그녀는 드디어 폭발했다.

'이 인간이 기어이 나를 미쳐버리게 만드는구나. 그녀가 나가 달라고 했을 때 그렇게도 흔연히 나가겠다고 해놓고! 그녀를 죄책감까지 들게 하다니! 이 인간이 끝까지 나를 돌아버리게 하

는구나.'

"세상에, 이러는 법이 어딨어요? 그럼 떠날 때 낼 오겠다 모
레 오겠다 한 말이 아주 작정하고 거짓말을 한 거란 말예요?"

그녀는 분을 못 참고 길길이 뛰었다. 할머니고 뭐고 내일 당
장 얻어두었다던 집으로 나가라고 했다.

"나도 더는 못 참겠네요! 아들이 나갈 때 방을 얻어두었다고
했으니 그리로 이사하세요. 내가 이삿짐센터에 연락할 테니 지
금부터 짐 꾸리세요."

"주인 아주무이요, 지가 그 집이 어딘 줄 알겠십니까? 그라고
방 얻었다는 말은 몬들었는데예?"

정말 미치고 환장한다는 말은 이럴 때 쓰라고 있는 말이었
다. 그녀는 어쨌거나 이들을 몰아내야 하였다. 그것만이 그녀가
살길이었다. 그녀는 그 노파와 그 방의 모든 소지품을 뒤지고
털어냈지만 방을 계약한 계약서 따위는 없었다.

"방을 얻었다는 말은 정말로 없었심더."

그래서요? 그래서 어쩔래요? 그녀는 고함소리가 터져 나오려
는 입을 막았다.

"후우우~! 할머니! 아들이 떠날 때요, 나한테 백만 원을 맡기
고 갔어요. 그것 내드릴 테니까 오늘부터 방 알아보세요. 내가
도와줄 테니까 당장 나서요."

같이 다녀볼 생각이었다. 이 노파에게서 벗어나려면 그 도리

76

밖엔 딴 방법이 없었다. 노파에게 맡겼다간 지지부지 하세월이 갈 것이고, 그렇지 않으면 그 남자의 말대로 하나님 뜻대로 하소서 하며 예배당에다 갖다 바칠지도 모를 일이고, 그렇게 되면 저 오갈 데 없는 노파를 평생 데리고 있어야 할 엄청난 불상사가 될 것이었다.

그러나 방은 없었다. 돈 백만 원으로 노파를 내보낼 수 있는 방은 없었다. 보증금도 없었고, 또 얼마간을 떼어냈다가 노파의 아들이 돌아오는 날까지 연명할 만큼의 돈도 남겨줘야 하였다. 노인을 데리고 하루종일을 다녔다.

그녀가 땀을 뻘뻘 흘리며 돌아다니는데도 노파는 아무 생각 없이 아무 의견도 없이 그저 그녀의 뒤만 줄렁줄렁 따라다니기만 하였다. 길을 걸으면서, 이 무슨 난데없이 닥친 횡액인가 싶어 그녀는 기가 막혔다.

"할머니, 이제 어떻헐래요?"

지친 다리를 칼국숫집에 부려놓고 앉아 그녀는 이 어처구니없는 사건에 절망하며 노인에게 물었다.

"글게요…… 지는 암데도 갈 데가 없심더."

노파의 말대로였다. 노파가 터놓는 말은 더더욱 기통 막히는 말이었다. 그 남자가 광고사업을 한다는 말도 거짓말이었다. 노파는 평생 아들이 무슨 일을 하는지도 모르고, 자신은 경남 진영에서 살고 있었는데 갑자기 아들이 데리러 와서 방을 빼서,

그날 그녀의 집으로 들어온 것이었다. 보문동에 살고 있다는 딸은 있지도 않은 딸이었고, 친척도 인척도 아는 이가 없다고 노파는 굳게 입을 다물었다.

그러니까 그 남자는 노파의 시골 방을 정리하고, 그녀의 집에다 백만 원으로 노인을 맡기고 나머지 돈으로 도망을 친 것이었다. 노인이 불편 없이 살 수 있는 살림살이를 고물 일색으로 사들여놓고 달아난 거였다. 끊임없이 중고살림을 사들인 이유였다.

그녀는 이것저것 생각하니 하도 기가 막혀 화도 낼 수 없었다. 칼국수 그릇을 앞에 놓고 그녀는 멀거니 노파를 보고 있었다. 아니, 딱히 보는 것도 아니고 그냥 앞을 보고 있었는데 거기 노파가 있었을 것이었다.

"아주무이요, 지가 죽은 듯 있겠심더. 아들이 올 때까지 청소하라카면 청소하고, 빨래하라카시믄 빨래를 하고, 음식을 하라카시면 음식을 하겠심더. 힘닿는 대로 하겠심더. 그카다 보면 가~도 오겠지예."

시간이 흐를수록 그녀는 화가 난다기보다 더 어처구니가 없었다. 그녀는 말없이 노파를 데리고 다시 집으로 돌아왔다.

"할머니, 제 말을 잘 들으세요. 아들이 돌아올 때까지 이층에 계세요. 그 대신 이층에서 밥하고 살림하는 건 안 돼요. 밥값 내라고 안 할 테니까 식사 때는 우리랑 같이 먹어요. 나는 저 이층 화장실에서 쌀 씻어 밥해 먹고 설거지하는 소리 더 이상 들을 수 없으니까 그것만 약속하면 돼요. 어떻헐래요?"

노파는 그런 폐를 끼칠 수는 없다고 펄쩍 뛰었다. 물론 그것이 노파의 착한 심성인 줄은 알았지만 그녀는 노파에게 친절히 설명해주고 싶은 마음조차 없었다.

"그거 못하면 나가야지요!"

그녀가 쌀쌀맞게 말했다.

그날부터 노파는 그녀와 한 식구가 되었다. 물론 노파는 한 번도 그녀의 식구들과 식사를 같이 하지는 않았다. 식구가 다 먹고 난 다음이면 노파는 용케도 시간 맞춰 그림자처럼 아래층으로 내려와 밥을 먹곤 다시 그림자처럼 발소리 하나 내지 않고 이층 그네의 공간으로 올라갔다.

식구들이 없는 한낮이면 노파는 살금살금 나와 청소를 하였다. 그녀가 집 일에 관여하는 것을 질색하였으므로 노파는 그녀만 보면 겁을 내며 안으로 숨어들었다. 그녀도 노파와 마주치지 않으려고 큰 볼일 없이는 이층으로 올라가지 않았으니 온전히 이층은 노파의 공간이 되어버렸다.

천성이 바지런한 듯 노파는 잠시도 손을 놀리지 않았다. 이층으로 올라가는 계단의 코너를 기점으로 이층과 아래층의 구획정리가 확실히 되어버렸다. 코너를 돌아 올라가면 이층, 내려오면 아래층인데 올라가는 계단은 늘 먼지 하나 없었다. 그네는 하루종일 발소리 하나 내지 않고 그림자처럼 다니며 이층의 온 유리창을 얼음처럼 닦아놓았다. 이층의 집기들은 닦이고 또 닦이어 언제나 반짝반짝 빛이 났다.

일요일이면 노파는 정갈히 옷을 갈아입고 성경책 가방을 들고 예배당에 나갔다. 신심이 깊은 듯 점점 새벽기도도 가고 수요일 밤에도 나갔다. 금요일에는 구역예배를 간다고 하더니 어느 날은 목사님이라는 남자를 포함하여 한 떼의 신도들을 몰고 들이닥치는 것이었다. 새로운 신도의 집을 축복하기 위해 축복하러 방문하였다고 목사가 말했다. 노파가 여기가 그네 집이라고 말한 것 같았다. 그녀는 일단 기분이 나빴지만 복을 빈다는 말에 마음이 약해져서 그들을 집안으로 들였다. 그들은 한사람씩 돌아가면서 기도를 바치느라 한 시간이나 걸렸다. 들어보면 서두만 다를 뿐 종당에는 다 한 소리였다. 그 중에서 노파의 기도가 제일 간절하였다.

노파는 먼저 멀리 어디론가로 떠난 아들의 안전을 비는 것이 아니라 이 모든 것이 주님의 뜻대로 이루어졌으니 앞으로도 주님의 뜻대로 하라고 하였다. 그리곤 저 말로 다 할 수 없는 은혜를 그네에게 베풀어주는 의롭고 착한 주인집에 축복을 내리시고 군에 간 주인집 아들의 안녕까지 빠짐없이 챙겨 비는 노파의 기도는 사뭇 경건하였다.

과연 노파는 '주님의 뜻'에 맡겼는지 아들이 돌아오지 않아도 별로 걱정을 하지 않는 눈치였다. 모든 것은 주님의 뜻이어서 아들이 돌아오는 것도, 돌아오지 않는 것도 주님의 뜻이라고 하였다. 노파는 오직 하나님만 의지하면서 산다고도 하였다. 하나님은 아무것도 주지 않고 대답조차 없다는 사실을 깨우쳐 주고 싶었으나 그녀는 말 섞기가 싫어 그만두었다.

그녀는 노파가 수시로 대문을 들락거리는 것도 마땅치 않았지만 그렇다고 저렇게 독실한 신앙생활까지 못 하게 하는 것에는 그녀의 양심이 가르치는 바 있어 예배당 가는 것까지는 묵인하였다. 하지만 앞으로 구역예배 모임을 이유로 사람들을 몰고 오는 것은 절대로 안 된다고 단단히 일렀다. 그 와중에도 노인은 그녀에게 포교를 하려는 마음을 감추지 않았다. 하나님은 살아계시고 사람들은 그분을 믿어야만 천국엘 간다고 말하는데 그런 청산유수가 없었다. 그녀는 천국에는 별로 가고 싶지 않다고 말해버렸다.

세월은 흘러갔다.

노인이 들어올 때 입대했던 아들이 제대하고 돌아오고도 세월은 더 흘렀다.

결국 사람은 어떤 환경에서도 적응해서 잘살아가는 동물이었다. 노파도 그녀도 결국엔 서로에게 조금씩 익숙해지며 살아갔다,

그러던 어느 일요일이었다. 남편은 오랜만에 공치러 푸른 필드를 찾아 나가고, 딸도 데이트하러 나갔다.

그녀는 소파에 기대어 책을 읽다가 잠이 들었다. 책과 예쁜 여자의 공통점은 보면 볼수록 자고 싶어진다는 말이 있더니 과연 요즘 그녀는 책만 들여다 봤다 하면 한 페이지를 못 넘기고 잠이 들었다.

얼마나 잤을까. 깨어보니 눈앞이 뿌옜다. 그리고 뭔가가 심하게 타는 냄새도 났다. 화들짝 놀라 주방으로 달려가 봤지만 주방은 저 홀로 잠잠하였다. 자욱한 연기를 찾아 이층으로 올라가자 이층 전체가 연기로 휩싸여 있었다. 연기의 진원지를 찾아 허둥지둥 노파의 방을 통과하여 화장실 문을 열자 시커먼 연기가 왈칵 몰려나왔다. 부스터 위에선 아직도 시커먼 연기가 뭉게뭉게 솟고 있는 중이었다. 노파가 스테인레스 대야에 속옷 등을 불 위에 얹어놓고 교회에 가버린 것이었다. 대야 안의 옷들은 이미 새카만 숯덩이가 된 지 오래고, 그 위에 뚜껑으로 덮어놓았던 플라스틱 대야까지 다 녹아내려서 스테인리스 대야 바닥에 눌어붙어 타고 있었다. 그녀가 황황히 불을 끄고 문을 있는 대로 열고 선풍기를 틀어 연기를 내보내어 환기를 시키려 하였지만 수습은 쉽지 않을 것이었다. 비누 청소로는 어림도 없고 도배까지 새로 해야 할 판이었다.

예배당에서 돌아와 사태를 알아차린 노파는 그녀가 말을 꺼내기도 전에 먼저 납작 엎드렸다.

"할머니, 정말 살 수가 없네요! 일어나기나 해요!"

"아임더! 아임더! 지가 죽을죄를 짓심더! 지가 고마 죽어야할 긴데 이레 폐를 끼치는 것도 모자라 이런 큰 저지레를 치고…… 지가 이 죄를 우찌 갚겠심니꺼. 아이고, 아이고……"

노파는 숨이 넘어가도록 바닥에다 코를 댔다 뗐다 했다.

"됐어요! 집에 불이 안 났으니 망정이지 집이 비었으면 어쩔 뻔 했어요?"

"그러게 말임더! 다 우리 하나님의 은혜로……"

"아이고, 됐네요! 할머니가 하나님한테 안 갔으면 이런 일도 안 일어났어요!"

그녀는 노파가 그 와중에도 하나님 운운하는 것이 꼴뵈기 싫어 쌀쌀맞게 쏴붙였다. 그리고 이참에 노파를 아래층으로 불러 내렸다. 노파를 이층에 그대로 뒀다간 또 무슨 사고가 날지 도무지 마음 놓고 살 수가 없을 것 같았다.

이층 왼쪽 방에 있는 노인의 모든 짐들은 꾸려져 차고로 들어갔다. 모두 그 남자가 사들인 중고품들이었다. 노파의 옷가지와 텔레비전 세트만 갖고 내려와 아래층 문간방에 들여주었다. 노인은 몹시도 언짢아하고 싫은 기색이 역력했지만 지은 죄가 막심하니 이렇다 저렇다 내색할 처지가 아니었다.

아래층으로 내려온 노인은 극도고 주인의 눈시늘 살피며 그러나 살금살금 몸을 움직였다. 마른 수건으로 텔레비전을 닦고, 탁자를 정리하고, 빨래를 걷어 개키고, 마당에 나가 풀도 뽑았다. 그녀도 모른 척해주었다. 아닌 게 아니라 노인이 들어온 후 그녀의 집은 몰라보게 깨끗해졌다. 대문 앞은 물론 골목 이쪽저쪽 끝까지 늘 깨끗이 쓸려 있었다. 노인이 골목을 쓸면 지나가던 동네 사람들은 지레 그녀의 시어머니거나 친정 모친쯤으로 알고 인사를 하였다. 그녀도 굳이 그녀가 돈독이 올랐던바 얼토당토않은 관계의 노인과 식구가 된 내력을 일일이 설명할 일도 아니어서 그냥 두었다.

어느 날 노인이 냉장고 청소를 하다가 그녀에게 들켰다. 노인은 몸을 가만 놔두면 못 견디는 것 같았다.

"아주무이요! 지가 하루종일 성한 두손을 이레 맞잡고 있을라카이 죽겠심더. 생 병이 날라안캅니까. 지가 그저 노는 손에 마루도 좀 닦고, 걸레질도 좀 하고 그레 살그러 해주이소. 예?"

노인은 바지런하였다. 아침 일찍 골목을 쓸어놓고는 마당의 잔디에 풀을 뽑고 유리창을 닦았다. 그녀가 외출한 날은 식구들이 벗어놓은 잔 옷가지들을 손빨래를 하여 햇빛이 쨍쨍한 마당에 널었다. 거실이건 방이건 머리카락 하나 보이지 않았다.

그 남자는 돌아오지 않았다. 연락도 없었다.

그 남자가 없어진 직후부터 어렴풋이 예상하고 걱정했던 것이 마침내 현실이 된 것이었다. 노인 역시 사태의 진상을 알아차리는 것 같았다. 그네의 아들이 그네를 이 집에 버리고 달아나 버렸다는 사실을. 싫어도 인정할 수밖에 없는 현실이었다. 노인은 이제 몸으로라도 때우겠다는 듯이 집안일을 작정하고 나섰다. 그녀가 미루어 둔 설거지를 하고, 그녀가 없으면 그녀 대신 밥하고 냉장고를 뒤져 반찬도 만들었다. 딸아이까지 허물 벗듯 벗어놓은 옷가지들을 일일이 정리하고 날마다 깨끗이 청소해주는 노인을 싫어하지 않았다. 딸아이는 노인에게 로션도 사주고 노인이 예배당에 갈 때마다 연봇돈도 가끔 주는 것 같았다.

군에서 제대한 아들은 한술 더 떠 가관이었다. 밤이 되면 흡사 제 할머니라도 되는 듯 제 방으로 데리고 가서 함께 놀았다. 뭘하고 노나 하고 몰래 들여다보면 아들과 노인은 침대에 함께 올라앉아 텔레비전을 보거나 동문서답을 하며 놀고 있었다.

"할머니, 이것 좀 보세요."

"으응. 와? 와?"

"잠깐만요, 잠깐만 기다리세요. 뭐 보여드릴게요."

"으응, 그래. 오백 원 주고 샀다."

"하하하하, 할머니 그게 아니구요. 하하하하하."

아들은 노인의 딴소리에 웃음을 터트리고 몰래 듣던 그녀도 실소하였다.

노인은 그렇게 이제 그녀의 식구가 되었다. 그녀는 결국 바지런하고 성실한 무임금의 파출부 할머니를 얻어 들인 셈이었다. 그러나 그게 어디 간단한 문제이던가. 팔순의 노인을 들인다는 것은 여느 파출부를 들였다가 언제라도 내보낼 수 있는 단순한 문제가 아니었다. 저러다 덜컥 몹쓸 병에라도 걸리면! 이제 곧 겨울이 닥칠 텐데 예배당에라도 가다가 얼음길에 미끄러져 엉치뼈라도 무너지면! 그녀의 시어머니도 어느 해 겨울 빙판에 넘어져 골반뼈가 내려앉아 그 길로 삼 년 동안 수술과 입퇴원을 번갈아 하다가 결국 세상을 떠났다. 그녀는 생각하면 할수록 노인을 붙이는 일은 결코 간단한 일이 아닌 것만 같았다.

생각 끝에 그녀는 노인의 거처가 될 시설을 알아보러 동회로 구청으로 서울시 복지과로 찾아다녔다. 파김치가 되어 돌아오면 식구들은 그녀가 너무 인정이 없다고 말하였다. 아들이 말했다.

"엄마, 곧 연말인데 다른 사람들은 일부러 어려운 사람들 찾아다니면서 좋은 일을 하는데, 우리집은 불쌍한 할머니 쫓아낼 궁리를 하는 건 너무하지 않을까요? 그러지 마시고, 그냥 좋은 일 하자 생각하시고, 할머니 아들이 돌아올 때까지만이라도 엄마가 좀 참으세요."

그녀야 이제 와서 참고 말고 할 것도 없었다. 이제는 저 노인이 온통 살림을 맡아 해주고 있으니 그녀로선 여간 편한 게 아닌 일이었다. 김칫거리를 사다 놓으면 김치를 담가놓고, 장보기만 해놓으면 찌개든 국이든 구수한 손맛을 내어 식탁을 차렸다. 남편도 아이들도 또 그녀도! 좋았다. 바야흐로 무임금 파출부 노인으로 하여 그녀의 팔자가 늘어질 판이었다. 무엇보다 아이들이 저렇게 좋아하니 이것도 무슨 인연인가 싶기도 하여 이제는 매정하게 시설로 보낼 수도 없을 것 같았다. 그렇다고 언제까지 그녀가 책임질 수도 없는 일 아닌가. 그녀는 난감하다.

"아이고~! 아주무이가 멸치를 맛있는 걸로 참 잘 사싰네에."
오늘도 그녀는,
볕 바른 거실 한쪽에 앉아 멸치를 일일이 다듬고 앉아 있는 저 바지런한 노인을 어째야 좋을지 머리를 싸맨다.

어떤 인연

오랜만에 광화문에 나왔다. 이순신 동상과 세종대왕, 그 너머 여전한 광화문을 보니 공연히 세상이 안녕해 보인다. 구 정보통신부 앞에 아직도 솜털이 보소송한 전경들이 3열종대로 서서 무슨 얘기를 하는지 가끔 몸을 흔들면서 웃는다.

옛날,

'일기장에 쓸거리가 없는 하루를 살지 말라.'

'작년과 똑같은 삶을 살고 있다면 그 삶은 잘못된 삶이다.'

등의 말에 너무 깊이 공감한 나머지 그녀는 쓸거리가 없는 하루를 만들지 않으려고 '쓸거리'를 찾아 일부러 광화문을 쏘다니던 시절이 있었다.

어느 해 여름, 그날도 혼자서 덕수궁 뒷길과 정동길 성공회

길을 다리가 아프도록 걷고 나서 점심으로 콩국수를 먹고 집으로 돌아가는 버스 안에서 배탈이 났다. 갑자기 식도와 마지막 창자가 힘겨루기를 하듯 뻣뻣하게 버팅기다가 콰르르르~! 하며 아래쪽으로 뜨거운 기운이 몰려간다.

펄펄 끓는 괄약근을 제압하느라 눈앞이 노래지는 그날 일기를 마지막으로 쓴 후 더는 광화문으로 쓸거리를 찾아 나서는 일은 중단되었다.

지하도로 내려가 영풍문고 안으로 들어갔다. 꽤 혼잡하다. 통로를 따라 17번 문예지 코너로 가서 새로 나온 시집들을 들춰 보았다. 시를 잘 모르는 탓이겠지만 아 이렇게 써도 시가 되는구나 싶은 시집의 책장을 넘겨보며 이렇게 많은 시들이 세월이 흘렀을 때 다시 읽히는 시가 몇 편쯤 될까 생각하다가 그녀는 화들짝 놀라 그만둔다. 갑자기, 소설은? 네가 쓴 소설은? 하는 질문이 떠오른 탓이다. 그녀는 황급히 시집을 덮었다.

저만큼 보이는 안쪽에서는 인기 시인인 H 선생이 팬 사인회를 하고 있다. 대학교수이면서 시인인 H 선생이 사인회를 하면 늘 줄이 길다. 오늘도 책을 손에 든 젊은이들의 줄이 길게 늘어서 있었다.

신간 서적 소설 가판대에 놀랍게도 A 선생이 서있다. 무슨 책인지 꽤 한동안 그렇게 있었던 것 같았다. 그녀는 아이고, 깜짝

이야! 하고 자리를 피했다.

등단하기 전 그녀는 A 선생의 장편과 몇 편의 단편을 필사하였었다. 그의 소설을 필사하면서, 작가가 되어 이런 소설을 단한 편이라도 쓸 수 있다면 소원이 없겠다고 생각했었는데 오늘까지 이루지 못하였다. 그의 소설을 읽고 나면 그저 가슴이 먹먹해졌다. 휘영청 달 밝은 밤, 이승인 듯 저승인 듯 알 수 없는 곳에 홀로 세워진 듯한 서늘함과 원초적 고독함이 가슴을 저며 책으로 가슴을 누르고 한참 엎드려 있어야 하였다. 아주 먼 데서 종소리가 울리는 듯도 하였고, 고향집 개울가 물 흐르는 소리를 듣는 것 같기도 하였다.

그녀가 등단 후, 어느 곳에서건 먼빛으로 A 선생을 보며 그녀는 언젠가는 그와 물빛 나는 관계라도 이어봤으면 하고 상상했었다.

정식으로 인사하고 좀 더 가까이 갈 수도 있었지만 그녀는 그러지 않았다. 인사는커녕 그의 그림자만 나타나도 달아났다. 그렇게까지 할 일이 무엇인가 말이다.

실은 아무 일 아닐지도 모르겠다. 하지만 그녀는 A 선생과 마주치기가 싫다. 이제는 그렇게 너무 긴 세월이 흘러버려서 그를 피하는 이유가 A 선생이 싫어선지 그냥 마주치기가 싫어선지도 모호해졌다.

데뷔 직후 신인 시절. 그날도 오늘처럼 문학상 시상식이 있던 날이었다. 아마도 그녀의 동료들 중 누군가가 수상자였을 것이다. 행사가 끝나고 그녀를 포함한 세 명의 일행은 로비로 나와 긴 의자에서 동료수상자가 나오기를 기다리고 있었다. 그때 마침 A 선생이 그들 쪽으로 걸어왔다. 굳이 그들 쪽으로 왔다기보다 그곳은 로비였으므로 출입문을 나서면 그들 쪽으로 나올 수밖에 없었다. A 선생이 나오자 그들 중 영리한 J가 달려나가 인사를 했다. A 선생은 J의 손에 이끌려 그들 일행에게로 다가왔다.

그녀가 굳이 J 앞에 '영리한'이라는 형용사를 붙이는 이유는 J의 놀라운 처세 때문이다. 남이 차려놓은 밥상에 숟가락 하나 얹어 그 밥상이 오로지 저 혼자 차린 게 되게 만드는 능력, 돈을 내야 하는 순간이 오면 절묘한 타이밍에 전화를 받거나 커다란 가방 안을 뒤져 뭔가를 바쁘게 찾는 능력이 뛰어난 여자였다.

J의 현란한 말에 이끌려 한참 따라가다 보면 어느새 일행들은 J의 체면치레 하는 일에 들러리를 서고 있었다. J가 안내한 레스토랑이나 커피숍은 식사 대와 커피값이 앗! 하게 비쌌다. 영문 모를 일행들은 따라간 죄로 십시일반 돈을 거둬 계산했다. J는 사람들을 이용해 본인이 차려야 할 인사를 그런 식으로 아무렇지 않게 해치운다. 처처에서 조목조목 한순간 한 푼의 돈과 시간을 낭비하지 않고도, 해치우는 J의 능력은 아무도 따라갈 수

없는 능력이었다. 으이? 하고 깨달을 때는 이미 상황종료 후 집으로 돌아가 그날 하루를 조용히 되돌아볼 때이다.

A 선생은 J와 구면이었고 그 여자를 포함한 두 여자는 초면이었다. 대선배이자 이런저런 이유로 호감을 넘어 경외심을 갖고 있던 그녀는 그 순간 A 선생을 대면하게 되는 일에 몹시도 마음이 동요되었다. J가 소개를 시작하자 그녀는 땀도 나지 않은 손바닥을 스커트 옆 자락에 문질러 닦으며 차례를 기다렸다. A가 먼저 첫 번째 여자를 소개하였다. 그녀는 S대학을 나와 굴지의 문예지로 등단했으며 지금은 00대학 교수라고 상세하게 소개를 하였다. 어디에 내놔도 부럽지 않은 스펙이다. A 선생은 그 여자의 소개를 받고 그 여자와 악수하였다. 두 번째 여자도 비슷하게 대단한 스펙과 국내 굴지의 문학상을 두 개나 수상한 여자였다.

다음은 그녀 차례였다. A 선생은 그녀를 보았다. A 선생과 그녀는 눈이 마주쳤고, 그녀는 이미 반쯤 허리를 숙여 A 선생에게 인사를 하려고 하였다. A 선생도 악수를 하려 손을 반쯤 내밀려는 찰나였다. J가 그녀의 소개를 시작해야 할 찰나인 것이다. 그러나 J는 무슨 생각이었는지 중도에서 소개하기를 그만두었다. 그녀와 A 선생은 둘 다 머쓱해진 채 어설프게 손을 거두었다. A 선생도 황황히 시선을 거두고 인사를 하곤 가버렸다.

J는 왜 그랬을까?

그것이 오늘까지 J를 볼 때마다 가지는 그녀의 의문이다.

짐작하건대 J는 별 스펙 없는 그녀를 A 선생에게 소개해서는 자신의 명예에 하나 도움이 되지 않는다는 계산을 했을 것이라는 짐작만을 할 수 있을 뿐이다. 하지만 개인적으로 그녀를 만나면 더없이 친절하고 살갑게 굴었다. 그런 J를 생각하면 그녀는 그만 뭐가 뭔지 모르게 되었다.

그날 이후, 그녀는 어디서건 A 선생과 마주치지 않는다. 좁은 마당이라 여기저기서 부딪히지만 그녀는 어떻게든 그를 잘 피하였다.

하지만 A 선생은 항상 그녀의 중심에 있었다. 그렇게 생각해서인지 A 선생 쪽에서도 그런 그녀를 의식하고 있는 것 같다. 물론 A 선생이 그날의 일까지 기억하고 있을 것이라곤 생각하지 않지만 어떤 여자가 의식적으로 저를 피하고 있다는 사실은 알고 있을 것 같았다. 그가 나타나면 모든 여자소설가들이 그와 눈도장을 찍기 위해 집중적으로 몰려드는데, 번번이 인사도 하지 않고 돌아서 버리는 그녀를 모르고 있을까.

그녀가 J의 일을 아프게 기억하는 것은 그 일이 처음이었기 때문일 것이다. 그 후 그녀는 사람들을 만나고, 친분이라고 쌓으면서 거듭되는 비슷한 경험에 이제는 그런 것들이 상처라고도 생각하지 않게 되었다. 그녀가 생각하는 우정이나 친분은 그들이 생각하는 우정이나 친분이 아니었다. 그들이 생각하는 인간관계란 처음부터 거짓으로 시작하여 거짓말만 하다가 저 편한 때에 팽개치고 가는 것인 것 같다.

일박 혹은 이박 일정의 세미나 중 내내 팔짱을 껴오며 살갑게 굴던 사람이 어느 순간, 면을 세울 때가 되면, 네가 누구지? 하는 얼굴을 하곤 면 서는 자리로 냉큼 가버렸다. 그 자리라야 고작 수장들과 같이 앉는 메인테이블에 앉거나 단체사진을 찍을 때 수장과 가까운 자리를 차지하기 위한 순간들이었다.

줄창 같이 속마음을 얘기하고 함께 밥을 먹고 웃던 친구를 내팽개칠 만큼 그게 그렇게 중요한 일인지 그녀로서는 도저히 이해할 수 없었다.

그런 인간일수록 저를 포장하고 끊임없이 저를 자랑하기 바쁘다. 자랑질도 점점 교묘해져서 얘기를 다 듣고 나서야 아, 이자가 지금 자랑질을 하고 있었구나 깨닫게 되는 거였다. 세월이 가고 사람들이 늙어갈수록 점점 근사해지는 것이 아니라 뭘 하나라도 내세워 잘난 척 하는 일에만 최선을 다하고 있는 것 같았다.

지금보다 훨씬 순진했던 시절, 그녀는 세미나에서 선배 한 사람이 계단에 홀로 앉아있는 것을 보고 그 곁에 가서 앉았다. 곧 카메라를 든 작가 한 사람이 두 사람을 향해 사진을 찍어주려고 하였다.

며칠 후, 게시판에 올라온 그 사진을 본 그녀는 당황했다. 셔터를 누르는 찰나 그 선배는 카메라를 외면했다. 그녀만이 뭐가 좋은지 외면한 선배 옆에서 유난히 환하게 웃고 있었다. 선배의 외면은, 너와는 사진을 찍히고 싶지 않다는 의미 같았다.

그 후, 그녀는 좀처럼 타인과 사진을 찍지 않는다. 몇 사람이 모여 사진 찍는 무리 속에도 잘 들어가지 않는다. 혹여 그녀 때문에 사진을 망쳤다고 할 사람이 있을지도 모를 일이다. '외면 선배' 이후 그녀는 같이 찍자고 말하기 전에는 사람들 속에 찍히지 않도록 조심하였다.

오늘 문학상을 받는 작가는 마흔 초반이다. 서른 후반에 혜성처럼 나타나 샛별 같은 작품들을 쏟아내며 큼직한 문학상을 휩쓰는 소설가였다. 불과 오 년여 전, 그 작가의 데뷔 작품을 만났을 때 그녀는 충격을 받았다. 한 60년이나 70년쯤 살고서야 나올 수 있는 인간에 대한 혹은 인생 전반에 대한 이해와 사유가 어찌 이 나이에 이만큼 깨달았을까. 책을 읽는 동안 몇 번이나 책날개에 붙은 작가의 사진을 돌아봤었다. 여성작가가 남자를 주인공으로 하면서 탄탄한 구성의 추리소설에 가까운 스토리는 말할 것도 없었고, 우선 오백 페이지나 달하는 분량에 압도되었다. 30대의 여성이 이렇게 길디길은 우물 같은 삶의 신음

소리를 길어낼 수 있는 이 작가는 분명 타고난 천재라고 생각했다. 그때 30대에 쓴 그 작가의 소설을 읽으며 50대 후반이었던 그녀는 절망하였다.

그녀는 친구의 신작이 실린 『문학사상』을 뽑아 들고 안쪽 구석에 등을 기대고 앉았다. 옛날에 친하게 지냈거나 안면 있는 선배 동료 후배들의 중단편 소설들이 여러 문예지에 실렸다. 다들 열심히들 쓰고 있구나. 또 주눅이 든다.

그녀도 생각은 한다. 소설―내가 과연 좋은 소설을 쓸 수 있을까. 하지만 생각만으로도 괴롭다. 죽어서도 쓰고 싶은 '좋은 소설'에 대한 열망이 간절할수록 그녀의 재주 없음에 대한 절망도 깊어진다.

마음이 담긴 소설.

사람들에게 희망이 되고 영혼의 양분이 되는 소설.

보다 즐겁고, 살아가는 데 힘을 주는 소설.

출판을 해도 아마존과 보르네오의 펄프가 아깝지 않은 소설.

이런 생각에 이르면 좋은 소설가에 대한 그녀의 미래는 점점 더 오리무중이 되어버린다.

그녀는 언제쯤이면 내 소설에 내가 만족하는 그런 소설을 쓸 수 있을까. 그녀에게 희망이라는 것은 늘 불안하고 회의적인 것이었다. 열정이나 염원만으로는 예술이 되지는 않을 것이기에.

그녀는 영화 '아마데우스'에 샬리에르와 모차르트의 스토리를 보며 깊이 공감하였다. 샬리에르는 한편의 명곡을 만들기 위해 신이 원하는 금욕생활과 기도와 노력을 바쳤다. 반대로 모차르트는 방탕하고 술주정꾼이며, 노력하지 않지만 명곡은 언제나 모차르트 머릿속에 꽉 들어차 있었다. 그런 모차르트를 보며 샬리에르는 결국 절망에 빠져 벽에 걸린 고상을 불태우고 자신의 신을 버렸다.

두 시간이 후딱 지나갔다. 통로로 그녀가 A 선생이 있던 곳을 보니 A 선생도 없다. 3시다.

시상식이 있는 동숭동으로 가야만 할 시간이었다. 궁뎅이를 털고 일어서니 두어 시간 움직이지 않은 후유증이 만만치가 않다. 히프에 감각이 없어지고 무릎을 부여잡고 펴는데 시간이 걸린다. 그녀는 뽑아온 책들을 제자리에 꽂아놓고 영풍문고를 나와 대학로를 향해 걷기 시작하였다.

대상 수상자인 인기 작가는 사십 분이나 지각을 하였다. 길이 막혔다고 변명을 한다. 죄송하다고 말하였지만 그녀의 태도에서 그런 기미는 별로 보이지 않았다. 자타 두루 공인된 베스트셀러 작가는 어쩌면 이런 시덥잖은 단체서 상을 주겠다고 하여 귀찮게 하느냐는 생각을 하고 있을지도 모르겠다.

작가가 들어서자 가슴에 꽃을 달고 단상에 미리 앉아있던 초대 인사들이 일제히 일어서서 그녀에게 악수를 청하며 반갑게 맞았다. 그들은 오늘의 수상 작가 보다 대부분 20년 30년 이상 연장자들이었다. 길이 막혔다고 그녀가 늦은 이유를 말하자 일흔이 넘은 단체장은 괜찮다고 어서 가슴에 꽃을 달아주라고 꽃바구니를 들고 따라 들어온 행사직원에게 일렀다. 선배 동료 후배와 각계의 초청 인사들과 하객 수백 명이 사십 분이나 넘게 속절없는 시간을 죽이고 있었는데도 지각한 이유가 '길이 막힌 것이기 때문'에 그녀는 미안하거나 죄송한 일이 아니라고 생각하는지 당당하기만 하였다.

그녀는 창작의 지난한 고통을 오직 저만 겪은 듯, 저보다는 수십 년 더 오래 글을 써 왔으나 유명해지지 못한 작가들의 집단에 초대받은 것이 조금도 기쁘거나 영광스럽지 않아 보인다. 오히려 저같은 베스트셀러 작가가 이런 자리에 나타나 영광스러워 할 사람은 내가 아니라 여러분들이라고 여기고 있을지도 모르겠다.

인기작가는 이런 자리라면 좀 입어줘도 좋을 투피스나 원피스, 아니 기본적으로 평상복을 외출복으로 갈아입고 나왔다는 정도의 예의도 갖추지 않았다. 밑이 짧은 골반바지에 목 늘어진 셔츠 위에 허리가 짧은 면 재킷을 걸쳤다. 그녀가 의자에 앉으니 골반바지와 재킷 사이에 맨살이 드러난다. 그녀가 앞으로 몸을 조금 움직이면 허리 맨살이 더 많이 드러나고 옆으로 움직이면 옆구리 살이 보인다. 탄력을 잃은 옆구리 살이 골반바지 허리 바깥으로 흘러 벨트가 묻혀 버렸다. 아무래도 보기 민망한 맨살이었다.

심사위원 R 선생이 오늘 수상작에 대한 심사평을 하였다. 세상에 있는 모든 칭찬과 격려 찬사와 미래를 빌어주는 심사평이 끝나고 특별히 초청된 연사인 듯 A 선생이 단상으로 올라갔다.

단상에 오른 A 선생은 오늘의 수상자에 대하여 격려보다는 일침을 가하였다. '대체로 작가가 짧은 기간 안에 유명해지면 작품 또한 짧은 기간 안에 너무 많은 작품을 써내는 것과 그것들이 또한 비슷비슷해지는데 오늘의 수상자도 그런 걸 경계해야 할 것 같습니다. 그리고 어쩌면 이것은 심사평과는 상관없는 말인데, 아직도 젊으니 선배로서 한마디 하겠어요. 오늘 같은 날, 이런 자리에 40분이나 지각을 한다는 것은 아무래도 작가가 유명세의 시건방이 들기 시작한 징조가 아닌지 걱정스럽습니다. 모쪼록 신중하고 멋지고, 좋은 소설가가 되길 기대합니다.'

수상자의 등장 후 내내 꿀꿀하던 그녀의 속이 후련해지는 순간이었다.

시상식이 끝나고, 꽃다발을 준비한 친지들은 지금 이 시간 꽃다발을 주고 사진을 찍으라고 사회자가 배려하였지만 인기작가에게 꽃다발을 주거나 사진을 찍는 가족은 없었다.

그녀는 이천만 원의 상금을 타면서도 주위에, 가족들에게조차 자랑하지 않고 저 혼자 와서 상을 받고서는 갔다. 뒤풀이란 것도 없었다. 만일 그녀가 상을 받으면 초등, 중등, 고등학교 동창들. 문화센터, 헬스, 이웃집 세희엄마까지, 최소한 50명은 불러 법석을 떨었을 것이다.

행사가 끝난 후 그녀는 혼자 예총회관 후문으로 나와 천천히 아트센터가 있는 뒷동네를 한 바퀴 돌았다. 아트센터 이층 커피숍에서 비 오는 거리를 내려다보다가 그녀가 애인이라고 생각했던 남자가 다른 여자와 손잡고 행복하게 웃는 것을 목격하던, 곳곳에 그녀의 추억이 쌓인 곳이었다. 저쯤 골목에서는 그와 포옹했던 자리이고, 저 꼭대기 어디쯤에선 키스를 했었다.

대학로는 언제나 활기에 넘친다. 연인도 많다. 어딜가나 연인이 없는 거리는 없겠지만 대학로는 특히 젊은 연인들이 많다. 그녀는 길옆 커다란 은행나무 밑 벤치에 앉았다. 한 떼의 살찐 비둘기들이 그녀가 있는 곳으로 모여들어 발밑까지 다가와 몹시도 바쁘게 먹을 것을 찾았다. 가끔 고개를 들고 그녀를 빤히 쳐다보지만 안타깝게도 그녀는 비둘기에게 아무것도 줄 게 없었다.

길 건너 맞은편 벤치에는 한 쌍의 연인이 앉아있다. 20대 초반으로 보이는 연인들이었다. 여자아이를 반쯤 품 안에 넣은 남자아이는 애인이 조잘거리는 이야기를 듣고 있다. 그러나 그 남자는 품 안의 애인이 너무 사랑스러워 여자아이가 하는 말 따위는 귀에 들어가는 것 같지 않다. 연신 애인의 볼을 만지작거리며 여자아이의 이마에 흘러내린 머리칼을 쓸어주다가 이윽고는 정말 못 견디겠다는 듯이 여자의 볼을 꼬집어보곤 이내 자기 볼을 갖다 대보다가 입을 맞추었다.

젊은 그들의 애정행각을 눈앞에서 보니 문득 그녀의 저만할 때의 연애는 어떠했던가를 생각해 본다. 그녀의 연애는 항상 그녀 쪽에서 구걸하고 애원하고 순정을 바치는 것이었다. 그때나 지금이나 그녀의 연애사를 아는 친구들은 그런 그녀를 보고 한마디로 일갈했다. 으이구, 병신아!

남자가 나타나면 그녀의 눈에는 제꺼덕 콩깍지가 씌어졌다. 그러고 나면 곧 시간과 돈을 아낌없이 갖다 바치는 일이 시작되었던 것이다. 돈이 없으면 어떻허든 구해서라도 그가 필요한 것을 해줘야 했다. 친정엄마가 어렵게 부탁하는 동생의 고등학교 등록금마저도 그 남자의 학비와 맞물려 들어주지 못한 일도 있었다. 참으로 알 수 없는 일은 그럼에도 불구하고 남자들은 그녀를 떠나가던 것이었다 물론 그녀가 남자들의 혼을 빼놓을 만큼 매력이 있거나 이쁘지 않은데도 이유가 있었겠지만 세상에는 그녀보다 더 이쁘지 않아도 받기만 하는 연애를 하는 여자도 많았다.

결과적으로 사랑은 그렇게 퍼주기만 해서는 지킬 수 없는 것이었다. 지금 생각해 보면 그녀는 언제나 그녀 쪽에서 사랑을 만들고 사랑을 구걸하면서 뭐든 다 해다 바쳤다는 게 문제였다. 어찌하여 그녀는 그렇게도 받을 줄을 몰랐을까. 훨씬 후에 안 일이지만 사랑에 대해서 톨스토이가 말해 놓은 게 있었다. '사람은 누군가가 자신에게 잘해준 사람을 사랑하는 것이 아니라, 누군가에게 잘해준 그를 사랑하게 된다'고. 좀 더 일찍 톨스토이의 『사랑과 전쟁』을 읽었더라면 최소한 그토록 미친년처럼, 내 사랑을 받아만 주시와요 받아만 주시와요 하지 않았을 거였다.

전철을 타려고 혜화역 쪽으로 걸었다. 콘서트 티켓을 홍보하는 아르바이트 학생들이 주는 홍보지를 다 받으니 열 걸음도 안 걸었는데 일곱 장이 되었다. 예총회관 정문을 지나 혜화역 지하도로 마악 내려가려는데 앗! A 선생이었다. 그는 저쪽에서 걸어오고 그녀는 이쪽에서 걸어가서 지하도 입구에서 딱 마주칠 때까지 서로를 보지 못했음이 분명하였다. 피할 겨를이 없다.

그녀는 할 수 없이 고개를 숙여 목례를 하였다.

A 선생이 먼저 계단을 내려갈 때까지 잠시 기다렸다. 그런데 A 선생도 그녀가 먼저 내려가기를 기다리는지 그냥 서있다. A 도 서있고 그녀도 서있었다. 할 수 없이 그녀가 계단을 내려가기 시작하였다. 세 계단쯤 내려갔을 그때 놀라운 일이 일어났다.

"심 선생, 차 한잔하고 갈까요?"

그녀가 놀란 것은 차를 마시자는 말보다 A 선생이 그녀의 성을 알고 있었다는 사실이었다.

둘은 대학로를 걸으면서 가끔 마주 웃었다. 웃는 A 선생을 보며 그녀는 그 어떤 말도 필요하지 않다고, 이것으로 충분하다고 생각하는 것이었다.

파죽지세의 난亂(1)

민주는 어수선한 꿈결 아득한 곳에서 울리는 전화벨 소리를 듣는다. 열 번, 열한 번, 열두 번…… 벨소리는 '너 있는 줄 다 아니까 얼른 받아!' 그러는 것처럼 끈질기게 울어댄다. 스물, 스물하나, 스물둘…… 전화는 멀리서가 아니라 바로 그녀의 귀퉁배기에서 울리고 있었다. 민주는 베개 밑에서 무선전화기를 찾아내었다.

　2박 3일의 피로가 겹친 데다 지독한 숙취다. 밤새도록 둔중한 몽둥이로 두들겨 맞은 것처럼 온몸의 근육이 아근바근 아프다. 눈을 뜨려고 눈꺼풀을 최대한 위로 들어 올렸지만 오른쪽 눈만 겨우 떠진다. 뇌도 밤사이 끈적끈적 녹아버려 뭔가 알 수 없는 다른 물질이 되어버린 것 같다.

"네에……"

갈라진 목소리조차 소리가 되어 나오지 않는다.

"야! 내따!"

숙희다. 지금까지 울려댄 전화벨의 주인공이 숙희라는 걸 아는 순간 민주는 짜증이 난다.

"야! 끊어. 나중에 하자."

민주는 숙희의 대답이 떨어지기도 전에 수화기를 내던지고 다시금 이불 위로 풀썩 무너졌다. 그러나 벨은 다시금 울리기 시작하였다. 민주가 수화기를 들자마자 숙희가 쏴붙인다.

"오민주! 너 총무 똑바로 해!"

"으이구, 알았어, 이년아! 나중에 해."

이때만 해도 민주는 장난이었다. 상대는 작심하고 덤비는 싸움에 민주는 무방비로 방심한 채 놀이나 장난쯤으로 알았다. 하지만 숙희는 그날부터 거의 날마다 전화를 걸어 민주에게 시비를 걸었고 장난으로만 받았던 민주도 끝내는 맞대응을 하지 않을 수 없게 되었다. 싸움은 날이 갈수록 발전하여 마침내 전쟁이 되었다. 하지만 그 전쟁의 발발은 실상 민주와는 아무 상관도 없고 도무지 어이없는 일로 시작되었던 거였다. 전쟁의 원인은 그렇게도 치사하여 차마 입 밖으로 낼 수도 없을 만큼 작고 치사한 것이었다.

어느 날 숙희가 전화를 걸어 '파죽지세'를 탈퇴하겠다고 한다. 민주가 총무를 맡은 지 한 달도 채 안된 때였다. 파죽지세는 저 40년 전 A읍의 달랑 하나 있던 여자고등학교를 동시에 졸업한 동창들의 모임 이름이다.

그들이 졸업 후 앞서거니 뒤서거니 하나씩 둘씩 서울로 올라오면 그때마다 서로 부둥켜안고 감격을 주체할 수 없었다. 그들은 어쩌면 그렇게도 한 콩깍지 속의 콩처럼 똑같이 어려웠는지. 서로의 고생이 애틋하여 누군가가 아프면 돌아가며 당번을 정해 밤새워 간병하는 일을 당연하게 생각하였고, 농사철에 아이를 낳으면 시골의 엄마들은 산바라지 하러 상경하지 못할 때도, 11명이 순번을 정해 산구완을 했다. 열한 명이 사나흘씩만 가다 보면서 어언 한 달이 넘어 산모는 거뜬하게 일어났다. 힘들다고 생각지 않았거니와 설령 힘이 들었다고 해도 당연히 할 일이라고 생각하였다. 그때를 생각한다면 파죽지세가 어찌 싸움 같은 것을 할 수 있을까.

하지만 금반지로 시작한 곗돈이 백만 원대로 올라서면서 그들의 신분과 환경에도 슬슬 변화가 보이기 시작하였다. 골프 치는 여자와 산에 다니는 여자가 나뉘고, 아파트의 평수가 나뉘었다. 아이들의 고액과외와 학원과외가 나뉘고, 서울대 학모와 그 밖의 학모가 나뉘었다. 그리고 그때쯤은 아파트를 일 년에 한 번씩 옮겨 다니거나 증권에 눈 밝은 여자도 생겨나서 날이 갈수록 생활의 격차가 벌어지기 시작하던 거였다. 그러나 어쩐 일인지 생활이 나아질수록 옛날의 그 눈물겹던 우정은 점점 옛날 같지가 않았다.

마침내 부자와 가난한 자가 확실하게 드러나기 시작하였는데 이숙의 남편이 제일 먼저 실직을 하고 말았다. 얼마 후 이숙은 모임 때마다, 셔츠건 블라우스, 몸뻬 등 옷가지를 들고나왔다. 어떨 땐 화장품이나 건강식품일 때도 있었다. 처음에 그들은 이숙이 가져온 그것들을 다 사 주었다. 설령 필요하지 않아도 이숙이 그것들을 되가져 가게 하지 않았다. 그러나 그런 일이 언제까지나 거듭되자 불평이 나오기 시작하였다. 식당에서 옷가지를 흔들어대는 건 모임의 품격을 떨어트리고, 언제까지 이렇게 할 것이냐고 불평하였다. 그러다가 시작한 건 숙희였다.

"이숙이 너! 더 이상 그런 거 들고나오지 마라! 우리 다 싫고, 진짜 불편하다!"

"미친년, 지랄하네! 안 사면 되지 니가 무슨 상관이고! 니가 언제부터 그레 살았는데? 참말로 같잖네!"

이러다가 삿대질로 싸움이 붙어 머리끄댕이를 잡기 직전까지 갔던 거였다.

"으이구, 내가 총무인 이상 탈퇴 같은 건 없어!"

"이숙이 저년 뵈기 싫어 나 못 나가. 탈퇴할 거니끼 그동안의 겟돈 정산해서 내 몫 줘! 백만 원 넘지? 그걸 내가 포기할 이유가 없잖아?"

"흐이구! 진짜 지랄들을 하네. 내가 총무인 동안에는 그럴 일 없어!"

그런 말을 주고받을 때만 해도 민주는 그들의 일이 그렇게 심각하다고 생각하지 못하였다.

"물론 우리도 보기 좋지는 않지. 그치만 지가 먹고살자고 그러는데 어떻혀? 너는 남도 아니고 니 사촌인데 가한테 너무 하는 거 아냐?"

"시끄러! 너도 똑같아, 이년아! 아아들이 다 불편해하는 거 니 눈에는 안보이냐? 니가 자꾸 그렇게 두둔을 하니까 그년이 지가 무슨 우리한테 빚쟁이같이 기고만장인 거야!"

"으이구! 기고만장은 무슨!"

그들의 험한 말은 욕이 아니었다. 만나면 첫마디부터 '아이고, 이 문디, 반갑다!'로 시작하여, '그래! 잘 지냈나? 문디야!'로 이어지는 그런 말들이 그들에게는 그저 우정과 친밀감의 표현이었다.

"아무리 돈에 눈이 뒤집혔다캐도 지가 나한테 그러면 안 되지! 지가 처음 서울 와서 내 자취방에서 개긴 게 얼만데. 자리 잡을 때까지 내 도움 안 받고 살 수나 있었게? 배은망덕도 유분수지 저년은 인간도 아니야!"

숙희는 그동안 이숙네 식구들을 불러내어 자주 외식도 하고, 아이들의 학용품과 교복 등도 사입히며 나름대로 최선을 다했었다고 했다.

"그랬더라도 너 너무 그러지 마라! 먹고사는 것만큼 중요한 게 어디 있겠냐. 우리가 그만한 건 봐줘야지 어쩌겠니. 네가 이해해라. 이해도 큰 자가 할 수 있고, 용서도 가진 자가 할 수 있는 거다. 잘난 사람이 져 주는 거 아니겠냐. 니가 이숙이하고 그러면 되겠어? 지는 게 이기는 거야. 니가 먼저 이해해!"

민주는 뜻밖의 좋은 말을 늘어놓곤 내심 뿌듯하였다. 해놓고 보니 너무나 멋진 말 아닌가. '큰 자가 용서하는 거다.' '용서도 가진 자가 할 수 있는 거다.' '지는 자가 이기는 거다.' 자신이 한 말이지만 아무래도 멋진 말이었다. 하지만 그 좋은 말을 들은 숙희는 한참이나 조용해졌다. 너무나 조용하여 민주가 다시 여보세요? 했을 때 숙희는 갑자기,

"잘났네!"

하곤 전화를 끊어버렸다. 아둔한 민주였을까. 그녀는 자신이 해버린 그 말이 가져올 후폭풍을 조금도 예상치 못했다. 그 허술한 충고 몇 마디가 숙희에겐 얼마나 엄청난 자존심 손상을 입힌 일인지 민주는 꿈에도 생각지 못했다. 숙희는 그 후부터 눈에 띄게 민주와 멀어졌다. 숙희의 단짝인 A 역시 숙희와 행동을 같이하였다.

그날 숙희와의 전화를 그렇게 끝내고, 민주는 이숙에게 전화를 걸었다. 총무 아닌가. 화해를 시켜야 한다고만 생각하였다. 이숙도 숙희 못지않게 화가 나 있었다. 숙희의 자취방에서 같이 지낸 건 사실이지만 신세라니 천부당만부당하다고 펄펄 뛰었다. 시골 이숙의 모친이 때마다 철마다 숙희네로 가서 밭일 논일로 품앗이를 했고, 추수가 끝나면 시골에서 쌀이며 부식, 양념 등을 갖다 먹은 것만도 방값에 견줄 것이냐고 하였다.

"숙희 그년이 나 돈 없다고 무시하는 거 너도 봤잖아!"

민주는 또 이숙을 달랬다.

"야, 돈 없다고 그러는 게 아니잖아. 돈이 뭐가 그리 중요해?"

"뭐? 돈이 안 중요하다구? 웃기지 마, 이년아! 나는 돈이 젤 중요해!"

이숙이 쏴붙이곤 전화를 끊었다.

민주는 '파죽지세' 9명의 여자들과 2박 3일 여행을 다녀온 터였다. 해가 바뀌고 2월을 지나 3월이 되면 '파죽지세' 총무는 머리가 아프기 시작한다. 천하무적 '저 아줌마'들을 데리고 혼이 쑥 빠지도록 놀게 해줘야만 할 의무가 있는 것이다. 곗돈이 마침내 이천만 원이 넘어서자, 너무 많은 돈을 모아 놓는 것도 불길한 일이라고 그들은 그해부터 일 년에 한 번씩 여행경비의 반을 곗돈에서 충당하여 해외여행을 다녔다. 중국, 일본 필리핀,

대만, 태국 등 주로 4박 5일 혹은 길어야 비행 다섯시간 코스의 가까운 나라들이었다.

총무는 돌아가면서 했지만 주로 숙희가 맡아 했다. 그때 숙희의 총무역할은 눈부셨다. 걸핏하면 친구들에게 앉아! 일어서! 를 반복해 시키거나, 열중쉬어! 차렷! 까지 시켜서 원성이 높았지만 숙희는 낄낄거리면서 꼭 그것을 시켰다. '으유, 저년 또 시작이다!' 하면서도 여자들 역시 아무도 진심으로 화를 내는 여자는 없었다. 숙희는 11명의 여자들을 인원 점검하고 일사불란 비행기 태우고 짐 부치고, 일일이 출입국 신고서 쓰고, 호텔에 두고 온 물건 찾아오고, 그 위에 먹이고 재우고 재미나게 놀게 하는 일 등, 수많은 치다꺼리를 신명나게 해치우던 거였다. 첫 여행 때, 중국 자금성 안에서 여자하나를 잃어버려 혼비백산을 했지만 어쨌거나 무사히 다 함께 귀국하였으니 그 후로 숙희는 파죽지세의 우뚝한 존재가 되어 7년을 내리 총무를 하였었다.

민주가 처음으로 총무를 맡자 '올해는 국내 어딘가로 가서 편안히 놀고 오자'고 의견이 모아졌다. 세 명이나 되는 친구가 여러 날 집을 비울 수 없게 된 때문이었다. 총무를 처음 맡은 민주로서는 그것만도 다행이었지만 그러나 해보니 실제 날짜 잡는 일부터가 장난이 아니었다. A가 되면 B가 안 되고, C가 되면 D가 안 되는 식이 언제까지나 이어진다. 머리가 지끈지끈한다. 겨우, 간신히, 가까스로 날짜를 삽아놓으면 이번에는 또 겡고기

문제다 어디로 갈 것인가. 2박 3일이니 길에서 많은 시간을 보내면 안 된다, 여기가 좋다, 저기가 좋다, 모임장소인 식당 한구석이 떠나간다. 그리하여 간신히 제천 es콘도가 가깝기도 하거니와 콘도 뒤로 올라갈 산이 있어 최고의 장소라는 결론을 내렸다.

민주는 돌아가면서 하는 총무를 갖가지 이유를 대면서 이제까지 한 번도 맡지 않았다. 이번에도 '총무 맡기면 탈퇴하겠다'고 으름장을 놓았었는데 당장 열 명의 인간들이 한꺼번에 달려들어 잡아 뜯으려고 했다.

"탈퇴해라, 이년아! 니는 뭐꼬? 뭔데 몇십 년 동안 우리 다 몇 번씩 돌아가면서 하는 총무를 니는 한 번도 안 한단 말이고? 탈퇴해, 이년아! 양심에 털 난 년!"

"민주야! 니는 그냥 이름만 걸어 놔라! 우리가 다 알아서 할 텡께 니는 명찰만 붙이고 있어. 그게 무슨 큰일이라고 그러냐? 걱정 마! 우리가 다 할께!"

하지만 민주는 그러지 않기로 했다. 일단 이름을 걸었으니 마음먹고 여보란듯이 잘 해내고 싶었다. 희생정신이 없으면 힘껏 찾아내서라도 열심히 봉사하자! 굳게 결심하였다.

그런데, 떠나기 이틀 전 숙희에게서 전화가 왔다. 단짝인 A와는 못 간다는 거였다. 민주는 한손으로 머리통을 짚는다. 통화 중 가끔 혈압이 올라 뒷골이 땅하다. 총무를 맡고 생긴 병이다.

"왜애~또? 왜 못 가는데?"

A는 영국으로 유학 가는 딸이 그날 출국하는 날이라 못 가고, 숙희는 집안 동서들 끼리 꽃놀이를 가야 한다는 거였다. 둘 다 들어보니 그렇게 중요한 일이 아니란 결론이 난다. 이 날짜가 어느 날 갑자기 잡힌 것도 아니고, 한 달 전부터 전화질하는 중에도 그런 말을 한 적은 없었다. 결론은 그 두 여자가 별로 이번 여행을 가고 싶어 하지 않는다는 느낌이 온다.

언제부터였던가. 둘은 모임통보를 하면 꼭 토를 달았다. 약속이 있다, 허리가 아프다. 그러면서도 나오기는 꼭 나온다. 마치 모임에 나오는 일이 파죽지세를 위해 나오는 것 같았다. 저런 생색을 내기 시작한 것이 둘이 골프를 치고부터였을까, 아니면 둘이 함께 서울대 학모가 되고부터였을까.

"그래, 알았다! 사정이 그렇다면 할 수 없지 뭐. 그럼 이번엔 너 둘이 빠져라! 우리 잘 갔다 올게."

민주는 그만 지겨워져서 얼른 결론을 내려주었다. 더 이상 왜 안가니? 그러지 말고 같이 가자! 일 년에 한 번 아니니. 이런 여러 말로 설득하지 않았다. 동창회에 와서도 둘은 따로 친구들과 돌아앉아서 서울대 얘기만 해서 친구들을 불편케 하였다. 한 친구가 말했다.

"허이이구, 가당찮기는! 지들이 언제부터라니? 우리가 지들을 모르냐? 야! 됐다 캐라!"

급기야는 저년들 꼴뵈기 싫어 모임에 나오기 싫다는 말까지 나왔다.

'하여간 오나가나 밉상을 떨어요……' 민주도 그들과 다르지 않았다. 그러나 그것이 숙희가 벼르고 벼른 전쟁의 시작이라는 것을 민주가 알 리 없었다.

민주의 빠른 결론에 숙희는 잠시 뜨악해하는걸 알았지만 민주는 전화를 끊어버렸다. 숙희는 민주가 여러 말로 말려주고 권해주길 기대했을 거였다.

그리하여 수많은 우여곡절을 끝내고 11명에서 2명이 빠진 9명이 제천 es콘도로 향했다. 9명의 여자들은 스포티지와 소나타에 나누어 타고 영동고속도로를 지나 제천을 향해 달리기 시작하였다. 서울을 벗어나기 전 민주는 문숙과 순임을 데리고 양재동 이마트로 차를 몰고 들어가 장보기를 하였다. 왜 사냐고 물으면 그들은 서슴없이 인생은 오로지 '맛있는 것을 먹기 위해' 사는 것이라고 주장하는 여자들을 위해 민주는 부심하며 장을 보았다. 과일과 고기를 넉넉히 사고, 그리고 안주와 그 밖의 먹거리를 잔뜩 사서 차에 실었다. 그리곤 옆 동네에 있는 코스트코에 들러 향기로운 양주와 와인, 맥주도 사서 실었다. 이제는 '좋은 술'을 마셔야 한다는 게 또 여자들의 생각이었다.

제천으로 가는 길은 벚꽃이 만발하였다. 벚꽃 터널이었다.

앞차가 지나가자 터널 안으로 꽃잎들이 마구 날아올랐다. 4월의 하늘은 4월답게 부옇다. 마악 나온 신록들이 흐린 하늘 아래 애잔하다. 벚꽃, 바람…… 어느 것 하나 애잔하기만 하였다. 곧 누군가의 입에서 가곡 '4월의 노래'가 흘러나온다. 목련꽃 그늘 아래서 벨텔의 편지를 읽노라…… 누군가가 시작하자 차 안은 금세 소프라노의 합창이 된다. 음악시간에 배웠던 가곡이다.

목련꽃 그늘아래서 벨텔의 편질 읽노라
구름꽃 피는 언덕에서 피리를 부노라

열어놓은 창문으로 4월의 노래가 4월의 하늘로 멀리 날아갔다.

콘도에 도착하자 민주는 장보기한 먹거리들을 정리하여 냉장고에 넣을 것과 베란다에 내놓을 것들을 분류하여 짐 정리를 하였다. 짐 정리가 채 끝나기도 전에 기다렸다는 듯이 불러댄다.

"총무야, 종이컵 사왔나?"

"총무야, 와라바시도 사왔나?"

"총무야! 화투 내놔라!"

으이? 그런 것도 있어야 돼? 민주는 다시 화투를 사러 차를 몰고 제천 읍내까지 다녀왔다. 그제도 주방 쪽으론 아무도 얼씬하지 않는다. 그동안 뺀질거린 민주를 부려먹자고 뜻을 모았을 것이다. 일있찌반 어넣세 알 것인가. 민주는 2박 3일 동안 죽자!

결심하였다. 민주는 쌀을 씻어 밥을 안치고, 샐러드 소스를 만들었다. 당장이라도 푸들푸들 살아서 밭으로 갈 것 같은 야채와 버섯과 브로콜리 등 식탁이 넘친다. 고기를 굽기 시작하자 여자들은 무섭게 먹어댄다. 공연히 흥분하여 와인과 위스키로 연신 건배가 이어진다. 술을 좋아하는 친구들은 밥을 밀어내고 위스키를 마셨다. 민주는 과일을 씻어 친구들 앞에 내놓고 밤을 새울 먹거리들을 준비하였다. 여기저기서 일부러 총무야! 총무야! 불러대는 통에 정신이 더 없다. 이름만 걸어놓으면 지들이 다 알아서 한다는 말은 애초부터 믿지도 않았지만 친구들은 민주를 작정하고 혼을 빼놓으려 들었다.

세 명만 모여도 접시가 깨어질 판에 그 세 곱이 모였으니 31평 콘도가 초저녁부터 떠나간다. 한쪽에선 노래를 부르고, 한쪽에선 고스톱을 시작하고, 다른 한쪽에선 팔다리를 방바닥에 다 마음대로 내던지고 수다보따리를 끌러놓는다. 아홉 명 여자들의 수십 년 인생이 켜켜이 속살을 드러내는 시간이기도 하다. 늦바람 난 영감을 어떻게 응징하고, 아직까지 제 몫을 하지 못하는 아들자식 때문에 속이 다 썩고, 간신히 시집보낸 딸이 남매를 낳아놓고 사위 놈과 사네 못사네 하여 사는 게 사는 게 아니라는 이야기 등, 들어보면 다 사느라 수고하는 눈물겨운 이야기들이다.

간신히 설거지까지 끝낸 민주도 비로소 궁뎅이를 바닥에 내려놓았다. 바닥이 뜨끈뜨끈하다. 아침부터 모처럼 뛴 '노가다' 일로 몸을 쓴 끝이라 파김치가 되었다.

"누구든 오늘밤 12시 안에 자는 년은 워디워디를 화폭으로 제공해야 할 거시다! 낄낄낄⋯⋯"

두 여자가 립스틱을 뽑아 올리며 음흉스레 눈을 맞추고 웃는다. '으이그⋯⋯!' 민주는 이불 위에 눕혀지려는 몸을 일으켜 냉수 한 잔을 마시고 돌아와 정신을 차렸다. 잠이 들면 큰일이다. 저것들은 그런 짓을 하고도 남을 것들인 것이다.

민주는 구석에 밀쳐 둔 이불더미에 몸을 기대어 자꾸만 무거워지려는 눈꺼풀을 들어 올렸다. 그러다가 잠깐 정신을 놓았던가. 혼미한 중에 갑자기 몸이 땅바닥으로 확 끌어 내려지면서 아랫도리가 별안간 썰렁해지는 거였다. 화들짝 놀라 일어나려 했을 때는 이미 늦었다. 여자들이 무지막지한 힘으로 사지를 찍어 누르고, 그중의 제일 큰 덩치의 여자가 시뻘건 립스틱을 뽑아 들고 민주를 타고 앉았다. 이 시간에 잠든 년은 그 벌로 반드시 그림을 그려야 한다는 거였다.

"나는 안 잤어~! 안 잤다구~!! 안 잤다니까~!"

민주는 팬티를 부여잡고 단말마의 비명을 질렀다. 죽을힘을 다해 발악을 하였지만 무쇠팔뚝 여자 여덟 명을 홀로 당할 수는 없었다. 그날밤 민주는 기어이 팬티를 벗기우고 두 볼기를 화폭으로 제공 당할 수밖에 없었던 거였다. ES콘도가 떠나갔다. 방바닥을 구르고 웃다가 여자 하나는 기어이 윗목에서 오줌을 쌌고, 그녀가 싼 오줌은 아랫목으로 줄줄줄 내려 흘렀다. 다들 방바닥을 구르며 웃었는데 너무 웃어 울상이 된 서로의 표정을 보고 더 웃겨서 웃음폭포는 좀처럼 끝날 기미를 보이지 않았다. 나중에는 정말로 허리가 끊어질 듯 아팠다. 멀리 떨어져 있는 관리소에서 무슨 일이 있냐고 인터폰이 왔다. 신고가 들어갔다는 거였다.

이튿날은 주먹밥을 만들어 한 뭉치씩 가지고 뒷산을 올랐다. 높지도 가파르지도 않은 산이다. 봄빛 찬란한 신록의 세상을 보며 한 여자가 말한다.

"얘들아, 요새는 눈에 들어오는 세상이 왜 이렇게 아름답냐! 맨날 보던 산천이 어떨 때는 눈물이 다나."

"그게 다 나이 든 징조겠지. 누가 그랬다네. 나이 들수록 세상이 아름다운 건 그만큼 그걸 볼 날이 얼마 안 남았기 때문이란다."

"들어보니 맞네!"

쉰 중반에 이르자 그들은 갑자기 엄청난 어른이 된 것 같은지 걸핏하면 '이 나이에……'라는 말을 많이 하였다. 이 나이에 뭔들 못하겠나. 이 나이에 뭐 그런 일로 속을 끓이나. 이 나이에 그런 건 해서 뭣 하나…… 등이었다. 그러다가 또 이제 이 나이 된 여자를 누가 여자로 보겠느냐 이제 우리 인생도 다 끝났다며 한숨을 쉬었다. 하지만 속내는 달랐다. 그들 중 아무도 내 인생은 이제 끝났다고 생각하는 여자는 하나도 없었다. 오히려 이제야말로! 지금까지 여러 이유로 해보지 못했던 인생의 쓰고 단맛을 알아갈 수 있을 때라고 주먹을 쥐는 거였다. 아무개는 일 년 치 헬스를 끊었다. 60킬로의 몸을 악착같이 운동하여 기필코 처녀 때의 허리 25인치를 만들고야 말겠다고 기염을 토했고, 누구는 미용샵에서 정기적으로 피부 관리를 받으며 또 다른 여자는 뒤늦게 공부를 시작하였다. 일본어 공부를 하여 원어로 일본 소설을 읽는 것이 그녀의 목표였다.

2박 3일은 그렇게 무사히 끝났다. 민주는 2박 3일의 총무를 훌륭히 해냈다. 먹이고 재우고, 그 위에 제 볼기까지 내주었으니 더할 나위 없는 총무 아니던가.

"우하하하 민주야! 니는 고마 종신 총무 해라! 크하하하하~"

"으이구~! 미친년들!"

"푸하하하~야! 진짜 죽는 줄 알았다! 니 덕분에 일 년 치 스트레스가 하낫도 없이 다 날아갔지 뭐냐! 진짜 수고했다!"

"민주 저 문디, 내 팔 할킨거 봐라! 양쪽 팔이 성한 데가 없다 카이. 아이고, 아파라!"

"히히히히……"

"낄낄낄낄……"

그들은 서울로 돌아와서두 바로 헤어지지 못했다. 한 여자의 아들이 취직을 했으니 반드시 그 턱을 내야만 한다고 했다. 그들은 강남 부근의 장어집에서 턱을 먹었다. 턱은 다시 2차로 이어지고 2차는 곧 3차가 되었던 거였다.

민주는 만신창이의 몸을 일으켜 냉장고로 가서 찬물 한 컵을 갖고 돌아오며 우선 한 모금 입을 적신다. 정신이 돌아온다기보다 찬물이 들어가자 속이 울렁울렁하였다. 민주는 입을 꾸욱 다물어 넘기고 숙희의 전화를 받았다. 바깥에선 김장독이나 간장독, 뚝배기를 사라는 자동차가 시끄럽게 지나간다.

"에고, 힘들어라! 무슨 일이야?"

민주는 정신을 차리고 숙희의 용건을 물었다. 지난번 '잘났네!' 이후 급속도로 사이가 나빠졌지만 이렇게 끈질기게 통화를 하려고 하는 데는 중요한 용건이 있을 거였다.

"민주, 너! 공금을 니맘대로 쓰고 댕기냐? 니 맘대로 날짜 잡고 니 맘에 드는 사람만 델꼬 가냐? 두 사람이나 빠지면 날을 다시 잡았어야지. 뭐? 니들은 빠지라고?"

"닥쳐! 그럼, 안 간다 카는 년을 애걸복걸 코라도 끼어서 끌고 가리? 니 말 똑바로 해라! 내가 언제 빠지라 캤냐? 니가 동서들하고 꽃놀이 간다고 못 간대매? A는 유학 떠나는 딸 배웅해서 못 간다고 니입으로 캤어, 안캤어? 그럼, 일 있어 못 간다는 년들을 납치라도 해서 가리?"

"날을 다시 잡아야지! 내가 총무 할 때는 너처럼 안 했어! 끝까지 날 다시 잡아 다 데리고 갔어!"

"웃기지 마! 그건 니 방식이고, 나는 내 방식으로 할 것이야! 나는 더 이상 모임에 나오라고 니들한테 애걸복걸 안 해! 니들이 친구들 만나고 싶으면 나올거고 그러고 싶지 않으면 안 나와도 좋아! 그걸 왜 번번이 애걸복걸해야 하냐? 날 위해 나오냐? 왜 모임에 나오면서 생색을 내려 들어? 날 위해 모임에 나와? 나한테 너처럼 안 한다고 어거지 쓰지 말란 말이야!"

그러자 숙희가 말했다.

"너! 당장 동창회비 예금통장과 장부를 가지고 나와! 내가 감사잖아!"

민주는 얼떨떨하였다. 장부야 누구든 볼 수 있겠지만 숙희가 굳이 저가 '감사'라는 말은 틀린 말이었다.

"누가 널 감사로 세웠는데? 파죽지세에 그런 게 언제 있었어? 니 맘대로 니가 감사냐?"

둘은 최선을 다해 싸웠다. 급기야 숙희는 '너 곗돈 융통해 쓰려고 그렇게 총무에 연연하는 거 아니냐'고 하였다. 민주는 기가 막혀 당장 숙희를 불러내어 장부와 통장을 숙희의 면전에 던져주고 들어왔다.

하지만 시간이 흐를수록 그게 아니었다. 아무래도 이 모든 것이 숙희의 의도에 말려는 것 같았다. 뭔가 숙희의 손아귀에

잡혀 뼈다귀 없이 마구 흔들리다가 사정없이 난장으로 패대기 쳐진 것 같은 기분이 드는 거였다. 날이 갈수록 기분이 더러워지면서 민주는 갑자기 자존심이 돛대처럼 살아났다. 파죽지세는 숙희의 것이 아니다! 파죽지세란 이름조차도 원래는 글 동아리였고 민주 자신이 지은 이름이었다.

난데없는 싸움이었다. 처음에는 장난이 반이었다. 싸울 일은 결코 아니었던 거였다. 30년이라는 세월을 믿는 바도 있었고 또 무엇보다 민주는 결코 파죽지세의 친구 누구와도 싸움 같은 걸 할 수 있으리라고 생각하지 않았다. 처음에 한두 번 전화를 걸어 그녀가 시비를 걸어올 때도 민주는 그녀의 진심이 무엇인지, 얘가 왜 이렇게 적의를 드러내는지 알 수가 없었다. 얘가 무슨 오해를 하고 있구나 생각하였고, 오해란 언제든 풀어버리면 될 것이라고 넘겼다. 그까짓 놀러 한번 못 따라 간 일 때문에 얘가 이렇게까지 화가 난 것이라고는 생각할 수 없었기에 더더욱 그녀가 작정하고 걸어온 싸움의 원인이 무엇인지 오리무중이어서 답답하였다.

그 훨씬 후, 그 원인이 민주 자신이 아무 생각 없이 숙희에게 해 준 충고의 말들이 부메랑처럼 돌아온 후에야 비로소 깨달을 수 있었지만, 늘 그렇듯이 그때는 이미 한참이나 늦어 있었다.

숙희는 자고 나면 공금을 잘 썼네 못 썼네 총무질을 똑바로 하지 못했다고 전화질을 해댔다. 아니, 총무경력 이제 한 달이 지났을 뿐인데 잘하면 얼마나 잘할 것이고, 못한 건 뭐냐고 해도 소용이 없었다. 왜 소주나 맥주로도 충분할 걸 양주에다 돈을 퍼 썼냐, 술은 니가 좋아하지 누가 좋아하냐. 니 좋은 것만 사냐. 그런거 사라고 누구한테 허락받았냐 등 유치하고 치사하기 이를 데 없는 주제였다. 하도 기가 막혀 민주는 내가 알던 숙희가 맞냐고 묻다가 마침내 화가 나 퍼부었다.

"그래, 다 총무 내 권한으로 했다! 그럼 총무가 양주 한 병 사는 것도 니한테 허락받아야 하냐? 니가 뭔데? 웃기지 마! 야!! 너, 진짜 나하고 싸우자는 거야?"

그러자 마침내! 숙희는 결정적인 세 마디 말로 민주에게 당한 복수를 멋지게 성공시켰다. '잘난 사람이 용서도 하고, 큰 사람이 이해도 한다'는 말을 한 날로부터 4개월이 지난 때였다.

"야아~ 오민주! 너 참 많이 컸네! 니가 언제부터 그레 잘났냐! 학교 댕길때 니는 어느 구석에 처박혀 있는지도 몰랐다는 거 알라나 모르겠네! 같잖게 글줄이나 읽는다고 시건방 떨지 마라!"

그리곤 전화가 끊어졌다. 민주는 순간 그 말이 무슨 말인지 인지가 안 되어 한참 동안 멍해 있었다. 갑자기 뭔가 둔중한 흉기로 가슴을 강타당하여 숨이 컥 막힌 것도 같았다. 전화가 끊기고 한참 후 생각해 보니 그 모두가 다 엄청난 말들이었다. 어느 말도 다 뼈아픈 말이었다. 친구에게 힐 수 있는 말이 아니었다. 하지만 민주는 아무것도 모른 채 끓는 분노를 감당할 수 없어 숨을 할딱였다.

'나쁜 년! 절대 용서할 수 없어!'

이런 생각은 시간이 흐르고 날이 갈수록 조금도 변하지 않았다. 더 분한 건 그런 말을 듣고도 한마디 대항하지도 못했다는 사실이었다. 그때는 너무나 놀래서 아무 말도 생각나지 않던 거였다. 믿었던 친구에게 뒤통수를 맞은 게 아니라 등짝에 비수가 꽂힌 기분이었다. 나쁜 년! 이걸 어떻게 해줄까! 어떻게 해야 제대로 복수 하나! 민주는 밤낮으로 먹지도 자지도 못했다. 때로 몸이 부들부들 떨리기도 하였다. 그러다가 급기야 대상포진이 생겨 꼬박 3개월을 죽다 살아났다.

살아나긴 했지만 민주는 날이 갈수록 '오민주! 너 참 많이 컸네!'라고 하던 숙희의 무례한 말이 시도 때도 없이 귀에 쟁쟁하였다. 분을 삭일 수 없어 쩔쩔매던 민주는 어느 날 에이포 용지한 장을 펴놓고 숙희를 향해 마구마구 욕을 해대기 시작했다. 민주는 그다지 욕을 잘하지 못한다. 오늘까지 욕이란 건 '년'자밖에 할 줄을 몰랐다. 그것도 좋을 때 좋은 의미로만 써본 게 다였다. 그런데도 막상 욕을 하기 시작하자 그것들은 술술 잘도 터져 나왔다. 순식간에 에이포 용지가 다 채워질 정도였다. 마치 앞에 숙희가 앉아있어서 숙희에게 마구마구 욕을 퍼붓듯 종이에 대고 욕을 퍼부었다.

"이 미친년아! 이 개 같은 년아! 이 시발년아! 이 쌍년아! 이 벼락 맞아 죽을 년아! 이 에이즈 걸려 죽을 년아……"

욕설은 뒤로 갈수록 욕이라기보다 저주에 가까웠다. 문장은 길어지고 저주는 더 구체적이 되었다. 아들이 교통사고 나서 다리 부러질 년아. 니 아파트 불나서 온몸에 3도 화상 입을 년아. 남편이 중풍 맞아 죽을 때까지 똥오줌 싸 뭉갤 년아…… 욕을 퍼붓는 손가락에는 어찌나 힘이 들어갔는지 볼펜자국으로 종이가 뚫어질 것 같았다.

다음 날 아침 민주는 식구들이 다 나간 뒤 숙희에게 전화를 걸었다. 싸움이 시작된 후 민주가 건 것은 처음이었다. 수화기 저쪽에서 '여보세요'하는 말이 숙희의 것임을 확인한 후, 민주는 에이포 용지의 것을 읽어나갔다. 저주의 기운이 충분히 전해져야 할 거였다. 끝까지 읽은 후 마지막으로 씹어뱉듯이 말했다.

"김숙희! 니하곤 이것으로 끝이야! 내가 아침저녁으로 이걸 큰소리로 니 집을 향해 주문을 욀 거니까, 니는 어디까지나 조심해서 살아야 할 것이다!"

그리고는 전화 코드를 후다닥 뽑아버렸다. 생전 처음 심한 욕을 입에 담아 본 다음이라 사지가 후르르 떨린다. 그럼에도 얼마간의 통쾌함이 잠깐 가슴을 스치기도 하였다.

하지만 그런 후련함은 잠깐이었고 그날부터 민주는 극도의 우울증에 빠졌다. 한 달에 한번 파죽지세 모임 때마다 숙희의 얼굴을 봐야 한다는 일이 세상의 어떤 흉물을 보는 것보다 더 끔찍하였다. 그렇다고 숙희 때문에 모임에 안 나가는 것도 민주의 자존심이 허락지 않았다. 숙희의 얼굴을 보면 먼저 '오민주! 너 참 많이 컸네!'와 '옛날에 존재도 없던 것이……'와 '시건방 떨지 마라' 등의 말이 귓가에 생생하여 먼발치에서라도 숙희를 보면 때로 살의마저 느끼던 거였다.

친구들은 심정적으론 민주 편을 들면서도 아무도 드러내놓고 민주를 대변해 주지는 않았다. 민주에게 와서는 숙희가 어쩌구저쩌구 했지만 숙희에게 가면 또 민주가 어쩌구저쩌구 할 거였다. 아무도 민주처럼 심각하지도 않았다.

세월이 흐르자 친구들은 전후 내용은 간 곳 없이 무조건 화해하라고만 하였다. 무턱대고 우정만을 내세워 어떻게든 화해를 시켜야 한다는 의무감에 사로잡힌 친구들에게 민주는 더 분노하였다. 민주는 친구들이 좀 더 열렬히 그녀를 대변해 줘야만 한다고 생각했다. 뒤에서는 숙희의 부당함을 말하면서도 막상 모임에 가면 아무 일도 없었던 것처럼 행동하는 그 우유부단한 친구들의 태도에 배신감을 넘어 구역질이 났다. 민주는 탈퇴할 결단을 내렸다. 다 뵈기 싫었다. 민주의 탈퇴 말이 나오자 이곳저곳에서 이럴 바엔 차라리 파죽지세를 깨버리는 쪽으로 의견이 모아지고, 그리하여 졸업한 지 35년 만에 파죽지세는 조각조각 찢어졌다.

모아두면 천만 원이 넘던 돈이 11분의 1로 나뉘자 몇 푼 안 되는 돈이었다. 계판을 깨는 날, 곗돈을 받아든 여자들은 그제 도 희희낙락하였다. 이 역사적인 돈으로 무엇을 하면 좋을지 의 견이 분분하다. 어떤 여자는 없는 셈 치고 친정에나 보내야겠다 고 하고, 어떤 여자는 또 마지막 여행을 가자고도 하였다. 그중 에 어떤 여자 하나가 남편의 보약을 짓고 이참에 양복도 한 벌 해줘야겠다고 했을 때 여자들은 벌떼처럼 한꺼번에 비난을 퍼 부었다.

"야! 돈 귀한 줄을 알아야지! 니는 귀한 돈을 그렇게 써버리 면 되겠냐?"

"글치! 글치! 돈을 그렇게 함부로 쓰면 안 되지!"

"돈을 그런 데다 낭비하면 벌 받지! ㅎㅎ 백화점 세일하던데 고마 우리 단체로 명품가방이나 하나씩 사서 들자!"

하지만 얼마 후, 그들 거의는 다 돈을 그런 데다 '낭비' 했다 는 걸 알았다. 누구는 남편의 보약을 짓고, 아무개는 남편에게 골프채를 사다 안겼으며 몇은 남편과 여행을 다녀왔다.

파죽지세는 그렇게 깨졌다. 5년의 세월이 흐르고 그들은 모 두 예순이 되었다. 지금은 제가끔 끼리끼리 만난다. 민수는 순임이와 문숙과 자주 밥 먹고 영화 보고 여행을 다닌다. 어느 날 점심을 먹은 후 찻집에 들어가 얘기 중에 순임이 말했다.

"민주야! 이제 숙희하고 그만 화해해라. 숙희가 입원했다더라. 이러다가 늬 둘 중에 큰병이라도 나서 죽어버리면 어떻헐래?"

"죽으면 죽는 거지 죽을병 생겼다고 원수졌던 감정이 사라지냐?"

그 이야기가 다시 나오자 민주는 그제도 열이 뻗치려 하였다.

"솔직히, 늬들한테도 유감이 많아! 늬들은 남의 일이라 그게 뭐 큰일이냐고 하겠지? 이해가 되냐? 친구한테, 많이 컸다! 글줄 읽는다고 시건방떨지 마라! 학교 다닐 때 늬는 존재도 없었다. 이런 말이 친구한테 할 수 있는 말이냐?"

"야, 사람이 화나믄 무슨 말이 안 나오겠냐! 그 후에 숙희가 화해하자고 손 내밀었대매?"

그건 사실이었다. 민주가 대상포진으로 죽을 뻔하다 살아난 후, 숙희가 전화를 걸어왔다.

"너하곤 아무 유감도 없었는데 일이 이렇게 됐다. 이해하자! 니가 용서해라."

하지만 민주는 "됐다!" 한마디로 끊어버렸다. 용서라니 어림 반푼어치도 없는 말이었다.

"사람 잡아놓고 화해하자고만 하면 다냐? 나는 절대로 용서

안 할 것이야! 니들 숙희한테 가서 확실하게 전해! 화해는 죽을 때까지 하지 않겠다고. 내 인생에서 저 하나 없다고 여긴지 오래야! 지가 없다고 내 인생이 어떻게 되겠냐? 내가 없다고 지인생이 어떻게 되겠냐? 세상에 인간 하나 처음부터 없었다고 생각하니까 관심 끊고 저나 잘살라고나 해! 그리고, 니들도 나한테 화해해라 어째라 하지 마!"

"으이그~! 너도 참 너다! 이 나이에 뭘 그렇게까지 그러냐!"

"야! 김순임!! 너 자꾸 내 염장 지를래? 이 나이가 뭐? 이 나이가 되면 인간이 갑자기 부처라도 되냐? 너 자꾸 그러면 너도 그 인간 하고 똑같은 인간이라고 여기겠어!

그러자 문숙이 목소리를 낮춰 말했다.

"민주야, 결국 지는 사람이 이기는 거야! 용서는 뭐 아무나 하는 건 줄 아니? 용서는 잘난 사람만이 할 수 있는 거야. 소인배는 그런 거 못한단 말이다. 그래도 숙희보다 니가 낫잖아! 더 나은 자가 용서하고 큰사람이 먼저 용서하는 거야. 네가 먼저 용서해라. 그게 이기는 거다."

민주는 깜짝 놀랐다. 바로 민주 자신이 숙희에게 했던 말이다. 그런데 문숙의 그 말을 듣고 있는 순간 민주는 이상한 감정이 올라오기 시작하는 거였다. 딱히 고까운 감정이라고도 할 수 없는 뭔가가 뭉게뭉게 가슴속에서 피어오르면서, 정체를 알 수 없는 어떤 것이 뱃속의 어떤 장기 하나를 끊임없이 건드리는 거였다. 나중에는 견딜 수 없게 기분이 나빠지며 몹시도 자존심이 상하여 순간적으로 민주는 저도 모르게 하마터면 숙희가 했던 말을 할 뻔하였다.

'야~ 이문숙! 너 참 많이 컸네! 니가 나한테 지금 훈계하는 거냐? 이문숙! 니는 옛날에 맨날 꼴찌나 했다는 거 알라나 모르겠네! 시건방 떨지 마라!'

그때였다! 불현듯 머릿속에서 작고 빨간 불꽃 하나가 빠르게 전두엽을 훑고 지나갔다. 숙희가 민주를 그토록 집요하게 괴롭히면서도 차마 입 밖으로 말할 수 없었던 싸움의 정체를 비로소 선명히 알게 된 거였다. 모든 면에서 민주보다 월등하다고 생각하는 숙희는 민주 따위에게 '나은 자가 용서도 하는 거다' '큰 자가 이해도 한다' '지는 게 이기는 거다' 등의 충고를 듣는 순간 지금의 자신처럼 몹시도 자존심이 상했을 거라는데 비로소 생각이 미치던 거였다.

인간이란 경험하지 않고는 아무것도 배울 수 없는 것일까. 민주는 그렇게 숙희로 하여 어줍잖은 충고가 얼마나 큰 부작용을 낳는지를 배웠다. 어쩌면 그것 하나 배운 것 치고는 너무 비싼 대가를 치루었다는 생각도 든다.

민주는 말로는 '큰 자가 용서한다' '가진 자가 이해도 한다' '지는 게 이기는 거다' 온갖 좋은 말을 해대고 실제는 그 중 한

가지도 못하였다. 게다가 숙희가 어렵게 내밀었던 화해의 손길마저 냉정히 뿌리쳤으니 숙희야말로 '큰 자'였다. 그녀는 어쨌거나 화해를 청해 왔으니까.

그럼에도 민주는 여전히 숙희와 화해하고 싶지 않다. 그만큼 그때 입은 민주의 상처가 치명적이었기 때문일 것이다. 물론 지금은 옛날처럼 불길 같은 원한이 시도 때도 없이 솟구쳐 민주를 괴롭히지는 않는다. 고마운 세월이다. 가끔 숙희의 소식을 들을 때마다, 머리는 이제 이해하고 화해하라고 부추긴다. 하지만 가슴은 그럴 수 없다고 머리를 내젓는다. 한번 틀어진 관계는 설령 겉으로 화해를 한다고 해도 원래의 관계로 돌아갈 수는 없다고 민주는 생각한다. 그들은 이미 그 일이 있기 전의 사람들이 아닌 것이다.

언제쯤이면 머리와 가슴의 반목이 끝나고 둘의 평화가 올지 민주는 알 수 없다. 하지만 둘의 평화가 오든 오지 않든, 화해와는 관계없이 모쪼록 숙희가 건강하게 잘살아가기를 바라는 것이 민주의 진심이다.

"에고! 어쩌다가 파죽지세가 이렇게 돼버렸나……"

친구들은 지금도 가끔 그때의 파죽지세를 그리워하였다.

파죽지세의 난亂(2)

생각만 해도 싱그러운 여고시절의 파죽지세들이 50년의 세월이 흐르자 일제히 일흔 살이 되었다. 마흔 살까지만 살겠다고 야살을 떤 것이 엊그제 같은데 70년이라니. 이렇게 오래 살 줄도 몰랐거니와 칠십이라는 숫자가 주는 어감이 엄청나서, 그들은 흡사 어제까지 청춘이었다가 오늘 아침 갑자기 노인이 된 것처럼 호들갑을 떨었다.

"응? 우리가 칠십노인이라구? 웬일이니 웬일이니!"

"아이구! 경사 났네, 경사 났어!"

사실이었다. 일흔 살은 어쨌거나 노인이었다. 아무리 반발해도 거역할 수 없는 사실이었다. 무엇보다 몸이 먼저 알려주었다. 어느 날부터 무릎이 날궂이를 하고, 어깨, 허리도 아프고,

자주 어지럽고, 병명도 없이 아팠다.

"귀자야, 니는 제발 그 딸 옷 좀 입고 나오지 마라. 칠십이다, 칠십!"

귀자라 불리는 여자3은 근력운동으로 관리한 몸매를 자랑할 겸 조금이라도 젊게 보이려고 자주 딸 옷을 입고 나타났다. 그러나 안타깝게도 젊음은 옷에만 있었다.

"또 지랄이다! 아이구, 내 저거 꼴뵈기 싫어 안 나와야 되는데!"

"오야오야, 딸 옷 입고 고마 나오지 마라. 우리가 느이집으로 가께."

연약한 척하면서 하나같이 제 주장이 강한 여자들이 모여 무려 오십여 년이나 이어왔다는 것은 그 사실 자체만으로도 쉬운 일이 아니었다.

'파죽지세'는 원래 저 A읍의 달랑 하나 있는 여자고등학교의 글 동아리로 민주가 지은 이름이었다. 졸업하면서 글 벗들은 다 흩어지고, 그 후로는 민주를 비롯해 하나둘씩 서울로 상경하여 모이기 시작하자 '파죽지세'는 동창회 이름이 되었지만 원래의 '破竹之勢'의 뜻과는 아무 상관이 없었다.

파죽지세들이 하나둘 서울로 입성할 때마다 먼저 와있던 파죽지세는 환호성을 지르며 청량리역으로 달려나가 얼싸안고 맞았다. 어린 나이에 허위 단심 시작한 서울살이에도 병이 났거나 출산할 때마저 파죽지세들은 돌아가며 병간호를 하고 산구완을 하여 서울살이가 특별히 외롭거나 어렵지 않았다.

그때를 생각하면 파죽지세들끼리 어찌 싸움 같은 걸 할 수 있을까. 상상도 할 수 없는 일이었지만 실제는 평탄하지 않았다. 세월이 흐르자 하나둘 신분과 경제적 차이가 드러나서, 아파트 평수가 나뉘고, 고급차와 소형차가 나뉘고, 결정적으론 자식들의 성적이 나뉘었다. 일류대학과 삼류대학 부모들의 간극은 도무지 메워지지 않아서 기어이는 한차례 '헤쳐모여'를 해야 했다. 그 후에는 남편 따라 지방으로 가거나 아프거나 등등의 이유로 열두 명이었던 파죽지세는 여섯 명이 되었다. 지금도 조마조마하기는 마찬가지다. 늙어서인지 갈수록 점점 까탈스럽고 괴팍스러워져서 걸핏하면 '저년 꼴뵈기 싫어' 안 나오다가 일이년 후에 다시 나타나기를 거듭한다.

이유가 뭐였건, 또 잘 잘못이 어찌 되었건, '헤쳐모여'를 할 때 총무를 했던 민주는 그 일이 어쨌거나 아픔이었다. 또다시 그런 일이 생길까 봐 민주는 나름 노심초사였다. 크게 돈 들고 힘드는 일이 아니라면 스스로 나서 궂은일, 이를테면 모임장소와 날짜를 정하고 메뉴도 정하는 등의 일을 맡아 하고 있었다. 이상한 것은 싸움이 나서 냉전 중에도 누구 하나가 병이 났거나 급한 일이 생겼다고 하면 누구든 형편이 되는대로 나서 수습부터 하고 봤으니 생각하면 이것도 전생의 인연인가 싶은 것이다.

파죽지세들은 일찍부터 곗돈을 모았다. 처음엔 살림 장만용이었지만 나중에는 3, 4년에 한 번씩 여행을 다녔다. 주로 비행 다섯 시간 이내의 동남아로 2박 3일 혹은 3박 4일 일정이었다. 몇 년에 한 번 그렇게 감정의 물갈이를 함으로써 팍팍하고 힘겨운 세상살이를 씩씩하게 살아온 것 같았다.

그러나 파죽지세들은 그렇게 팔자 좋은 사모님들이 못되었다. 하나같이 남편들은 내내 박봉이거나 사업이 신통치 못했고, 시부모를 모시고, 잘하면 시동생 시누이까지도 건사해야 하는 친구도 있었다. 곗날에도 오자마자 시댁 식구 문병 때문에 가봐야 한다는 인간이 있는가 하면, 시아버지 밥 차려드리고 오느라 다 먹고 난 뒤에 나타나는 인간도 있었다. 아내의 외출 자체를 싫어하는 남편도 있었다.

그들 중 여자4는 이혼의 아픔도 겪었다. 남편은 잘생기고 똑똑하고 '예술적인' 사람이었다. 언변도 화려하여 여자4는 그 남자에게 밤낮으로 홀딱 반했다. 그러나 자유로운 영혼의 그 남편은 여자4를 몹시도 힘들게 하였다. 한가정의 가장이라는 개념 자체가 없었고, 저 하고 싶은 대로만 하고 싶었다. 그 와중에 낳은 아들은 또 발달장애아였다. 여자4의 친정숙부가 발달장애자라는 사실을 알게 된 시댁 식구가 단체로 '늬 친정 핏줄에 문제가 있어 저런 애가 생겼다'고 공격하는 것을 끝으로 친구는 홀딱 반했던 그 남자와 이혼했다. 그녀 나이 서른일곱에 일어난 일이었다.

다행한 것은 그녀가 초등학교 교사로 안정된 직장이 있었고, 친정도 제법 부유하여 그 발달장애아들을 교육시키고 사람 만드는데 많은 도움이 되었다. 그 아들은 지금 커피전문점 사장님이 되어 잘살고 있다. 그 아들이 마흔세 살의 나이로 늦은 장가를 갈 때 파죽지세들이 단체로 한복을 입고 나가 '경사 났네'를 피로연 축가로 불렀었다.

그들은 환갑 때에도 유럽여행을 계획했었다. 그때가 되면 아이들도 제 앞가림을 할 것이고, 부모님은 돌아가시고, 남편도 은퇴하여 지금처럼 기세등등 못할 것이다.

그때가 오면, 그때가 오기만 하면! 했지만 현실은 계획대로 돼주지 않았다. 환갑이 지나도 유학을 끝낸 아들은 여전히 부모 턱을 받히고, 백세 시대에 정말 백세에 가까운 부모님은 큰 병, 작은 병 자꾸 병원 신세를 졌다. 게다가 자식들이 출가를 시작하자 이번에는 또 손자녀들을 키워야 하였다. 덕분에 환갑여행으로 유럽은커녕 제주도도 못 갔다.

그래, 아무래도 칠십은 돼야 신간이 편해지려나 부다. 그때까지 우리 모쪼록 팍삭 쪼그라들지 않게 관리나 잘하자. 우리가 함께 떠날 수만 있다면 유럽이건 남미건 장소가 무슨 상관이 있으랴.

　그리하여 마침내 일흔이 된 것이었다. 그러나 신간은 언제 편해지려나. 아들은 그제도 독립을 못 하고, 딸도 시집을 못 갔다. 또 이제는 파죽지세 자신과 그 배우자들이 자꾸 아프기 시작했다. 종합검진으로 몸 구석구석을 샅샅이 살펴봐서 문제없다는 판정을 받았는데도 몸은 하루하루 개운치 않고 아픈 것도 안 아픈 것도 아닌 상태가 언제까지나 지속되는 것이었다.

　민주 역시 어지럼증으로 고생을 하였다. 어지럼증을 고치려고 종합병원을 찾아 적지 않은 검사비용을 들여 이름도 생소한 '메니에르'라는 병명을 찾았지만 치료는 되지 않았다. 병원에서 처방해준 약은 주로 신경안정제, 수면유도제, 심지어 간질 보조치료제도 있었다. 말만 들어도 기분 나빴다. 약을 먹고 나면 더 기분이 나빠져서 약을 끊었다.

　여자2의 집에는 식탁 위에 각종 건강보조식품과 영양제가 식탁의 절반을 차지하고 있다.

　"야, 아무리 좋다고 해도 저렇게 많은 종류를 한꺼번에 먹으면 뱃속에서 화학작용이 일어날걸?"

걱정해 봐도 소용없다. 그녀는 나름대로 서너 가지씩 골라서, 아침 점심 저녁 나누어서 나름대로 골라서 먹는다며 그새 냉장고에서 시퍼런 녹즙을 꺼내 꿀꺽꿀꺽 마시곤 으~하며 머리를 흔들었다.

여자5는 심장이 온전치 않아 수시로 응급실을 들락거리고, 나머지 친구들도 늘 허리가 아프거나 어깨 통증을 호소하여, 근래는 만나면 밥을 먹고 병자랑만 실컷 하다 헤어졌다. 맛집에 가서도 이제는 맛난 줄도 모르겠다고 하고 나오는 요리마저 남기기 일쑤였다.

6월 중순. 그들은 마침내 오랜 숙원이던 칠순여행을 떠나게 되었다. 모인 계금도 이천만 원이 넘었다. 여행이 결정되자 파죽지세들은 심기를 단단히 하고 저마다 홍삼을, 흑마늘을, 공진단을 먹기 시작하였다.

떠나기 전날, 동탄에 사는 여자1과 일산서 사는 여자2는 민주네서 잤다. 이윽고 당일, 세 여자는 마악 동이 트기 시작한 새벽에 캐리어를 끌고 지축을 울리며 골목을 내려왔다.

리무진 공항버스가 올림픽대로로 진입하자 저만큼 63빌딩이 뿌연 하늘에 반쯤 푹 꽂혀있다. 공항으로 가는 주변에는 밤꽃이 한창이다. 저 허여죽죽하게 늘어진 꽃도 꽃이라고 과연 새벽공기 속에 향기가 묻어있다.

조금 후, 여자1, 2, 3, 4, 5 그리고 민주. 파죽지세 완전체가 인천공항에 나타나자 그들은 어깨동무를 하고 폴짝폴짝 뛰었다. 다들 그리 홀가분하게 떠날 수 있는 형편이 아니었던 것이다. 여자3만 해도 낮까지도 멀쩡하던 남편이 저녁 잘 먹고선 갑자기 토하고 열 오르고 하여 꼬박 밤을 새웠다가 새벽녘에야 진정 기미를 보이는 남편을 뉘여 놓고 나온 터였다.

어쨌거나 떠나게 되었다! 그러면 된 게 아닌가.

어제까지 아프고 결리던 허리 어깨가 거짓말처럼 말짱해졌거니와 내내 뿌우하던 머릿속이 맑게 흐르는 물에 두개골을 쪼개어 씻은 듯 선명해졌다고 입을 모았다.

칠순기념 러시아여행은 열흘 일정의 패키지였다. 파죽지세 여섯 명과 60대 부부 두 쌍과 '9공주들'이 일행이었다. 9공주들은 서울의 한 여자고등학교의 동창들인데 오십 대 초반들이었다. 그들이 시종 일행들을 즐겁게 하였다. 방에만 들어갔다 나오면 눈이 번쩍 띄게 화려한 의상으로 갈아입고 나왔다. 어떤 여인은 어깨와 등판을 다 들어내고 가슴만 간신히 가리운 드레스를 치렁치렁 입고 나와서 단체의 눈을 즐겁게 하였다. 화장도 화려하고, 가끔 담배를 꼬나물 때도 있었다. 모든 관계가 그렇듯이 그들 아홉 명의 여자들도 한결같이 사이가 다 같이 좋을 수는 없는 것 같았다. 둘 혹은 셋이서 판이 나뉘이지고, 그들만의 세 싸움 혹은 기 겨루기와 뻔힌 열정을 주체할 수 없어 아슬 아슬한 욕망을 곁에서 보며 파죽지세들은 자신들의 그때를 보 는 것 같아 조마조마하였다.

수완 좋은 여자1은 미리미리 가이드에게 팁을 주고, 스무여 명의 일행들에게 맥주와 군것질거리 서비스를 맡아 하여 사뭇 인기가 좋았다. 파죽지세는 너무 앞서지도 뒤처지지도 않고 중 간쯤 섞여 가이드를 따라다녔다. '머리 허연사람이 남의 좋은 일에 왔다갔다 하면 그 자리가 빛이 나지 않는다'고 민주가 자 신의 할머니에게 들은 말을 일렀다.

갑자기 노인이 되고 보니 참 별게 다 걸렸다. 젊은이들 앞에 서 음식을 너무 맛있게 먹어도, 너무 씩씩하게 걸어도, 너무 요 란하게 치장을 해도 흉이 될까 신경이 쓰였다. 요컨대 노인은 남의 눈에 띄는 행동을 해선 안 되는 것이었다.

하지만 파죽지세들이 오늘까지 러시아여행에서 기억하는 건 붉은 광장도, 화려한 여름궁전도 아니고, 저 상트페테르부르크 에서 만난 이상한 가이드였다.

모스크바에서 7일을 보내고 상트페테르부르크로 가기 위해 밤 비행기를 탔다. 공항에서 짐을 찾아 나오자 언제나처럼 가이 드가 피켓을 들고 기다리고 있었다. 머리가 희끗희끗하여 한눈 에도 가이드를 하기엔 좀 늦은 나이 같았다. 가이드는 여행자들의 무엇이 마음에 안 들었는지 첫 만남부터 여행자들과 눈을 맞추지 않았다. 여행자들이 공항을 빠져나오자 곧장 화장실 앞 구석 자리로 몰아놓고 그가 한 첫 일성은 자신의 소개나 인사가 아니라 훈시였다.

'러시아사람들은 매우 예의 발라서 옷깃도 스치지 않는다. 한국에서처럼 남의 어깨를 치고 간다는 것은 상상할 수 없는 일이다.'

'러시아사람들은 절대로 뛰지 않는다. 러시아서 뛰는 사람은 두 종류다. 도둑놈이거나 도둑을 잡으러 가는 경찰뿐이다.'

'러시아사람들은 어디서건 조용조용 말하고 큰소리로 웃는 법이 없다.'

듣다 보면 러시아사람들은 매우 예의 바르고 교양이 풍부하고, 서울에서 온 여행자들은 갈데없는 천지에 불학무식꾼에다 몰상식한 모리배로 전락해 버린 것 같았다. 여행자 중 누군가가 질문을 하면 '집에 돌아가 연구해 보라'거나 '그 당시 내가 그 자리에 없었기 때문에 모른다'고 하여 여행자들을 뜨악케 하였다.

된서방을 만났다고 수군거리며 다들 버스에 올랐다. 버스에 올라 마이크를 잡은 가이드는 인사 대신 자신을 '박 선생'이라고 불러 달라고 하곤 또다시 교양교육을 시작하였다. 사람들은 박 선생을 그냥 '박가'라고 하였다.

"저는 한국의 여행사들이 해외로 나온 관광객들에게 너무 많은 편의를 제공하는 것에 불만을 갖고있는 사람입니다. 그것은 관광객이 경험할 수 있는 기회를 박탈하는 것입니다. 그렇기 때문에 나는 내가 절대적으로 필요한 때 외에는 일체 관여하지 않겠습니다."

그렇게 선언한 가이드는 과연 그 후에 일어난 모든 귀찮은 일, 예를 들면 누군가가 입국수속에 필요한 서류(모스크바에서 상트페테르부르크로 들어갈 때는 신고서가 있어야 한다)를 잃어버렸다던가, 누군가가 버스에 물건을 두고 내렸을 때도 그는 '그래서?' 하는 표정을 짓곤 슬그머니 없어지던 거였다.

식당에 들어가자마자 음식이 나오기 전에 그는 또 한바탕 '교육'을 시작하였다. '테이블에 음식을 흘려 더럽히지 마라. 포크는 바깥에 것부터 쓰는 것이다, 나이프는 이렇게 저렇게 써라, 큰소리로 웃지 말고 떠들지 마라' 등등이었다. 교양교육을 잔뜩 받았지만 일행 특히 9공주들에게는 전혀 효과가 없었다.

심사가 틀린 9공주들은 일부러 포크를 접시 위로 떨어트리고, 있지도 않은 옥자야 금자야를 불러 떠들었다.

다 먹고 난 뒤에는 가이드가 통로에 서서 보는 중에 그들 중 하나가 테이블을 일일이 돌아다니며 남은 음식(대단한 음식도 아니다. 감자튀김이었다)을 거둬 비닐봉지에 담았다. 술안주가 여기 있으니 오늘밤 다 우리방으로 오라고 비닐봉지를 흔들었다. 횡단보도를 건널 때는 뛰고, 푸핫하하하~ 웃고 소리를 질러 일행을 불렀다.

결국 이튿날 그 가이드는 기어이 9공주들에게 둘러싸여 말로 다 할 수 없는 곤욕을 치르고 있는 광경을 볼 수 있었다.

"이런 개 시베리안허스키 같은 분을 보았나!"

"이분이 보자 보자 하니까 진짜 보이네! 야! 니나 잘하세요! 우리는 너 같은 가이드 필요 없어요!"

방으로 돌아오면 파죽지세들은 민주 방으로 몰려들었다. 서울에서 가져온 몇 개의 팩소주와 맥주. 과일과 견과와 육포 안주가 푸짐하였다. 민주가 여자2에게 말했다.

"순임아, 꽃바구니 잘 갔지?"

며칠 전이 여자2의 생일이었다. 생일이 돌아오면 파죽지세는 회비에서 꽃바구니를 택배로 보냈다.

아무도 챙겨주지 않는 생일날 시위처럼 여봐라, 하고 생일날 아침에 파죽지세의 화사한 꽃바구니가 날아드는 것이었다. 그러면 여자들은 위안을 받았다. 그 꽃을 보며 최소한 일주일은 뿌듯하였다. 결국은 쓰레기 처치 곤란이라고 반대도 있었지만 결국 그들은 일 년에 한 번 어려운 쓰레기 치우기를 결정했다.

"그러게! 잘 받아놓고 내가 정신이 없어서 전화도 못 했네! 그날 우리며느리는 빈손으로 와서 내가 끓여놓은 미역국만 떠고 갔지 뭐냐! 그것들이 가고 난 뒤에 하도 기가 막혀서 딸한테 전화로 푸념을 했더니 딸년은 또 뭐라카는 줄 아니? '아이구 엄마! 와 준 것만도 땡큐지. 선찮은 아들 붙들고 살아준 것만도 고마워해. 그것들이 산다 못산다 안 하는 것만도 엄만 걔한테 절해야 돼.' 이러지 뭐냐. 이게 속상한 에미한테 할 소리니? 하여튼 그 기집애는 뭔 말만 하면 선찮은 오래비 데리고 사는 것만도 엎드려 절하라는 소릴 대놓고 해. 어떨 땐 며느리보다 딸년이 더 염장을 질러요. 딸이 아니라 웬수다! 웬수!"

"그래도 그 딸이 엄마 말에 맞장구 안 치고 올케 편 드는 거 보면 니 딸이 철들었다 얘."

여자3이 거든다.

"그게 다가 아니야. 저 김치할 때 시에미 김치까지 담궜다고 하도 공치사를 하길레 그럼 어디 가져와 볼까 하고 그저께 지나가는 길에 들렀잖니. 것두 어디 함부로 들락거릴 수나 있나. 아침에 전화로 허락을 받았지. 제집에 들어서자마자 마침 저는 모임에 나간다고 부랴부랴 나가더라구. 어머님, 죄송해요. 제가 지금 너무 늦어서요. 어머니가 가져가세요. 저 먼저 나갈께요, 하면서. 시에미가 몇 달 만에 들렀는데 먼저 나가버리는 것부터가 이게 경우니? 냉동고 문 한번 열어봤다가 하마터면 발등 부서질 뻔했다. 세상에! 안심 등심 할 것 없이 그 비싼 한우가 냉동고에 꽉 찬 거야. 아니 아니, 시에미 생일 때 그거 한 덩어리

못 가져와서 빈손으로 오니? 내가 아주 그날 속이 상해서 김치
고 뭐고 그냥 문 쳐닫고 왔다."

"아이구! 그까짓 고기 그냥 니가 사 먹어! 그까짓 고기 먹으
면 얼마나 먹는다구그래? 니도 이제 늙어서 별걸 다 가지고 며
느리 들볶네!"

여자3이 거든다.

"야! 내가 지금 고기 못 먹어서 이러니? 나는 워낙 고기도 안
좋아해! 늙긴 니가 늙었네! 그새 말귀도 못 알아들으니."

"지랄하네! 그게 그거지! 둘러치나 메치나지. 결국 고기 한
덩이 안 줘서 삐진 거잖아!"

"으이구, 고만해! 그러다 또 싸우겠다!"

여자5가 교통정리를 하고 나섰다.

"그래도 순임아, 니며느리는 지가 알뜰히 살려고 그러는 거
니까 괜찮네! 나도 며칠 전 한바탕 들었다 났다. 이것이 시에미
가 팔이 빠지게 장을 봐서 들어서도 그거 하나 받아들 줄을 모
르는 거야. 한바탕 들었다 났더니 답삭 꿇어서 잘못했다고 빌더
만. 받아야 하는 건 줄 몰랐대. 하여간 가르쳐야 돼! 걔가 꿇어
앉아 비는 거 보니까 안 가르친 내 잘못이 더 크구나 싶더라."

여자5의 말이다. 은행원인 아들 내외가 받는 월급으로 도우
미에게 300만 원이 넘는 돈이 들어간다는 말을 듣고 그녀는 손
자들을 키우기로 결심하였다.

손자는 3살, 4살로 연년생이었다.

월요일 아침 총알처럼 자유로를 달려 일산에서 아들네의 양재동까지 30분 만에 도착한다. 월요일에서 금요일 오후까지 손자들을 돌봐주고 금요일 밤에는 일산인 제집으로 돌아가는 생활을 2년째 하고 있었다. 그녀는 우리나라의 국가적 큰 근심인 저출산 문제는 세상에 집집마다 둘씩이나 있는 할머니들에게 답이 있다고 믿었다.

요즘의 노년들이 놀고먹는 것을 자랑하고 손자녀 돌보는 노인들을 불쌍하게 여기는 경향을 그녀는 나라 망할 조짐이라고 하였다.

그들이 무슨 대단한 가치 있는 일을 하는 것도 아니다. 아니 늘그막에 비록 가치 있는 자기 계발을 한다손 쳐도 그것이 어찌 손자녀 키우는 일보다 더 중요하고 가치 있으랴.

대부분의 노인들은 오전 내내 스포츠센터에서 보내고 끼리끼리 몰려다니며 영화봅네 연극봅네 하는 일로 세월을 보냈다. 고작 그거 하려고 손자녀를 돌보지 않겠다는 것인가. 인생의 막바지에서 손자녀를 훌륭히 키우는 것 이상으로 보람 있는 일이 또 어디 있나. 어느 도우미가 조모만큼 아이들을 지성으로 돌볼까. 그러므로 국가는 집집마다 있는 할머니들에게 손자녀를 돌볼 마음이 생기고 또 그것이 손해 보는 일이 아니라는 것을 행정으로 뒷받침해 준다면 저 60년대 70년대처럼 집집마다 골목마다 학교마다 아이들이 넘쳐날 것이다. 대체 정부는 왜 이런 정책을 쓰지 않는 것인가, 여자5는 거품을 물었다.

"손님이 오면 공부한다고 애들 인사도 안 시키지, 어른 앞이건 어디서건 제 새끼 물고 빨고…… 아이구, 눈 선 것이 어디 한두 가지래야지!"

"그러니 가르쳐야 돼! 다 우리가 안 가르쳐서 그래."

"얘 그런 거까지 가르칠래면 입이 다 닳아빠지고, 걔들보다 우리가 먼저 넘어갈 것이다! 냅 둬! 냅 둬! 뭔 영화를 보겠다구."

"뭔 소리야! 우리 클 때를 생각해 봐라. 요즘 저것들이 어디 사람이니? 이 말 하면 싫어할라, 저 말 하면 삐칠라 다 입 다물고 사니 애들이 인간이 안 되는거야. 어쨌건 입이 닳아빠져도 애들은 가르쳐야 돼!"

여자5가 '가르쳐야 한다'고 강조하니 민주는 문득 한 노인이 떠올랐다. 그녀의 외조부다. 서울 대방동 너른 터에 한켠엔 아이들 그네가 있고, 작은 연못이 있던 집이었다. 지대가 높아서 홍수철에 물난리가 나면 안방에 물이 들어찬 사람들이 부엌살림을 들고 대피하여 외갓집 담벼락을 바람막이 삼아 밥을 끓여 먹었다.

장작개비처럼 마른 몸피에 언제나 회색 양복을 정갈히 입고 구두를 알뜰히 닦아 신은 외할아비지는 꼿꼿한 허리임에도 꼭

깜장색 스틱을 들고 나가셨다.

할아버지의 외출에는 대문을 나서면서부터 순조롭지가 않았다. 우선 동네 청년이 멋으로 뒷주머니에 지갑을 꽂고 지나가는 걸 놓치지 않는다.

"이놈! 왜~ 지갑을 뒤에다 그것도 반은 내놓고 댕기노?! 견물생심이다! 그걸 보면 고만 빼가고 싶은 생각이 들잖나! 당장 안주머니에다 넣어라!"

침 뱉는 남자, 단추를 안 채우고 펄럭거리는 젊은이, 밤에 휘파람 부는 청년, 술 먹고 비틀거리는 남자들이 다 할아버지의 순조로운 외출을 방해하는 사람들이었다.

"그러시다가 못된 놈 만나면 두들겨 맞아요 아버지! 왜 그러세요?"

외삼촌과 식구들이 질색을 하고 말렸지만 할아버지에게는 마이동풍이었다.

"아~들을 가르쳐야지! 요즘 아~ 들이 저레 버르장머리 없고 못된 건 다 어른들이 지 할 일을 안 해서라고 본다. 다 니거튼 사람만 있으니까 그렇단 말이다. 이러면 봉변당할라, 욕먹을라, 그러니 아무도 저 아~들을 갈치지도 안하고, 야단도 안치고, 그러니 점점 저꼴이 되는 것 아니냐?!"

외할아버지의 철학은 확고하였다. 늙은이가 살아있는 이유는 아이들을 가르쳐야 하기 때문이라고. 어른이 몸을 사리는 것은 마땅히 해야 할 일을 하지 않는 것이라고 고함을 쳤다.

"욕을 먹으면 어떠노? 또 그러다가 봉변을 당해도 어쩔 수 없지! 그래도 갈치야지!"

외갓집에서는 외할아버지의 철학과 동네 남사스럽다는 외할머니와 외숙모 외삼촌이 날마다 충돌하였다. 할아버지에게 한 번 야단을 맞은 청년들은 할아버지와 마주칠까 봐 슬금슬금 피했다. 성가서인지 '드러워서'인지 모르지만 어쨌거나 실제로 동네에는 밤에 휘파람을 부는 청년도, 담배를 물고 다니는 학생도, 침을 뱉는 남자도 눈에 띄지 않았다.

여행 일주일째, 그날은 일리아 레핀 기념관과 카잔사원과 피의구원사원을 보았다. 러시아는 눈에 들어오는 것 어느 것 하나 안구가 돌출하고 입이 딱 벌어지지 않는 것이 없을 만큼 웅장하고 화려하였다. 하지만 한꺼번에 너무 많은 것을 봐버려서 점점 감흥이 덜해지는 부작용도 있었다. 하지만 역시 러시아는 대단하고 엄청난 나라다.

밤이 되어 파죽지세는 모두 민주 방으로 모였다. 이런 말 저런 수다 끝에 여자1이 민주에게 말했다.

"민주야, 너 이제 고마 정희 걔들하고 화해해라. 언제까지 안 보고 살래?"

일순 방안의 공기가 싸해진다. 모두들 일제히 민주를 돌아본

다. 민주도 갑자기 머리통을 한 대 맞은 것처럼 멍하다. 여자1
이 말하는 '정희 걔들'들이란 이십 년도 더 전에 헤쳐모여 할 때
떨어져 나간 여자들이다.

"뭘 화해를 해? 몇 번이나 말했잖아! 나는 걔들하고 화해하고
말고 할 것도 없다구. 그냥 잘살면 되지! 왜 그래? 니한테 뭐 손
해되는 거라도 있냐?"

"있지! 우리가 왜 너 하나 때문에 가들하고 생이별해야 되는
데?"

민주는 여자1을 노려본다.

"내가 못 만나게 했다고?"

"못 만나게 한 건 아니지만 가들이 오면 니가 불편해할 거니
까 우리가 걔들을 오라고 못하는 거지."

여자3도 나선다.

"정희가 요즘 많이 아프대. 칠십도 됐는데 웬만하면 풀고 가
는 게 맞지. 칠십아이가."

칠십이고 팔십이고 민주는 황당하다. 혼자 왕따를 당한 기분
이다. 뒤에서 쉬쉬하며 이십 년도 더 된 이야기 하며 걔들을 그
리워했다는 얘기다. 민주는 별안간 분하고 억울하고 원통한 기
분이 든다. 아니, 그때의 그 헤쳐모여를 할 수밖에 없었던 사실
을 저것들은 까맣게 잊었단 말인가. 그게 어디 그녀 혼자만의
일이었나. 다 같이 분노하고 함께 결정하여 모인 계금을 N분의

일로 나누고 깨끗이 헤어진 일을 지금에 와서 민주가 벌인 일에 피해자처럼 구는 것이었다. 지금의 여섯 명도 그 헤쳐모여가 있은 훨씬 후에 자연 발생적으로 하나둘씩 모여 여섯 명이 된 것이었다.

어쩌면 한 깍지에 든 콩처럼 하나같이 가난한 농부의 딸임을 샅샅이 아는데 어느 날부터 특수층이나 된 것처럼 구는 정희일당을 더는 못 보겠다고 비명을 질러댔다.

그 때문에 상처를 제일 많이 입은 사람이 여자1이다. 그녀의 아이들은 남 못지않은 고액과외를 받고도 지방의 전문대에 들어가는 바람에 여자1은 초죽음이 되어 머리를 싸매고 누웠었다. 일류대학 학부모가 된 정희일당은 모임에 와서도 지들끼리 앉아 지들만 아는 이야기로 떠들었고, 이류나 삼류 쪽은 돌아보지도 않았다.

그렇게 다 같이 갈라서기를 주장하고, 다 같이 힘을 합쳐 헤쳐모여 한 일을 지금은 민주 때문에 그렇게 되어버렸다고 여기는 것 같았다. 민주는 어처구니가 없다. 세월이 흐르자 왜 그런 일이 일어났는지 사건의 전말은 없어지고 결과만 남아서 민주가 주동한 일에 저들은 피해자인 것처럼 행동하고 있는 것이다.

"나는 반댈세!"

여자4가 입을 열었다.

"보고 싶은 사람은 끼리끼리 만나면 되지. 꼭 이 자리에 불니서 만나야 하니? 나는 싫다. 다시 와서 지들이 무슨 특수층 연하는걸 두 번 보기도 싫어! 모일 때마다 장소 시간 다 지들 맘대로 정하고 변경하고 그러는 거 또 보자고? 지들 집 밑천부터 빠삭하게 다 아는데 지가 무슨 첨부터 종자가 다른 것처럼 나대는 꼴을 또 보겠다고? 나는 절대 반댈세!"

"나도!"

여자5도 나섰다.

"야, 기질적으로 안 맞으면 못 만나는 거지. 나이 칠십 됐다고 갑자기 싫은 사람을 억지로 품어야 될 이유가 뭐가 있어? 좋은 사람만 만나도 아까운 시간이다야. 나도 다시 뭉치는 거 반대네."

여섯 명의 파죽지세는 기어이 또 찢어져야 할 판국에 놓이게 된 것 같았다. 민주 역시도 만정이 떨어졌다.

급기야 여섯 명은 러시아에서 돌아와 인천공항에 내려서도 하나둘 가방을 찾는 대로 없어졌다. 누구도 담에 보세, 라든지 잘 가, 라는 인사 한마디 없었다.

그 일 년 후, 파죽지세는 결국 세 명으로 줄었다. 여자1, 2, 3이 떨어져 나가고, 여자4와 5 그리고 민주가 남았다. 실은 떨어져 나갔다기보다 일방적으로 이쪽에서 모임 날짜를 알리지 않았다. 여자 셋이 그렇게 하기로 하였다. '보고 싶은 사람만 만나

158

도 아까운 남은 인생'이라는 여자4의 말에 둘은 동의하였다. 시간이 더 흐르면 또 어떻게 될지 모르지만, 늙어서인지 이젠 약간의 스트레스도 못 견뎌 하는 증상이 새로 생긴 것 같았다.

셋이 된 파죽지세는 주로 신세계백화점 식당가에서 점심을 먹고 커피는 VIP 라운지에서 마신다. VIP의 주인공은 여자4였다. 서른일곱에 과부가 되었던 여자4는 오랫동안 사귀어 오던 두 살 연하 홀아비와 드디어 신접살림을 차렸다. 상대는 동료 교사로 암으로 아내와 사별하고 오랫동안 줄곧 혼자 늙었다. 남자는 자식 셋을 다 건사할 때까지 여자4에게 기다려 달라고 하고 여자4는 그 남자를 믿고 기다렸다. 삼 남매가 다 결혼한 뒤 마침내 그들도 결혼식을 올리고 살림을 차렸다.

산수 좋은 남양주에 전원주택을 마련하고, 신접살림살이 가구들을 신세계백화점에서 다 사들인 바람에 여자4는 VIP의 회원이 된 것이었다. 두 명의 파죽지세는 덩달아 좋았다.

세 여자들은 주로 같은 생각을 한다.
"이제는 뭘 하나 사려고 해도 덥석 사지지가 않더라. 며칠 전엔 독서등 하나 사려고 하이마트에 갔는데 얼마나 망설였는지 몰라. 이것도 나중엔 결국 쓰레기가 될 텐데, 지구를 아껴야지, 여태까지도 없이 잘살았는데……이러지 뭐냐! 참나!"

"그러게! 나도 그래!"

"우리 이럴 게 아니라, 셋이서 어디 좀 가자! 세렝게티 사파리 여행 어떠니? 거긴 더 늙으면 진짜 못 간다?!"

"가서 또 찢어지게?"

"하하하하하~!"

세 여자는 그런저런 이야기를 하며 시간을 보낸다. 짧은 인생을 질적으로 좀 더 잘 경영하지 못한 아쉬움이 다 같이 있었다. 아무래도 최선을 다하지 못했다는 자책을 하지 않을 수가 없는 것이다.

그럼에도 그들은 이제 무리하게 더는 무엇이 되려고 하지 말자고 하였다. 그들은 이제 그저 멋진 할머니가 되고 싶다고 하였다. 스스로 할 수 없는 것들은 기꺼이 포기하고, 밥을 천천히 먹고, 뛰지 말고, 감기를 조심해야 할 것이었다.

민주는 그저 재미있는 노인이 되고 싶다.

만나면 기분이 좋아져 자꾸자꾸 만나고 싶은 그런 노인이 될 수만 있다면 인생성공이다.

"얘들아, 이제 고만 파죽지세 떼버릴까?"

민주가 물었다.

"으음~ 고마 그러자!"

두 여자가 동의하였다. 그리하여 52년 전에 민주가 지어 오늘까지 이어온 '파죽지세'는 이 시간 후로 사라지게 되었다. '우리들의 파죽지세'를 보내는데 어떻게 아무 의식 없이 보내냐고 민주는 와인 석 잔을 주문하였다.

"막상 떼버릴려고 하니 좀 그러네!"

"그러게! 참 곡절도 많고, 우리만큼 파란만장했다!"

세 여자는 와인잔을 부딪치며 과장되이 '파죽지세'에게 안녕을 고했다.

"……그러면 파죽지세여! 안녕~!"

삶이란…

노인에게서는 언제나 죽음의 냄새가 났다. 노인이 기저귀를 찬지 올해로 딱 다섯 해다.

뭔가 곧 끝나갈 것 같다가도 쉽게 끝나지 않는 노인의 삶보다 영순을 지쳐 나가떨어지게 하는 건 그 냄새였다. 냄새는 닦아도 닦아도 없어지지 않았다. 락스를 쓰면 락스에 희석하고 크레졸을 쓰면 크레졸에 섞여 더욱더 이상스런 냄새로 변할 뿐 냄새는 그 무엇으로도 없어지지 않았다. 씻고 또 씻고 다시 씻어도 냄새는 천장의 나뭇결 사이사이, 발포벽지의 이음새 사이사이에 숨었다가 어느새 스멀스멀 스며 나와 온 집안에 진동한다. 영순은 죽음의 냄새라고 단정 짓는다.

노인이 쓰러진 후, 영순은 평생직장인 교사직을 그만두었다. 5년 전의 일이다.

영순 내외가 출근하고 아이들도 등교한 후, 살림을 맡아 해온 노인은 그제도 혼자 있는 시간에 쓰러진 것이었다. 3년 전엔 대퇴부 골절로 쇠갈고리를 대퇴부에 연결하는 대수술을 받았었다. 엄청난 재활의지를 불태우며 이제 겨우 살만해졌나 싶게 생활을 하고 있는 중이었다.

뇌출혈이었다. 빠른 후속 조치만 했어도 후유증이 저렇게까지 심하진 않았을 것이다. 생각하면 다 영순의 탓인 것만 같아 영순은 학교를 그만두지 않을 수 없었다. 영순의 나이 마흔일곱이었다.

중풍은 노인을 공격했는데 고통은 영순의 몫이었다.

풍 맞은 노인의 몸에 살이 붙으면 오래 못 산다던데.

처음 그 소리를 들었을 때 영순은 가슴이 철렁했었다. 3개월이 지나면 3년을 살고 3년이 지나면 6년을 산다. 풍 맞은 노인의 수명은 그렇게 3년을 주기로 목숨을 연장한다는 것이었다. 영순은 노인이 3개월을 살지 못할까 봐 조마조마하였다. 그러나 노인이 세 번째 중풍을 맞고 이제는 화장실 출입까지 어려운 상태가 길어지자 더이상 오래 사시라는 말이 나오지 않는다. 남편 역시 평소 온갖 깔끔을 떨며 경우 밝던 모친이 온갖 주접을 떨고 있는 모습을 영순보다 더 못 견뎌 했다.

남편은 노인 때문에 학교를 그만두고 삶 자체가 온통 뒤죽박죽이 되어버린 아내에게 면목이 없다가, 그렇다고 무슨 대책마저 세울 수 없는 일이라는 걸 알자, 오히려 뻔뻔스러워지기로 한 것 같았다. 남편의 지방발령은 남편 스스로 자원했을 것이었다. 어쩌면 영순도 그편이 편하다.

점점 귀가가 늦어지고 공연히 정신없는 노인에게 자주 화를 내며 정신적으로 황폐해져 가는 남편을 영순도 보기 힘들었다. 그게 다 영순에게 미안한 마음의 표현이라는 걸 영순은 안다.

거처를 지방으로 옮겨간 남편은 당장 눈앞에서 보지 않으니 어쨌거나 좀은 편해진 것 같았다. 이 모든 것이 다 영순의 팔자 소관이라고 친정모친이 말했다. 영순도 어느새 그 말에 동의하고 있었다.

남편과 연애할 때, 평생을 일 속에 파묻혀 살았던 장손 며느리인 엄마는 사위될 청년이 차남이어서 대환영이었다. 하지만 딸의 팔자는 어미팔자를 닮는다던가. 영순은 차남으로 시어머니와 줄곧 함께 살았다.

영순의 친정엄마는 양로원으로 들어갔다. 있을 곳이 없는 엄마를 양로원으로 보내고 삼남이녀의 자식을 둔 시어머니와 함께 산 것이다. 영순의 오라비는 호주에 살고 있지만 엄마는 아들네 대신 양로원을 택했다.

　노인은 큰아들이 간암으로 세상을 떠나자 영순네로 들어왔다. 아들 없는 며느리와 지내기 불편했을 것이다. 다른 아들딸들을 생각할 것도 없이 노인은 당연히 둘째 아들네로 들어온 것이었다. 갓 육십이 넘었던 노인은 영순네로 들어오자 파출부를 내보내고 살림을 맡았다.

　노인은 두 손자손녀를 받아 금자동아 은자동아 길렀다. 경우바르고 깔끔한 성격의 노인이 하는 살림과 육아에 영순은 대만족이었다.

　육아는 영순이라 해도 그렇게 잘 키우지 못했을 것이라고 영순은 생각한다. 천성적으로 기관지가 약한 손자를 위해 산도라지를 해마다 몇 관씩 사다가 아파트 한구석에 묻어놓고 일 년 내내 아이들을 먹였다. 무쳐먹이고, 쪄서 먹이고, 설탕에 절여 정과를 해서 먹였다.

　봄나물은 면역에 좋다고 또 일 년 내내 먹였다. 어떻게 조리하는지 아이들도 할머니가 만든 나물반찬을 잘도 먹었다. 노인은 제철의 채소와 과일을 듬뿍듬뿍 먹여 손자손녀를 튼튼하게 키워놓았다.

　패스트푸드가 좋을 리 없다고 노인은 아이들에게 먹이지 않았지만 요즘 세월에 그런 것들을 몰라서도 안 된다고 했다. 노인은 한 달에 한 번 날을 정하여 매달 10일은 햄버거 먹는 날, 15일은 피자 먹는 날, 20일은 치킨 먹는 날이었다. 어쩌다 할머니가 '먹는 날'을 놓치면 아이들이 울고불고 난리가 났다.

민간용법에 능통한 노인은 손수 수지침을 배워 웬만큼 배 아프고 머리 아픈 건 수지침으로 해결하였다. 한마디로 능력 있는 노인이었다.

노인은 영순이 모르는 것은 다 알았다. 영순은 그런 노인을 볼 때마다 인도에는 '노인이 죽으면 도서관 하나가 없어진다'는 속담이 있다는데 영순은 노인을 보며 그 속담에 동감이었다. 영순으로서는 조상의 음덕이었다.

집안에 냄새가 배기 시작하자 아들은 서둘러 입대하고, 고등학생 딸은 도서관에서 살았다. 할머니가 니들을 금이야 옥이야 길렀다고 딸을 나무랐지만 최근엔 학교 앞에서 친구와 자치를 하겠다고 조른다.

남편마저 퇴근이 늦고 일부러 야근과 숙직을 맡아 했다. 그러다가 아예 전근을 자처하여 A시로 옮겨간 것이었다. 수도권도 아니고, 새마을호를 타고 3시간 반, 다시 버스를 타고 한 시간 반이 걸리는 A시로의 전근은 적극 자원하지 않고서는 갈 수도 없는 곳일 터였다. 영순은 원망하지 않았다.

친정엄마는 또 그랬다. 팔자갈이는 못한다고. 그러니 팔자려니 하고 잘 견디라고.

"배고프다아~! 배고프다~!!"

노인이 시작한다. 8시에 아침을 먹고 지금은 10시다.

하루종일 배고픔을 호소하는 노인을 영순은 이제 조금도 가엾게 여기지 않는다. 많이 먹여놓으면 많이 나온다는 엄연한 사실은 영순을 밑도 끝도 없는 일구덩이로 몰아넣을 뿐, 단 일 푼 어치의 가치도 의미도 없다고 깨달은 날부터 영순은 노인의 먹는 일을 통제할 수밖에 없었다. 그러자 그렇게도 체면을 중히 여기던 노인의 입이 점점 거칠어졌다.

노인이 거동을 못 하자 좋던 남매간의 우애에도 금이 갔다. 어느 날 두 시누이들이 와선 밥 주고 떡 주고, 조금 후에 빵 주고 과일주고, 노인에게 자꾸 먹였다. 누군가 와서 저렇게 먹여놓으면 차고 있는 기저귀가 넘쳤다. 노인에게 자꾸 뭔가 먹이지 말라고 영순이 말했다. 시누이들은 마구 화를 냈다.

사람들은 모두 신통한 약을 입으로만 갖다 나르고 팔랑귀가 된 노인은 그 신통한 약을 구해다 주지 않는 며느리에게 저주를 퍼부었다.

어떤 상황에도 인간이 적응하지 못하는 경우는 없다. 그럼에도 오로지 먹을 것 때문에 인간이 저다지도 치사해지고 악해질 수가 있는지에 영순은 매번 적응되지 않는다.

"보소~~! 밥 좀 주이소~! 야~!?"

노인은 애걸 버전으로 바뀌었다.

영순은 아침 일찍 나가는 딸을 위해 끓여놓았던 죽을 뜬다. 검정콩 율무 찹쌀 등 일곱 가지 곡물을 갈아 만든 영양죽은 우선 색깔부터 거무죽죽하여 맛은 고사하고라도 비주얼부터가 그다지 먹고 싶은 마음이 들지는 않는다. 하지만 딸이 한 숟갈이라도 먹기만 해준다면 대단히 좋은 죽임에 틀림이 없다. 그러나 딸은 거들떠도 안보고 나가버렸다.

영순이 나무쟁반을 들고 들어서자 노인이 배시시 웃는다. 12시까지 장장 두 시간은 소리치고 악쓰고 목에서 쉰소리가 나야 할 것을 단 두 번의 고함으로 먹을 것이 나타났으니 노인은 감격한다.

영순은 노인의 입으로 죽을 떠 나르기 시작하였다. 노인이 하마처럼 너부죽한 입을 쩌억 벌릴 때마다 영순의 입도 바보처럼 헤~하고 벌어진다. 처음엔 그러는 줄도 몰랐고, 알고 난 뒤엔 그러지 않으려고 해도 반사 신경이 하는 일이라 소용이 없었고 지금은 그런 노력이 왜 필요한가 싶어 마음 놓고 노인을 따라 입을 헤에, 헤에~ 벌리며 죽을 떠먹인다. 노인에게 죽이든 밥이든 떠먹이자면 고개를 약간 옆으로 숙이고 각도를 잘 맞추어야 한다. 노인의 틀니가 빠지면 뒷수습은 말할 수없이 번거로워진다.

노인의 입이 열릴 때마다 위아래로 실기둥이 생긴다. 실기둥은 숟가락을 따라 나온다. 영순은 입을 굳게 다물고 침을 꿀꺽 삼킨다. 한 번이 중요하다. 단 한 번 구역질을 하면 영순은 그 순간부터 영영 노인에게 밥을 못 떠먹일 것만 같다. 그러면 저 노인은 꼼짝없이 굶어 죽으리라. 영순은 크리넥스를 여러 장 뽑아 포개어 쥐고 노인에게 김칫국물을 떠넣는다. 헐거운 오른쪽 입귀로 국물의 반이 흘러내린다.

이윽고 먹는 일이 끝나자 노인은 맛있다고 더 먹겠다고 한다. 노인의 말은 영순에게만 소통되는 언어이다.

"안돼요. 좀 이따 목욕하고. 그리고 저는 오늘 아범한테 좀 다녀올께요."

영순에게 지루한 시간이 노인에게는 가장 행복한 순간이다. 따라서 영순은 노인에게 행복을 주기도 하고 순식간에 행복을 빼앗아서 원망과 저주를 받기도 한다.

남편이 집에 다녀간 지가 몇 달이던가. 번번이 이유가 있었지만 그 속내는 분명하다.

오고 싶지 않은 것이다.

토요일 영순은 A시로 가는 새마을호를 예약했다.

개포동에 사는 손아랫동서에게 전화를 건다. 남편에게 다녀오는 동안 노인을 부탁한다. 하이톤의 동서음성은 들을 때마다 겨드랑이가 간지럽다.

"오모어! 형니~임. 웬일이서요?"

형님이라고 불리우지만 손아랫동서는 영순보다 세 살이 위다. 그럼에도 때마다 '형님' 소리를 필요 이상 강조하는 속셈은 좌우지간 저는 손아래니 노인의 일에 대해서 책임이 없다는 계산이 깔려있다.

영순은 두 동서들에게 노인을 맡길 마음이 추호도 없건만 동서들은 공연히 죽는소릴 해댔다.

"오늘 애들 아빠한테 다녀와야겠네. 여름옷도 갖다 줘야 하고. 자네가 와서 어머니 좀 챙겨드려야겠네."

"아이구아이구, 형님. 오늘은 안돼요. 저희도 오늘 최 이사님한테 인사하러 가야 하는데……"

동서의 말이 사실이고 핑계가 아니라 해도 듣는 영순은 화가 난다. 순간적으로 노인은 아들딸이 5남매라는데 이르고, 그 다섯 남매 중 어째서 영순만이 노인에게 매달려 꼼짝달싹할 수 없는지에 생각이 미친다. 영순은 노인이 저 지경이 되고부터 생활이라고 부를 수 있는 모든 것을 빼앗겼다.

봄이 왔다든지.

뜰의 영산홍이 피고 졌다든지.

라일락이 지고 아카시아가 폈으며, 아직도 밤하늘에는 별과 달이 뜨는지.

아니면 지금은 그것들이 다 없어졌는지. 영순은 알지 못하였다.

"그럼 어머니를 개포동에 모셔다 놓고 가야겠네! 아줌마는 있잖아. 나 택시 타고 서울역 가는 길에 어머니 모시고 갈께!"

"아니 아니, 아니에요, 형님. 제가 가지요! 다녀오세요, 형님."

동서는 영순이 노인을 데리고 갈까 봐 기겁을 한다.

영순은 짧은 바지와 브래지어 바람이 된다. 머리를 거의 박박 각이운 노인은 성별조차 구별할 수가 없다. 일생동안 긴머리를 틀어 비녀를 꽂는 것을 고집하였지만 영순은 더 이상 노인의 긴머리를 감기고 빗기고 손질하여 비녀 꽂는 일을 계속할 마음이 없어졌다. 마누라 머리 짧은 것도 싫어하여 커트를 할 때마다 인상을 쓰는 남편은 처음 노인의 머리를 거의 박박 깎아 온 날 미친것처럼 화를 냈었다.

영순은 노인이 깔고 누운 방수요의 양귀를 잡고 욕실 안으로 끌어들인다. 그것만으로도 숨이 가쁘다. 노인은 어쩌다 제정신이 돌아와 영순과 눈이 마주치면 눈을 피했다. 제정신이든 아니든 영순이 노인을 대하는 손길에는 상관이 없다. 영순의 손길은 무례하고 방자하다. 피하는 노인의 눈길과 무시로 부딪치면서 함부로 노인을 타넘고 샤워기를 들이대는 것을 말짱한 정신으로 당하는 노인을 의식하는 깃은 영순도 괴로운 일이었다.

한 번도 햇빛을 보지 못한 노인의 속살은 흰 광목천처럼 희다. 탄력을 잃은 피부는 때수건으로 밀 때마다 이리저리 밀린다. 샤워타월에 바디샴푸로 거품을 잔뜩 일으켜 노인의 몸을 닦기 시작한다. 흐물흐물한 목, 팔, 유방, 배를 닦고, 사타구니에 이르면 영순의 팔에는 무의식적으로 힘이 가해진다. 한 번 더 닦으면 냄새가 덜날까 영순은 노인을 뒤적거리며 더 세게 민다. 아야야! 아야야! 노인이 비명을 지른다.

밀폐된 욕실에서 자욱한 수증기로 뿌옇게 막을 쓴 거울이 영순의 얼굴을 비춘다. 땀으로 떡을 감은 형상은 영순이 봐도 끔찍하였다.

이윽고 목욕이 끝나고, 방으로 들인 노인의 몸을 영순은 마른 수건으로 꼼꼼하게 닦는다. 욕창 기미가 보이는 꼬리뼈부근을 입으로 홀홀 불어 말리고 파우더를 치고, 기저귀를 채운다.

말끔하게 씻긴 노인은 아기처럼 행복해 보인다.

영순도 마음이 풀어진다.

로션을 손바닥에 묻혀 노인의 얼굴에서 찰찰 소리가 나도록 발라주고 가만히 노인의 눈을 들여다본다. 어이구~ 보면 볼수록 가엾고 불쌍하고 그러면서도 서글프고 또 화가 난다.

'이 노인이 내 아이들을 다 훌륭히 키워주셨다!'에 생각이 이르면 목욕할 때 함부로 했던 게 죄송하다.

"개운하지요, 어머니?"

영순은 짐짓 노인과 눈을 맞추어 본다. 이 여인에게도 분명 청춘이 있었으며 눈부셨을 것이었다. 누구 못지않게 염치가 있었고 맺고 끊음이 분명한 어른이었다. 한 여자가 세상에 와서 다섯 자식을 길러 그들이 이 사회의 요소요소에서 아이들을, 가르치고, 은행원, 사업가가 되었다. 뿐인가. 그들이 퍼트린 자손을 모으면 서른 명에 달한다. 이 노인은 자신이 태어난 존재의 의무와 책임을 다했다. 그것 하나만으로도 사회로부터 존중될 충분한 이유가 될 것이었다.

하지만 영순은 종잡을 수가 없다.

노인의 삶이 훌륭했었다는 것과 피 한 방울 안 섞인 저 노인에게 인생 후반을 송두리째 저당 잡혀야 하는 것과는 좀처럼 줄긋기가 되지 않는다.

노인의 치다꺼리를 끝내자 눈꺼풀이 파르르 떤다. 손도 떨린다. 체력이 부치는 것이다. 영순은 떨리는 손으로 부랴부랴 쵸컬릿을 찾아 입안으로 넣는다. 그리곤 커피를 진하게 내려 소파에 앉았다. 창밖으로 보이는 하늘과 나무와 먼 산을 보고 있노라면 영순은 또다시 해답 없는 질문이 쏟아진다. 인간이 대체 무어길래 만물의 영장으로 살다가 말년은 저렇게 치사하고 파렴치한 마지막으로 끝나는 것인가. 영순은 두렵다. 그녀 역시 저렇게 되지 않는다는 보장이 없다. 건강했을 때, 노인도 낭신이 너무 오래 살까 봐 걱정했었다. 쓰러지기 전 노인은 자신이 만일 불치병에 걸리면 고치려고 애쓰지 말고 어서 저세상에 갈 수 있는 방안을 마련하라는 말을 아무렇지 않게 말했었다.

"나는 살 만큼 살았으니 지금 죽어도 호상이다! 내 아들딸이 아무 탈 없이 잘살고, 영감 없이도 환갑 칠순까지 다 얻어먹었으니 내가 뭘 더 바랄꼬! 내 죽을병 들더라도 그거 고친다고 돈 처들이지 말아라. 나는 그저 편안히 갈 수만 있다면 더 바랄 게 없다. 가서 영감도 만나야제!"

하지만 병이 든 노인은 달랐다. 언제 그런 말을 했을까 싶게, 살 수만 있다면 이 약 저 약 다 구해 달라고 한다. 노인인들 자신이 이런 말년이 되리라고 상상이나 했을까.

영순은 언젠가 강원도 인제에서 본 적이 있는 벌목현장을 기억하였다. 수백 년을 살았을 아름드리나무들이 전기톱 한번 지나감으로 그렇게도 간단히 끝이 나던 거였다. 수백 년을 견디어온 나무의 생이 눈 깜짝 할 사이에 순간의 망설임도 어떤 주저함도 없이 그처럼 단숨에 끝나버리던 것이었다. 톱날이 나무의 껍질에 닿는 순간 나무는 알았을까 영순은 생각했다. 나무도 그 순간 자신의 삶이 이제 끝난다는 사실을 알게 되었을까. 무시무시한 공포를 참으며 그 짧은 순간에 나이테에 박힌 수백 년의 궤적을 돌아보았을까. 지이잉~~ 하는 소리가 산을 울리고 거목의 속살에 이윽고 톱날이 파고들 때, 나무는 하얀 톱밥을 피처럼 쏟아내며 온 산중의 동료들에게 자신의 최후를 알리듯 자신의 향기를 날리던 거였다. 마침내 톱날이 몸의 관통을 끝내자 나무는 흡사 마지막 기도를 올리듯이 잠시 가만히 섰다가 이윽고는 와지끈하며 최후를 맞았다. 숨이 멎을 만큼 장엄한 광경이었다.

인간만이 일생을 잘살고서 마지막에는 온갖 주접을 떨다가 겨우겨우 죽는가 보다.

꾸물꾸물하던 날씨는 영순이 지하철을 타고 청량리역까지 오는 동안 어느새 세찬 빗줄기로 변하였다. 비 오는 청량리는 서울이 아닌 것처럼 후줄근하다. 낡은 역사가 그렇고 가고 오는 버스와 자동차들도 더 더럽고 더 심한 매연을 뿜는 것 같다. 군데군데 물웅덩이에 담배꽁초와 쓰레기가 담겨있고 주변의 벤치에는 노숙자들이 오는 비를 그대로 맞고 다녔다. 우중충한 광장 한복판에 검은 물체 하나가 꿈지럭꿈지럭 움직인다. 뿌우연 비안개 때문에 검은 물체는 세찬 빗줄기 속에 괴기스럽기까지 하였다. 그 물체가 사람임을 알아보는데 한참 걸렸다. 그 물체는 허리 아래의 몸체가 시커먼 고무로 둘둘 말려 바닥에 길게 끌려 있다. 그 앞에는 그가 엎드린 채로 잘 끌 수 있게 개조된 손수레가 비닐로 빈틈없이 덮여 비바람을 잘 막고 있었다. 사람은 세찬 비를 있는 대로 맞으며 광장을 천천히 기어 다녔다. 그리고 놀랍게도 거기서 노래가 흘러나왔다. 그 소리는 그가 엎디어 마이크를 입에 대고 부르는 찬송가였다.

"예수여, 이 죄인을 용서하여 주옵소서……"

목소리가 좋은 그의 찬송가는 빗소리를 배음으로 깔고 천연하게 광장으로 퍼져나갔다.

A시로 가는 새마을호 특실 좌석 24번 자리에는 이미 누군가가 앉아 있다. 남자처럼 스포츠머리를 깎고, 줄무늬 짧은 바지와 검정색 민소매를 입은 여자가 영순의 자리에 앉아있는 것이었다. 대략 영순의 또래로 보인다.

"그 자리가 맞나요?"

영순이 표를 내보이며 말하자 줄무늬는 표를 보지도 않고 쉽게 자리를 내준다. 제자리가 아님을 알고도 앉아있었던 것이다. 그녀는 통로, 영순은 창 측이다. 그 여자는 기분이 나빴는지 아니면 옆자리의 영순이 맘에 안 들었는지 다리를 더욱 높다랗게 꼬고 앉아 길고 가느다란 담배를 뽑아 물곤 라이터로 불을 붙여 문다. 객실 안에선 분명히 금연일 텐데도 그 여자의 기세에 눌려 아무도 말리지 못한다. 영순 역시 조용히 그 여자가 피는 담배연기를 같이 마셨다. 여자가 다리를 꼬고 앉자 짧은 반바지는 더욱 위로 올라가 허벅지까지 노출되었다. 영순은 자리가 불편해진다.

주말이라 승객들이 붐빈다. 특실은 입석표를 팔지 않는데도 한 떼의 오 육십 대 여자들이 들어와 통로에 서있다가 승무원과 실갱이를 한다. 이곳은 입석이 안 되니 다음 칸으로 가라는 승무원과 거기는 복잡하여 서있을 수도 없고, 여기 이렇게 널널한 칸에 좀 서있으면 어떠냐고 여자들은 막무가내 버틴다. 법이 그렇다고 승무원이 기어이 출입구 쪽으로 내몰자 급기야 니놈은 에미에비도 없냐고 여자들이 악을 썼다. 화가 난 승무원도 지지 않고 끝내 여자들을 몰아냈다.

얼마 안 있어 여자판매원이 통로를 지나가자 옆자리의 민소매가 언니야! 하고 부른다. 언니라고 불리운 판매원은 불쾌한 표정으로 여자를 돌아본다.

"신문 하나 줘! 얼마야?"

하고 묻고,

"커피가 왜 아직 안 와? 빨리 좀 오라고 해! 알았지?"

그런다. 판매원은 불쾌한 듯 별 대꾸 없이 가버렸다. 민소매는 판매원이 왜 불쾌해하는지. 아니 불쾌한지 안 한지 조차도 관심 없이 신문을 펼쳐 든다. 언제부터인가 중년여자들은 아무에게나 반말을 하였다. 백화점이나 식당에서나 종업원들에게는 으레껏 반말이다. 그러는 것이 당당한 것이라고 생각하는지 모르겠다.

판매원이 가고도 한참이 지났는데도 커피는 오지 않는다. 어쩌면 그 판매원은 빨리 가라기는커녕 오려는 판매원을 가지 말라고 했을지도 모를 일이다. 하지만 영순도 커피 생각이 간절하였다.

열차는 쉼 없이 산을 뒤로 보내고 들을 뒤로 보내고 조그맣게 모여있는 곡촌과 농촌들을 뒤로 뒤로 보낸다.

작은 역사들이 수없이 지나가고 이따금 탄가루를 실은 시커먼 화칸이 길게 꼬리를 물고 지나간다. 반곡이라고 쓰인 아주 작은 역사를 지나자 얼개를 쓴 인삼밭이 나오고 그 앞에는 다 쓰러져가는 오두막 한 채가 있다. 마당에 날씬한 검은 승용차 한 대가 마침 쏟아지는 비를 맞고 있다. 아마는 서울에서 사업을 하는 아들이 오랜만에 늙으신 모친을 찾아온 것일까. 서울에서 온 아들은 어쩌면 하는 사업이 신통치 않아서 단 하나 남은 어머니의 삼밭을 팔아달라고 노모를 설득하러 왔을지도 모를 일이다. 그것이 생활 아니던가.

영순은 이윽고 K시에 당도하였다. 역사를 나오니 빗줄기가 여전히 세차게 내리고 있었다. 서울에서는 아침부터 꾸물꾸물 했는데 K시에서는 갑자기 내리기 시작한 것 같았다. 남쪽에서는 가뭄이 심하여 저수지 바닥이 거북등보다 더 깊게 갈라진 전국적인 가뭄으로 하여 이번 비는 매우 반가운 비라고 하는데도 비를 맞는 사람들은 허둥지둥 달아난다.

영순은 택시를 타고 백화점으로 갔다. 남편의 주전부리로 잘 말린 육포와 견과류를 사고 하숙집 여자의 여름 원피스도 샀다. 그리고 오늘밤 남편과 한잔할 생각에 청하도 두어 병 사 넣는 다. K시에서 다시 한번 g읍으로 들어가는 시외버스를 타야 하 였다.

"아이구, 이게 우엔 일입니까? 연락도 업씨요!"

"그냥 왔어요. 잘 계셨지요?"

"하이고, 그라믄요. 허기사마. 암 소식엄시 각중에 만내는기 반갑기는 더 반갑지예. 어여 올라가이소!"

"우리 양반 때문에 고생이 많지요?"

"아이, 무신소릴 하십니까? 밥값 다 내고 통 밥을 잘 안 자시 니 내사 돈받을라카몬 미안시럽심더."

주인 여자는 인심도 좋다. 영순은 그녀를 위해 산 원피스를 내주고도 한참 그녀의 너스레를 듣고서야 풀려났다. 그녀의 너스레에 따르면 남편은 귀가가 늦어 저녁밥을 집에서 먹을 때가 거의 없다는 것이었다.

남편의 책상 위에는 흰 저고리에 남 끝동 자주고름을 입은 영순이 남편의 한쪽 가슴에 반쯤 안겨서 찍은 사진이 엽서 크기 만한 액자 속에 넣어져 비스듬히 놓여있다. 그들의 10주년 결혼 기념일 때 일부러 한복을 갈아입고 사진관을 찾아가 찍은 사진이었다.

젊은 아내는 매우 행복한 표정이고, 역시 젊은 남편은 한없이 너그럽고 인자해 보인다. 한복 입은 아내를 남편은 유난히 좋아했다. 영순이 한복을 입으면 '육 여사'보다 더 귀태가 난다고 하였다.

뭘할까 둘러봤지만 별로 할 게 없다. 비가 와서 빨래도 마땅치 않았고, 책상 위는 사람의 손이 닿아 본 적이 없는 것처럼 잘 정돈되어 있다. 지저분한 것을 견디지 못하는 남편은 원래 볼펜 하나라도 책상 위에 아무렇게 굴러다니는 것을 못 보는 성미다. 지친 영순이 미처 정리하지 못한 살림살이에 잔소리가 발단이 되어 할 말 안 할 말을 하며 크게 전쟁을 치른 적도 있었다.

저녁, 어두워진 하늘에서 비가 내린다. 방에서 나온 영순이 무심히 비 오는 하늘을 보며 서있는데 안집의 주인 여자가 반긴다.

"그란에도 모시러 갈라캤는데 마침 나오시네요. 얼렁 들어오시소. 상을 들여갈까 하다가 혼자 드시는 거 보다 안 낫겠나 싶어 고마 방에다 차리씸더."

주인 여자에게 이끌려 주인집 안방으로 들어가니 방안에는 이미 밥상이 차려져 있다. 두부된장찌개, 멸치볶음, 깻잎, 고등어구이, 콩나물…… 소박하지만 알뜰하게 차려진 밥상이다.

"각중에 오시서 차린 게 없심더. 그래도 마이 드시이소. 한 선생님은 아직 들어오실라카모 한참 있어야 될낌니더."

남편은 매일 이렇게 늦는지 영순이 묻고 싶었던 걸 여자가 미리 말해 준다.

여자가 차려준 저녁을 먹고 영순은 다시 방으로 돌아왔다.

단출하기 그지없는 방이다. 옷장에는 몇 벌의 양복과 와이셔츠가 걸려있고, 옷서랍에는 잘 개켜진 속옷과 양말이 가지런히 늘어있다. 책상 위에 14인치 티비가 놓여있고, 책꽂이에는 몇 권의 책이 꽂혀있었다. 유리물병과 물컵이 작은 쟁반에 놓여있다. 남편은 지옥 같은 소용돌이 집에서 도망쳐 이곳에서 더할 나위 없이 조용하고 평화롭게 혼자 잘살고 있는 것 같았다.

영순은 이부자리를 기대어 티비를 켰다. 채널을 훑다 보니 드라마 '우리들의 천국'을 하고 있다. 영순이 즐겨보는 드라마였다. 파릇파릇한 젊은이들이 그것도 인생의 고민이랍시고 머리를 싸안는 것도 예쁘고, 아무렇게 입은 싸구려 반바지 아래로 드러나는 매끈한 다리도 예쁘고, 기다란 생머리의 찰랑거림과 그리고 언제 보아도 콧날이 시큰하게 그리운 젊은 날의 정경이 좋아서 영순은 편안하게 드라마에 몰입하였다.

이윽고 드라마도 끝나고 종합뉴스도 끝나고, 시곗바늘 두 개가 꼭대기에서 나란히 만나고 있는데도 남편은 들어오지 않는다. 영순은 이런 시골에서 지금 이 시간에 남편이 있을 만한 곳을 상상해 본다. 술집, 다방, 고스톱, 포커 당구…… 등을 떠올려보지만 다 믿을 수 없는 동시에 또 다 그러고 있을 것만 같다. 남편이 지금 이 시각에 다른 여자의 애인이 되어 주고 있을까 하는 생각이 불현듯 들자 영순은 그 생각의 끝자락을 거머쥐고 오래오래 생각해 보지만 남편은 그럴 사람이 아니라는 결론에 도달한다. 하지만 설령 그런 일이 벌어지고 있다고 하더라도 무슨 일을 할 수 있을까.

'그렇다면 그것도 팔자소관이겠지.'

'치매 걸린 제 어미의 치다꺼리를 마누라에게 떠안겨 놓고 저는 딴짓을 하고 사는 것도 그의 팔자이고, 갈 곳 없는 내 엄마가 양로원으로 간 것도 엄마 팔자이고, 내 모친은 그곳에 보내고, 남의 모친 치다꺼리에 인생을 바치는 이것 또한 내 팔자일까.'

영순은 이런 복잡한 생각에 꼬리를 잡혔다가 마침내 이부자리 위로 쓰러지듯 눕는다. 문밖의 빗소리가 차츰 거센데, 남편은 아직도 귀가하지 않는다. 그는 언제 들어오려나.

때로는 좋은 이별

어떻게 된 것일까. 왜 내등 잘 지내던 사람이 싫어질까. 그것도 일 이년도 아닌 30년 40년 잘 지내온 사람이 어느 순간 싫어지는 것이다. 뭐지? 이게 뭐지? 나는 거실바닥에 앉아 무릎을 세우고 골똘히 생각에 잠겼다. 내려놓은 커피는 식은 지 오래다.

공자 말씀에 웬만하거든 오래된 친구를 버리지 말라(故舊無大故 則不棄也)고 하고, 술과 친구는 오래될수록 좋다는 말도 있던데, 나는 금년 들어 50년 지기 동창과 결별했다. 그리고 또다시 그만한 세월을 함께 보낸 지인 하나를 잃어야 할 위기에 놓였다.

문제는 그들이 특별히 나쁜 인간이거나 또 나를 의도적으로 못살게 군 것이 아니라는 데 있다. 하지만 끊임없이 내 스트레스의 주범이라는 것 또한 사실이었다. 그러면 내가 나쁜 인간인가? 내가 별나서인가? 노! 나는 절대 그런 인간이 아니다. 선이라고 다 좋은 것은 아니었다. 나는 배려하고 도와주려 하였으나 그것도 꼭 좋은 결론으로 돌아오는 것이 아니라는 것을 알았을 때 나는 더더욱 뭐가 뭔지 알 수가 없게 되었다.

그녀가 내 아파트 바로 옆 동으로 이사를 왔다. 담 하나를 사이에 두고 40년을 잘 지낸 사이의 그녀였다. 친구라고 하기엔 서로에 대하여 별로 아는 것이 없었고, 그저 지인이라고 하기엔 또 공유한 세월이 있었다.

그녀를 알게 된 것은 내가 운영하는 서예학원에 그녀가 등록을 하면서부터였고, 알고 보니 담 하나를 사이에 두고 살고 있었다. 그녀는 금방 취미에 맞지 않는다고 서예를 그만두었지만 그 후에도 담 너머로 자주 시골을 다니며 사 온 것이라고 산나물 과일 등속을 건네주었다. 부부들끼리도 가끔 어울려 외식도 하고 국내 여행을 다녔다.

그녀의 남편 차 트렁크에는 항상 언제든 떠날 수 있는 커다란 가방 두 개가 실려있었다. 어느 곳에 수렵허가가 났다고 하면 '장끼가 부른다'며 사냥개를 앞세워 산천을 누비고, 사나흘 빤하다 싶으면 이번에는 '바다가 부른다'며 낚싯대를 챙겨 차에 오르는 남편의 곁에 그녀는 수렵도 낚시도 관심 없이 그림자처럼 붙어 다녔다. 그들 부부를 담 너머로 보며 나는 무자식 상팔자라는 말을 떠올렸다. 그들에게는 자식이 없었다. 작고 가녀린 그녀는 산만 한 덩치의 남편에게 아내이자 애인이었다. 늘 고운 홈웨어를 입고 개와 한가롭게 노는 그녀를 담 너머로 봤지만 나는 내 아이들 삼 남매의 치다꺼리로 그녀를 부러워할 새조차 없었다.

사채업자 같은 세월이 악착같이 흘러가니 그녀도 나도 이윽고는 독거노인이 되었다. 나는 십 년도 더 전에 과부가 되었고 그녀는 2년 전 대장암으로 남편을 보냈다. 남편이 죽자 그녀는 줄곧 나와 함께 살기를 원했다. 외로운 사람끼리 친구처럼 자매처럼 같이 살면 얼마나 좋겠느냐는 것이 그녀의 말이었다. 하지만 혈육도 아닌 터에 집을 팔아 살림을 합치는 일이 어디 말처럼 쉬운 일인가. 아무리 생각해봐도 좋은 점보다 어렵고 귀찮은 일이 더 많을 것이었다. 나는 반대하고 내 자식들은 더더욱 반대하였다. 결국 함께 살지는 못하더라도 그녀가 내 가까이로 와서 살기로 한 것이었다.

그녀의 남편이 죽자 나는 무엇보다 그녀도 나 같은 고통을 당할까 걱정이었다. 평생 동반자와의 사별이 얼마나 가혹한 일인지 온몸으로 겪은 나는 그녀를 도와주고 싶었다. 한 몸처럼 붙어살던 사람이 어느 날 휙, 하고 장난처럼 없어져 버리던 그때의 그 충격을 어찌 다 설명을 할까. 두 사람이 살다가 한 사람이 없어지면 없어진 사람이 그 반만 가지고 가는 것이 아니었다. 다 가지고 갔다. 남편이라는 그 의미 없던 존재가 그처럼 든든하고 내 모든 것이었다는 것을 나는 그가 가고 나서야 알았다. 그의 그늘 아래서 얼마나 안락하고 풍요롭게 살았는지도 그가 죽고 나서 깨달은 것이다. 잘난 척도 할 줄 모르고, 그럴듯한 말로 사람을 감동시킬 줄도 모르고, 오로지 아내와 자식만을 위해 평생 일만 한 사람이었다. 아침에 단풍 같은 손자의 손을 잡고 제 얼굴을 찰싹찰싹 대보곤 손자를 안은 내게는 별다른 인사 없이, 평소처럼 출근길에 오른 남편을 몇 시간 후에 주검으로 병원에서 만나면 어떻게 되는지 사람들은 잘 모를 것이다. 남편은 출근길 자동차 안에서 심장마비의 공격을 받고 꼼짝없이 혼자 죽었다.

그렇게 그를 보낸 후, 한동안 나는 충격에서 헤어나지 못했다. 내 혼의 반을 그가 갖고 가버린 것 같았다. 살아있을 때 자주 손자를 데리고 앉았던 벚꽃 흐드러진 아파트벤치에 그가 앉아있는 환영을 보고 뛰다가 손목을 부러트리고, 저 앞에서 걸어오는 노신사가 그인 줄 알고 달려나가 안았다가 망신을 당했다. 무심코 연 안방 침대에 그가 누워있어 기함하기도 한두 번이 아니었다.

이 세상에 남편을 먼저 보낸 여인이 어디 나 뿐일까. 그러나 그때의 나는 어떻게 하면 그를 따라 갈 수 있을까. 열흘을 굶으면 죽으려나. 보름을 굶으면 죽으려나. 침대에 묻힌 몸이 이렇게 편안한데. 이렇게 편한 때에 죽어야지! 저 지구 끝 어딘가에 그가 있다고만 하면 나는 당장 나한테 있는 모든 것을 팔아 그를 찾아 나섰을 것이었다. 그렇게도 무덤덤하고, 존재감이라고 할 것까지도 없던 그가 왜 그리도 보고 싶은지, 밤낮으로 보고 싶어 미칠 것 같았다. 어쩌면 이별다운 이별을 하고 마지막 인사라도 제대로 하고 떠났으면 그렇게까지 보고 싶지 않았을지도 모르겠다. 발길 닿고 눈길 가는 곳곳에 그의 형상, 그의 체취 때문에 그와 살던 그 집에서는 결코 그의 환영에서 벗어날 수가 없었다. 산 사람은 살아야 하였고, 그에게서 벗어나려면 그곳을 벗어나야 하였다. 나는 자식들의 만류에도 집을 처분하고 도심에서 한참 벗어난 변두리인 이곳으로 옮겨온 것이었다.

이곳에는 그와 함께 걸었던 길도, 그와 함께 들렀던 카페나 식당도 없다. 길 가다가 그와 함께 다녔던 온갖 곳곳을 만날 때마다 아프고 슬픈 고통이 없어지니 우선 울지 않아도 되니 살 것 같았다. 명치께에 항상 쇠뭉치가 매달려 있는 것처럼 가슴이 아파 고통스러웠다. 세월이 흘러 '정신없던 증세'도 차츰 좋아졌다. 이제 이렇게 담담히 그를 추억하고 그 고통의 날들을 얘기할 수 있으니 이것도 생각하면 인생에 대하여 참을 수 없는 배반이다.

요즘도 함께 늙어가는 친구들이 하는 살아있는 영감을 보고, 집에 두면 근심 덩어리, 데리고 나오면 짐 덩어리, 밖에 내놓으면 걱정덩어리, 마주 앉으면 웬수덩어리, 라는 우스개 말을 나는 그냥 들어넘기지 못하겠다. 아이구, 이것들아! 그나마 있을 때가 금시절이다, 미친년들아!

이사를 결정한 그녀는 아무것도 못 했다. 가재들 중에 뭘 버리고 뭘 취할 것인지도 결정 못 하여 내가 취사선택을 해줘야 했다. 졸지에 남편을 잃은 후유증이라고 이해하려고 했지만 사실 아침에 나간 사람이 몇 시간 만에 죽은 나에 비하면 그녀의 남편은 대장암으로 2년여의 투병생활이 있었으니 졸지는 아닌 셈이었다.

그녀가 이사 온 후 우리는 아침마다 모닝커피를 함께 했다. 아는 이 하나 없는 이곳에 오로지 나 하나만을 바라고 이사까지 온 그녀가 측은하고 고마워 내가 그녀를 불렀다. 하지만 커피를 다 마시고도 그녀는 좀처럼 돌아가지 않았다. 점심까지 먹고도 그대로 놀다가 저녁때야 되어 돌아가는 날도 있었고, 어떨 때는 저녁까지 먹고 잘 때나 돌아가기도 하였다. 그녀는 내 집을 수시로 무상출입 하였다.

그럼에도 나는 어쨌거나 그녀가 하루빨리 나름의 생활패턴을 찾아 잘살 수 있도록 도와주려 하였다. 내 시간을 쪼개어 그녀를 위해 문화센터 가곡반에 같이 등록을 하고 마트, 사우나, 쇼핑 등 대부분을 함께 해주었다.

'노인이 되면 하루 한 가지 좋은 일을 하고, 하루 열 번을 웃고, 하루 백 마디 말을 하고, 천 글자를 쓰고, 만 보를 걸어라'는 누군가의 가르침도 그녀에게 일러 저녁마다 그녀와 같이하였다. 그중에 '열 번 웃는 일'만은 잘 되지 않아서 하루가 끝난 저녁, 산책길에서 못 웃은 만큼 큰 소리로, 하,하,하,하 하고 마주 웃었다. 그렇게 웃다 보면 실제로 너무 우스워 결국은 깔깔깔 웃었다.

하지만 어느 날부터 그 모든 것이 짜증 나기 시작하였다. 제힘으로 아무것도 못 하는 그녀의 무능이 눈에 들어왔고, 내 집을 무상으로 출입하는 것도 싫고, 친구가 오직 나 하나라는 것도 부담스러웠다. 그녀는 실제 동창회도 없고, 동료도 없고, 친구가 하나도 없었다. 나는 그녀에게 물어보았다.

"우 여사는 친구가 몇이에요?"

"친구? 하나지! 조 여사 하나에요. 다른 친구가 뭐 필요해요? 나는 조 여사만 있음 돼!"

아이구, 나는 절대 사양일세! 라고 나는 속으로 말했다. 그 먼저 깜짝 놀랐다. 원래 잘 안 나다니는 줄을 알고 있었지만 저렇게 폐쇄적인 사람인 줄은 몰랐던 것이다. 그녀가 본격적으로 싫어진 이유도 거기에 있었다. 폐쇄적인 것 위에 언제까지나 홀로 서기를 못 하고 의존적인 그 성격 때문이었다.

그녀가 내 집에 오면 들어서자마자 곧장 안방으로 들어갔다. 화장대 위에 있는 탁상용 달력을 들여다보며 내 스케줄을 확인하는 것이었다.

"내일 오후는 비었네?"

"세 번째 수요일은 오전에만 수업이 있네?"

안방을 나오며 그녀가 하는 말이었다. 나는 순간적으로 짜증이 뻗친다.

'안 나가도 되면? 어쩌라고? 너랑 쎄쎄쎄라도 하리?'

남의 집 안방을 제 맘대로 드나드는 것부터가 상식에 어긋나는 일이다. 문제는 그녀는 '내가 남이 아니라'는 그녀의 사고방식에 문제가 있었다.

시간이 흘러도 그녀는 변하지 않는다. 오히려 점점 내게 저를 완전히 기대어 끝내는 숨만 쉬며 살려고 하였다. 겨울에는 아들이 있는 호주에서 몇 달 지내고 왔더니 기껏 등록하여 같이 다녀 준 문화센터 가곡반을 그만두었다고 했다. 그녀는 내가 없는 몇 달 동안 한 번도 바깥출입을 하지 않았다고 했다.

"아니, 왜 그만둬요? 얼굴 익히라고 기껏 같이 다녀줬는데?"

"조 여사가 없는데 내가 뭐하러 혼자 해요?"

라고 그녀가 말했다. 맙소사! 보통 문제가 아니었다. 그녀는 마냥 내게 들러붙어 저 혼자서는 아무것도 하려 하지 않았다. 또 가만 보면 그녀의 실의는 내가 염려한, 남편이 죽어서도 아니었다. 그녀도 나 같은 고통을 겪고 정신을 잃을까 봐 염려했던 그것이 아니었다. 그녀는 남편을 잃은 절통함이 아니라 그동안 빈틈없이 보살펴 준 남편의 부재가 불편한 것이었다. 그 불편함을 그녀는 나로 메우려 하였고, 내가 있었으므로 남편의 부재를 크게 느끼지도 않았다. 하지만 나는 그렇게 살 수 없는 사람이다. 할 일 없는 그녀와 매양 짝짝꿍 하며 얼마 남지 않은 인생을 허송세월 보낼 수는 없었다.

나는 서예가이다. 평생의 과업이기도 하였다. 젊은 때는 일찌감치 국전 특선을 세 번 하였고, 시내에 서실을 운영하며 후학도 길렀다. 남편이 떠난 후 서실을 정리하고 이 후미진 곳으로 옮겨왔지만 지금도 일주일에 두 번 제자들 십여 명이 이곳까지 찾아와 글씨를 배우고 있었다. 매일 붓을 들어야 함은 말할 것도 없으려니와 월화수목금토 하루도 빠짐없이 3개국 언어와 논어, 운동 등으로 일주일의 시간표가 빼꼭히 짜여져 있는 것이다. 그녀가 이사 온 후에는 이 모든 것들이 다 뒤죽박죽이 돼버린 상태였다.

나는 그녀에게 사실을 말해야 하였다.

"우 여사! 우리 각자 잘 삽시다! 우리가 서로 도움이 되어 잘 살아야 되지 않겠어요? 솔직히 우 여사가 이사 온 후로 나는 지장이 많다우. 언제까지나 이렇게 살 수는 없어요. 오늘부터 내가 부르기 전에는 우리 집에 오지 마세요. 일주일에 한 번 만납시다. 토요일에 내가 부를게요."

그녀는 갑작스런 내 공격에 말을 잃고 바르르 떨다가 돌아갔다. 심한 배신감 때문이었을 것이다. 하지만 꼭 해야 할 말이었다. 예상했던 대로 그녀는 두문불출하였다. 당연한 결과였다. 해거름에 아파트 내 산책을 좋아하면서도 저 혼자서는 결코 못하는 사람이었다. 토요일이 되면 약속대로 그녀를 불렀다.

"우 여사! 뭐든 활동을 하고 살아야지요. 뭐든 하세요. 하다 못해 저 집 앞에 있는 초등학교 급식에 나가 식판이라도 나눠주세요. 일손이 모자라 난리도 아니랍디다."

그러면 그녀가 말했다.

"조 여사가 같이하면 나도 할게."

그녀의 최고의 대답이다. 그리곤 내 일상에만 촉각을 곤두세웠다. 오늘 저이가 외출을 하나 안 하나. 버스를 타고 가나 택시를 타고 가나. 들어왔나 안 들어왔나. 저녁을 먹고 들어오나 안 먹고 들어오나.

그것도 그녀가 그렇게까지 촉각을 곤두세우고 사는 줄 내가 어찌 알았을까. 어느 날 부산에 사는 동생이 다녀간 지가 언젠지 모르겠다고 무심코 한 내 혼잣말에 그녀가 대뜸 모월 모일 무슨 요일에 왔었다고 말할 때 나는 온몸에 소름이 끼쳤다. 나도 모르는 내 일정을 그녀는 일일이 기억하고 체크를 하고 있는 것이었다.

"우 여사, 그러지 말고 교회라도 나가보세요. 사람이 어디 출입을 하고 살아야지. 어떻게 그렇게 살아요?"

"조 여사가 같이 나가면 나도 갈게."

아악! 소리가 나려고 하였다. 그녀와 싸울 것 같아 나는 황급히 외출해야 한다고 그녀를 내보내고 나도 집을 나섰다. 그럼에도 집으로 들어가는 길에 인근에 있는 00대학 평생교육원 중국역사강좌가 생겼다는 정보를 듣곤 일부러 대학에 들어가 그에 관한 팜플렛을 잔뜩 들고 그녀에게 갔다. 그녀는 지방의 명문사립대를 나오고 결혼 전까지 역사교사였다고 하였다.

"우 여사, 00대학에 중국역사 강좌가 생겼습디다. 인문학강좌도 있고. 우 여사가 좋아하는 거잖우? 한번 가 봐요!"

"조 여사가 하면 나도 할게."

나는 그녀를 노려보았다.

"내가 왜 우 여사하고 이런 걸 합니까? 정말 문제네. 이렇게 할 거라면 우 여사가 뭐하러 이사를 왔나 싶네요!"

말하면서 나는 내가 이곳을 떠야 하나를 생각했다. 그녀로부터 벗어나는 일은 내가 이곳을 떠날 수밖에 없을 것 같았다. 집 앞에 요가교실이 생겼다고 할 때도, 민화반이 있다고 할 때도 그녀는 똑같은 말을 반복했다.

"당신이 하면 나도 할게!"
'어이구, 진짜 지랄을 하세요, 지랄을!'

그녀와 나는 올해 나란히 일흔이 되었다. 어미의 칠순 때문에 자식들이 안 하던 연락을 주고받으며 소란을 피우는 것을 곁에서 보는 것도 그리 편한 일은 아니었다. 멀리 있는 자식과 가까이에 사는 자식이 의견 조율을 하느라 법석을 떨었다. 하객은 어느 선까지 초청을 할지, 장소는 어디가 좋은지, 음식은 얼마짜리로 할지, 돈은 어떻게 분할을 할 건지, 오빠들은 언제 귀국할 건지, 딸이 통화하는 내용을 듣고 있으면 지레 골치가 아팠다. 가뜩이나 먹고사는 일에 정신없는 자식들에게 가만 앉아서 이게 무슨 민폐인가 싶었다.

나는 여행을 계획하였다. 할 일 없는 그녀를 동행시키면 세상 좋은 일이 될 것이었다. 여행을 제의하자 그녀는 손뼉을 치며 아이처럼 좋아하였다. 이럴까 저럴까 분분하던 자식들도 겉으로는 만류했지만 번거로움이 일시에 사라질 걸 생각하니 속으로는 좋아하는 것이 보였다.

여행지는 일본으로 정했다. 그녀는 젊을 적 친구가 하는 양장점의 카다록을 번역해 줄 만큼의 일어실력이 있다고 하였고, 나도 영어를 좀 할 수 있다는 난데없는 자신감으로 우리는 용감하게 패키지를 마다하고 자유여행을 택했다. 여기저기 디닐 것

없이 교토만 다 보기로 하였다. 그녀의 동생이 일본통이니 동생의 힘을 빌리면 우리가 여행하기에 딱 좋은 호텔을 예약할 수 있다고 하여 그녀에게 맡겼다. 도무지 아무것도 하지 않으려는 그녀로서는 파격적인 의욕이었다. 나는 수년 전 미국에서 쓰고 남은 달러를 다 엔화로 바꿨다. 오만 엔이 좀 넘었다. 쓸 일도 없겠지만 필요하면 카드를 쓰면 되리라.

3월 중순 당일에 바쁜 딸이 새벽 6시 차를 몰아 두 사람을 인천공항까지 데려다주었다. 청사 화장실에는 밤새워 도착한 중국 여행객들이 단체로 그곳을 점령하여 세수하고 머리 감고 난리가 났다.

그녀는 공항 환전센터에서 한화 10만 원을 환전하였다. 저걸로 어떻게 살려고 저러나 싶었지만 관여하지 않았다. 여행 중에 모쪼록 시시콜콜 잔소리나 지적질을 하여 싸움이 나면 큰일일 것이다. 하지만 결과적으로 그녀의 십만 원을 참견하지 않아서 우리는 교토에서 엄청난 고생을 해야 하였다.

10시. KAI 항공기가 인천 공항을 이륙한 지 한 시간 반만에 간사이공항에 사뿐히 내려앉았다. 공항에서 3박 4일 동안 사용할 스루패스를 사려고 헤맸지만 역무원이 설명을 잘 못 알아들어서 매표소를 찾는데 어려움을 겪는다. 문제는 여기서부터 시작되었다. 나는 그녀의 능력을 너무 믿은 것이다. 일어를 잘하는 그녀가 알아서 하겠거니 믿고 아예 멀찌감치 떨어져 짐을 지키고 있었는데 그게 아니었다. 그녀는 잘 알아듣지 못하는 눈치였고, 더 치명적인 것은 못 알아듣고도 끝까지 재우쳐 묻는 일을 못 하는 것이었다.

안 해도 될 고생을 한 끝에, 겨우 오사카로 들어와 난바역에 내렸다. 난바역에서 걸어 도톰부리를 찾는 데까지 성공하였다. 이제 신사이바치 뒤에 있는 퍼스트그랜드 호텔을 찾아 들어가면 되었다.

마침 일요일이라 신사이바치 거리는 남대문시장 인파를 방불케 하였다. 길바닥은 두덕두덕 기워서 우둘투둘하였다. 그런 인파 속에서 그런 불편한 길을 우리는 캐리어를 끌고 헤치며 걸어야 하였다. 세 번이나 간 길을 또 가고, 간 길을 또 오갔다. 그녀는 지도를 들고 찾고 나는 사람들에게 물었다. 하지만 "wHere……"이라고만 해도 사람들은 "스이마셍" 하고는 가버렸다. 왜 일본사람들은 그렇게나 영어를 하려고 하지 않을까. 들으니 프랑스인들이 영어를 하지 않는 이유와 같다고 하였다.

'우리는 영어 필요 없고, 필요하면 니들이 프랑스어 배워라!'

어이가 없다.

그녀는 교양 때문에 모르는 걸 물어보려 하지 않고, 심지어 사람들을 붙들고 자주 묻는 내게 저를 믿지 않는다고 짜증을 냈다. 세 시간여를 똑같은 장소를 맴돌다가 겨우 호텔을 찾아 들었다.

숙소에 들어서자 나는 신발을 벗어 던지고 침대에 몸을 팽개쳤다. 발바닥에는 감각이 없고, 원래 아프던 복숭아뼈가 마구 쑤시기 시작하였다. 공연한 짓을 하고 말았다는 후회가 밀려오기 시작한다.

첫째 날. 이른 아침 커튼을 젖히고 하늘을 보며 나는 마음을 새롭게 먹었다. 어차피 저 여인을 버리고 나 혼자 한국으로 돌아가지 못할 바엔 마음을 단단히 먹고 하루하루 버텨야 할 일이다. 하루가 지났으니 사흘만 견디면 될 일이다. 나는 마음을 굳게 먹고 낯빛을 고치고 그녀를 대하였다. 이번 여행의 목표는 무엇을 보는 게 아니라 저 여자와 싸우지 않고 무사히 여행을 마치는 것으로 정했다.

그녀를 앞세워 호텔 아래층 식당에 내려가 아침을 먹는다. 일본의 호텔 아침 식당은 물속처럼 고요하다. 부글부글 끓는 것도 없고, 푸시푸시 김을 뿜는 뜨거운 것도 없다. 딸그락 그릇 부딪치는 소리조차 없었다. 그저 아무렇지 않은 '미소시이'와 손가락 두 마디만 한 김 조각과 두 개의 우메보시가 있다.

서울을 떠나온 지 만 하루 만에 처음 먹는 밥이다. 게다가 한국식 깍두기까지 있었으니 나는 아무렇지 않은 된장국과 밥과 깍두기를 담아 든든히 먹었다. 그녀는 빵 한 조각 없이 커피와 오렌지 두 쪽을 가지고 앞자리에 앉는다. 나는 그녀의 교양이 못마땅했지만 참견하지 않았다. 나는 밥을 배불리 먹고 낮도도 먹어두고, 오렌지주스도 한잔 마셨다. 그녀는 또 내가 와구와구 먹는 게 못마땅할 것이었다.

일본에 오면 나는 밥과 우유와 오렌지주스를 먹어봐야 한다고 생각하였다. 우유는 비린내가 없고, 오렌지주스는 시지 않고 진하다. 또 밥은 반찬 없이 밥만 먹어도 얼마든지 먹고 싶을 만큼 맛있었다. 밥 중 최고의 밥이라고 생각하는 것이다. 이 모든 말로 그녀를 구슬렸지만 그녀는 아무것도 더 먹지 않았다. 기어이 찐 계란이라도 하나 먹어두라고 했지만 소용이 없다. 저러고선 또 시도 때도 없이 배고프다고 고양이 알 낳는 소리를 할 게 뻔하여 나도 속이 편치가 않다. 아니나 다를까 그녀는 다니는 내내 배고픔을 호소했다.

오사카 뒷골목의 그런 누더기 아스팔트는 이제 우리나라 어느 골목에서도 볼 수 없는 골목이었다. 경제대국 일본의 오사카하고도 중요 관광지인 도톰부리인 것이다.

일본의 2, 30대 젊은이들은 그들의 조국이 일찍이 경제대국이었던 것을 실감하지 못한다고 한다. 그들은 태어날 때부터 불황만을 겪은 세대이다. 그래서일까. 일본의 젊은이들에게선 한국청년들에게서 느끼는 패기나 활기, 열정 같은 것이 보이지 않는 것 같다. 새침한 3월의 이른 아침 호텔 창문으로 내다보면 밤을 함께 보낸 젊은 남녀와 호스트 느낌의 청년들이 그제도 여자 손님에게 매달려 "하이! 하이!" 하며 길을 건너간다.

오늘도 고생이 막심할 것이다. 8시에 아침을 먹고 도톰부리 거리로 나섰다. 교토만 보기로 했으면 교토에 숙소를 정할 것이지 뭐하러 오사카에 숙소를 정했단 말인가. 우리가 나설 땐 꼭 출근 시간과 맞물려 나설 때마다 불만이 무럭무럭 솟는다. 난바역의 그 말할 수 없는 혼잡이라니. 서울의 신림역이나 사당역보다 더했다. 하지만 우리는 둘이 힘을 합쳐 그 무서운 신칸센에서 한큐선과 버스를 갈아타며 열심히 대중교통을 이용했다. 금각사와 은각사, 기온의 골목골목들을 걸어 다녔다. 두 노인이 힘을 합치니 웬만한 어려움을 그런대로 해결되었다. 그럴 때마다 우리는 기분 나쁜 것도 잊고 오예에~! 하며 하이파이브를 하였다.

연못에 드리운 금각사의 전경은 과연 화려하였다. 마침내 해가 넘어가는 노을을 배경으로 그 화려함은 극에 달해 보였다. 유난히 황금과 화려한 것을 좋아했다는 히데요시가 생각난다. 금각사는 화려하였고, 은각사는 은자의 고급별장 같았다. 그곳을 돌아보며 『금각사』의 작가 미시마 유끼오를 내내 생각하지 않을 수 없다. 그는 39세 짧은 일생동안 줄곧 뭔가에 사로잡혀 살았다. 이념과 죽음에 사로잡혀 일찍부터 몇 번인가 자살을 시도하였다가 끝내 할복자살로 생을 마감한 천재이다.

"일본문화는 확실히 섬뜩하면서도 매력이 있는 것 같아요. 일본 여성들은 죽을 때조차도 함부로 후닥닥 죽지 않았다우. 남

편이 전장터로 나가면 아내를 칼로 목을 베고 가는데 그때조차
도 무릎을 모아 흰 천으로 단단히 감고 얌전히 목을 늘여주지.
죽을 때 무릎이 함부로 벌어져 흉하게 될까 봐 단단히 무릎을
묶는거라우."

금각사를 걸어 나오며 그녀가 말했다. 그녀는 때때로 교과서
에 나오지 않는 역사의 비하인드 스토리를 들려주었다.

"아, 배고파 죽겠어요. 어디든 들어가서 뭐든 좀 먹읍시다!"

이 여인은 먹을 것 앞에서는 교양을 차리다가 길 나서면 줄창
보이는 대로 사 먹자고 졸랐다. 그럴 때마다 나는 정말 한 대 때
려주고 싶다.

전통 찻집의 휘장을 들추고 들어간 실내는 좁디좁은 공간에
그 또한 조붓하고 긴 나무의자가 놓여있고, 그 위에 또 작디작
은 방석이 놓여져 있었다. 탁자도 없다. 차가 나오면 마주 보는
것이 아니라 각자 나란히 앉아 마셔야 하는 그런 구조였다. 조
금 후, 주문한 커피는 커피잔이 아니라 큼직한 사발에 담겨 나
왔다. 손잡이 같은 것은 물론 없고, 꼭 사약을 담았음직한 둔탁
한 분청사기 사발이었다. 두 손으로 마시면 사약을 받는 것 같
고, 한 손으로 마시니 또 막걸리를 마시는 느낌이 들었다. 잔을
놓을 탁자가 없으니 손님들은 차를 마시자마자 잔을 반납하고
나가야 하였다. 도무지 '차를 마시며 담소'를 나누기란 어림없
는 찻집이다. 커피맛 만은 금방 갈아서 내린 듯 최고의 커피였

다. 달디단 당고와 먹으니 그 또한 일품이었다.

우리는 걷고 또 걸어서 기욘의 '가이샤촌'으로 향했다. 가이샤촌 입구에는 '마이꼬'라는 커다란 조형물이 기모노를 입고 서 있다. 마이꼬란 저 옛날에 가이샤들의 교육과 훈육을 맡았던 최초의 가이샤이다.

가이샤촌은 어느 골목으로 가든 조용하고 정갈하였다. 나이 든 기모노차림의 아마도 가이샤인 두 여인이 집 앞에 나와 소곤소곤 이야기하고 있다. 그녀들은 짝다리로 서거나 팔짱을 끼거나 시끄러운 음성으로 수다를 떠는 모습이 아니라 두 손을 앞으로 모으고 고개를 약간 옆으로 갸우뚱하며 얘기하고 있었다. 너무나 다소곳하다.

두 사람이 겨우 비껴갈 수 있는 좁은 골목에 술을 파는 집이 양옆으로 주욱 늘어서 있지만 안을 들여다볼 수는 없었다. 골목은 개방되었지만 사생활은 철저히 보호되는 구조였다. 우리나라 관광지 동네들이 사생활 침해로 원성을 사는 것과는 사뭇 대조적이다.

기욘을 내려오며 우리는 드디어 교토의 정통요리를 먹어보기로 하였다. 보기에도 근사한 한 요릿집으로 들어갔다. 강물에 배를 띄워 사공이 노를 젓고, 나무 위에 새가 앉아 놀고, 정원에 꽃이 만발한 요리였다. 하지만 밥을 다 먹었는데도 배가 부른지 어떤지 알 수 없는 식사였다.

그녀가 계산을 한다고 나가더니 카드가 안 된다고 돌아왔다. 그것을 시작으로 우리는 돈이 없어 말로 다 할 수 없는 곤란을 겪었다. 그녀가 환전한 십만 원은 오자마자 약국으로 들어가더니 변비약과 다른 약을 사느라 다 써버리고, 그녀가 돈을 쓰지 않으니 내 돈이 다 쓰여졌다.

타국에서 돈이 없다는 인식은 심장을 졸아붙게 하였다. 칠십 평생에 처음 겪는 불안이었다. 어쩌자고 돈 십만 원을 가지고 여행을 오나. 그녀에게 다시 불만이 커진다. 현금 없이는 버스도 못 타고, 입장료도 못 내고 물도 못 사 먹을 것이다. 어쨌거나 은행을 찾아서 내 가방 밑에 있는 한화 50만 원을 엔화로 바꿔야 하였다.

우리는 은행을 찾아 나섰다. 그런데 이게 어찌된 일인가. 교토에는 은행이 없다. 교토는 일본의 3대 도시인데 어떻게 이런 대로에서 은행 하나가 눈에 띄지 않는단 말인가. 우리 동네 거리에 서서 사방을 둘러보면 최소한 서너 개의 은행이 한눈에 들어온다. 아, 우리나라 좋은 나라. 아무리 생각해도 우리나라만큼 살기 좋은 나라가 이 지구상에는 없는 것 같았다. 우리는 또 열심히 지나가는 사람들에게 은행을 물어 간신히 교토은행을 찾아냈다. 그러나! 한국돈은 환전이 안 된다고 하였다. 달러와 유로화만 취급한다는 것이었다. 이런 견 같은 경우가! 그러니까 우리나라 돈이 제3 국가나 동남아의 한 나라와 같이 취급한다는 게 아닌가 말이다. 절망에 빠져 우두망찰 서있는 두 노인이 딱해 보였던지 은행직원이 '삼정주식회사'를 찾아가면 그곳에서 한국돈 환전을 할 수 있을 것이라고 가르쳐 준다. 친절하게 약도까지 꼼꼼하게 그려주었다.

우리는 또다시 거리로 내몰렸다. 3월의 따가운 볕이 머리를 쪼아댔다. 우리는 돈이 없는데다 배도 고팠다.

"대체 우 여사는 여행이라고 오면서 어떻게 십만 원을 들고 오나요?"

나는 기어이 참았던 불만을 터트렸다.

"아이구, 그러게나! 카드가 될 줄 알았지. 세상에 카드 안 되는 세상이 어디 있을 줄 알았나! 호호호호."

참나. 웃음도 나오겠다! 옆에서 아무 생각 없이 졸랑졸랑 따라다니는 그녀에게 짜증이 뻗쳐서 한낮 교토대로 한복판에서 그녀와 나는 돈 때문에 옥신각신 다투었다. 삼정주식회사는 멀고도 멀었다.

여행 후, 그녀의 나에 대한 집착은 더 심해졌다. 늦은 외출에서 돌아와 아파트단지 안으로 들어서면 불쑥 그녀가 나타난다. 저도 어딘가에 나갔다 오는 길이라고 하였다. 목욕을 가려고 나서면 또 어디선가에서 나타난다. 길목 어딘가에서 나를 기다렸지만 그녀는 우연히 만나 반갑다고 말하였다. 나는 그녀가 무서워져서 어느 토요일 그녀와 차를 마시며 결별을 선언하였다.

"우 여사, 나는 딸한테로 들어가기로 했어요."

사실은 아니었다. 사는 집을 세놓고 딸이 사는 동네에 전세를 얻었다.

"아니, 왜요?"

그녀가 눈을 동그랗게 뜨고 깜짝 놀랐다. 그녀가 버림받았다는 생각이 들게 하고 싶지는 않았다. 마침 지병인 허리병이 도져서 딸이 허리 아픈 어미를 홀로 둘 수 없다고 고집을 부리니 얼마간 딸의 도움을 받기로 했다고 둘러댔다.

"아이구, 무슨 걱정이야? 내가 있잖아요! 그럴 필요 없어요! 내가 조 여사 허리 다 나을 때까지 수발들어 줄께!"

"아니, 내가 내 자식 놔두고 왜 우 여사 수발을 받아요?"

하고 나는 그녀와 내가 남이라는 걸 강조하였다.

"우 여사! 어차피 사람은 혼자예요. 가족이 있어도 어차피 혼자잖우? 꿋꿋하게 살 생각을 하세요."

그렇게 하여 마침내 나는 그곳을 떠나왔다. 그녀가 이사 온 지 일 년 반만이었다. 떠나온 내 마음도 편한 건 아니었다. 저러다 우울증에 걸려 못 할 짓을 하면 어떡하나 그것도 걱정이었다. 그럼에도 나는 무심하려 애썼다. 사람은 그리 쉽게 죽어지지 않는다는 내 경험상의 확신도 있었다. 전화도 하지 않았다. 그녀가 드나드는 미용실에 들러 가끔 그녀의 안부를 물어보는 게 고작이었다.

　그동안에도 세월은 악착같이 흘러갔다. 그녀는 어떻게 살고 있을까. 전화를 하니 받지 않는다. 덜컥 겁이 난다. 계속 신호를 보냈다. 받을 때까지 보냈다. 드디어 문자가 왔다.

　"조 여사, 지금 미사 중이니 좀 이따 전화하리다."

　우잉? 미사를?

　한참 지나 그녀에게서 전화가 걸려왔다. 그녀는 성당에 나갈 뿐 아니라 천주교 내 레지오 활동으로 몹시 바쁜 인생을 보내고 있었다.

　며칠 후, 나는 그녀가 좋아하는 꽃바구니와 과일을 사들고 그녀를 찾아갔다. 이게 무슨 일인가. 내가 놀란 것은 그녀의 밝고 젊어진 외모 때문이었다. 고작 일 년 남짓 지났을 뿐인데 세월은 그녀를 비껴간 것인가. 그녀는 예전의 그녀가 아니었다. 젊고 기운차고 상상할 수 없게 변해 있었다.

　과일을 깎아내며 그녀는 내게 미안했다고 말했다. 그때는 그걸 몰랐었다고 하였다. 내가 떠난 후, 그녀는 남편이 죽었을 때보다 더 견디기 힘든 시간을 보냈다. 나와 함께 다니던 길을 저녁마다 울면서 울면서 걸었고, 굶어서 죽을 결심도 했었다고 했다. 그녀의 어이없는 고군분투한 얘기를 들으며 나는 이제 그녀를 잃지 않아도 되겠다는 생각을 하고 있었다.

"조 여사, 당신이 더 일찍 딸네로 들어갔어야 했어. 호호호~"

그녀가 휴대폰을 꺼내 사진을 찾아 내민다.

" 조 여사, 이것 좀 보우. 내가 가면 얘들이 할머니, 할머니 이러며 마악 뛰어나와! 이뻐 죽겠어! 이거 좀 봐! 이거 좀 봐!"

사진 속에는 과연 일곱 명의 너댓 살된 아이들이 할머니인 그녀 주위로 모여 활짝 웃고 있었다.

"일찍 애 하나 맡아 키울걸. 너무너무 후회가 돼! 왜 그런 생각을 못 했는지 몰라. 이제는 나이가 너무 많아서 조건이 안된대. 한번 같이 안 가볼라우? 세상에, 아직 제대로 앉지도 못하는 아기들을 벽에다 쭉 기대 앉혀놓고는 어른 밥숟가락으로 마구마구 이유식을 퍼멕여야 돼. 왜 그런 줄 알아? 손이 없어서야. 그들이 아가들을 학대하는 게 아니구, 그렇게 안 하면 그 아기들에게 다 먹일 시간이 없어. 우리가 가서 그 아기들 이유식만 떠멕여줘도 큰 도움이 되지. 너무 안됐어. 그 아기들은 한 번도 안겨보지도 못해요. 나는 요즘 날이 밝자마자 간다우. 몸이 너무 힘들어서 격일로 가야지 하지만 잘 안돼. 요즘은 거의 매일 가. 조 여사도 한번 가 봅시다."

"우 여사가 하면 나도 같이해야지."

내가 그렇게 말하자 우 여사도 알아듣고,

"아유, 왜 그래?"

하며 웃었다. 나는 왠지 자꾸 가슴이 뭉클거렸다.

소설가가 사는 골목

올해도 골목에 봄꽃들이 한창이다. 한때 대통령 부인이 목련을 좋아하신다 하여 이 골목에는 집집마다 목련꽃 없는 집이 없었다. 개나리와 목련이 앞 다투어 피더니 이내 진달래와 라일락이 만발하고, 연이어 벚꽃길이 터널을 이루었다. 좁은 마당에도 감나무와 대추나무가 있어 가을이면 감과 대추가 빨갛게 익었다.

이른 저녁을 먹고 난 그녀는 자주 동네 한 바퀴를 돌았다. 풋고추 익는 냄새, 고등어 굽는 냄새가 골목으로 흘러 떠다녔다. 문밖으로 아이들의 재잘거리는 소리와 어미의 말소리도 새어나온다. 창문의 불빛들을 보고 있으면 집집마다 어미가 있어 누가 제 새끼들을 어쩔까봐 단단히 지키고 있는 것만 같다.

봄꽃을 따라 그녀의 집 아래층에는 보석 같은 아기도 태어났다. 지난 초가을, 방을 보러 온 신혼부부 새댁이 배는 불룩하지 않았지만 임신 중이란 말을 듣고 그녀는 어떻게든 그들을 집에 들이려고 있는 선심을 다 베풀었다. 싱크대를 갈아 주마 주방 욕실 가량도 갈아주마. 양변기와 세면기도 갈아주마…… 그리하여 그녀의 집으로 들어온 그 새댁이 아가를 낳은 것이다. 아들이었다.

10시쯤. 대단히 바쁘지 않으면 그녀는 옷을 갈아입고 손을 잘 씻은 후, 아기를 보러 갔다. 눈치껏 아기를 안아보고, 공연히 멀쩡한 기저귀를 들춰서 고추도 한번 쓸어본다. 자지러진다.

아기 품에다 코를 묻고 냄새도 맡아본다. 향기로운 젖 냄새라니. 머리에서는 엷은 참깨 냄새가 나는 것 같고, 꼭 쥔 손바닥에서는 달콤한 과자 냄새도 나는 것 같다. 아기는 매일매일 하루가 다르게 젖살이 오른다. 오오! 그 젖먹는 아기라니! 혀끝으로 어미젖꼭지를 옹골차게 말고선 있는 힘을 다해 빨아먹느라 머리통에 땀이 송글송글하다.

'그려. 먹고사는 것이 원래 그렇게 힘이 드는 거란다.'

뭔가의 세상사로 마음이 들끓다가도 아래층에 내려가 아기와 한참 놀고 나면 어느새 아무 생각도 없어지고 마음이 고요해지는 것이었다.

이로써 그 여자네 집 아래층에는 아이 넷이 살게 되었다.

한 집에는 아이가 셋이다. 3년 전, 그 집 가장이 사업에 실패하여 그네 집 아래층으로 들어왔을 때 그녀는 아이가 셋이어서 기쁘게 들였다. 세 아이 때문에 집을 구하기 어려웠다는 애어미는 그녀가 구세주 같았다고 하였다.

부르릉~! 언덕을 가파르게 올라온 트럭이 집 앞에 멈추는 소리가 들린다.

"아빠, 아빠닷! 아빠! 아빠!"

아래층의 큰아이 작은아이 할 것 없이 내복바람으로 뛰쳐나온 아이들로 골목은 삽시간에 난리가 난다. 세 아이가 트럭의 앞뒤에서,

"오라이! 오라이! 더! 더! 더! 스토옵! 스톱!"

트럭이 좁은 골목에 안착할 때까지 골목 안은 한동안 시끄럽다. 차를 세우고 가장이 내리면 그의 아내가 대문 밖까지 나오는 기적이 들린다.

"고생했어요."

아이들은 아빠의 손 하나씩을 차지하고, 큰아이는 아빠의 허리에 매달려 가장은 걸음조차 내딛지 못한다. 가장은 귀찮아하기는커녕 이 아이 저 아이에게 뽀뽀하느라 집까지 들어가는 과

정이 보통 난제가 아닌 것 같았다.

"고만해라, 아빠 힘드셔."

제 어미가 몇 번이고 아이를 닦달하여 떼놓으면 그제서야 가장은 집안으로 들어선다. 그리고서도 그 집은 좀처럼 조용해지지 않았다. 아이들은 하루 동안 일어났던 일들을 아직 혀도 잘 돌아가지 않는 막내까지 차례대로 아빠에게 보고한다.

"아빠 좀 쉬셔야지. 그만해라."

어미가 거듭 참견하지만 가장의 만류와 아이들의 극성으로 어미의 말은 잘 먹혀들지 않는다. 가장의 커다란 웃음소리에 섞여 어미의 넘어가는 웃는 소리와 까르르까르르 아이들의 자지러지는 웃음소리가 거의 자정이 가까워서야 간신히 잠잠해졌다. 어떨 땐 아이들과 아비가 이불로 줄다리기를 하는지 이불 찢어진다고 어미의 비명소리도 들렸다.

그러나 저 식구들이 이사 올 때나 지금이나 저들의 살림 형편은 별로 나아지는 것 같지가 않았다. 얼마 전만 해도 가장은 또 직장을 잃었는지 낮에도 우렁우렁 남자소리가 들렸다. 그러다가 어느 날부터 트럭운전사가 된 그를 볼 수 있었다. 그것으로 무엇을 하는지 일일이 물어보지 않았지만 살림형편이 좀 나아졌다면 다섯 식구가 살기엔 턱없이 부족한 그녀의 집 아래층에서 좀 더 넓고 좋은 집으로 이사를 갔을 것이었다.

이사 올 때 여섯 살이었던 큰아이와 둘째는 각각 열한 살과 열 살이 되었다. 아침이면 아이들의 "학교다녀 오겠습니다아!" 하는 합창소리가 들리고, 연이어 학교 갔다 오면 무엇을 하고 동생에게 이렇게 저렇게 해주라는 어미의 알뜰한 당부가 들린다. 아이들이 나가고 조금 후, 어미도 막내를 데리고 출근하였다. 어딘가 슈퍼마켓에서 일을 한다고 하였다. 하루도 빠짐없이 진행되는 그 집 가장의 귀가 행차와 창문을 타고 올라오는 그들의 웃음소리를 들으며 그녀는 과연 돈과 행복은 그리 밀접한 관계는 아니구나, 당연한 진리를 깨닫는 것이었다.

저 현란하게 피는 봄꽃들을 보며 그녀가 사는 골목에는 두 사람이 세상을 떠나기도 하였다. 그 사람들 역시 다 이십 년 삼십 년 이 골목을 걸어 다녔던 사람들이었다. 어쩌면 그녀를 비롯한 그런 사람들은 다 미련한 사람들일지도 모른다. 한자리서 십 년 이십 년 살다가 그 집을 헐고 새집을 지어 또 십 년 이십 년 살아간다.

평생 술로 살고 술에 죽을 것 같았던 박상원 씨는 짐작대로 술 때문에 죽었다. 술에 취해 제집 계단을 오르다가 뒤로 넘어져 뇌진탕으로 죽었다고 한다. 그는 전통全統시절 청와대서 근무했다는데 무슨 억울한 일로 퇴직을 당했는지 술만 먹었다 하면 골목이 시끄러웠다. 모두가 고요히 잠든 밤, 오르막 초입에서부터 술취한 그의 고성이 골목을 뒤흔들었다.

"야~! 이 새끼들아~~ 내가 누군 줄 알아? 어? 나와, 이 새끼야! 니가 뭐야, 이 새끼야!"

고함소리는 긴 오르막을 다 올라올 때까지 걷다간 서고 걷다간 서고 하면서 이어졌다. 자다가 난데없이 욕을 얻어먹은 주민들은 다들, 저놈을 동네서 쫓아내야 한다고 하였다. 그러나 술이 깨어 출근길에 나선 그를 보면 그 말이 쑥 들어갔다. 술 취하지 않은 박상원 씨는 세상 싹싹하고 예의 바른 사람이었다.

어느 날 집으로 올라오는 해남슈퍼 앞에 어떤 남정네가 쓰러져 있었다. 그 남정네를 여인네가 껴안고 마구 뒹군다. 남녀는 껴안은 게 아니라 싸움이 붙은 것이었다.

박상원 씨 내외였다. 몇 년 전만 해도, 박상원 씨가 술에 취해 소리를 지르기 시작하면 그의 처가 한달음에 쫓아 나와 널름 업고 들어갔다. 박상원 씨가 현역이었을 때다. 박상원의 풍골은 허구헌 날 술에 절어 마른 노가리 같았지만 그의 처는 큰 덩치로 제 서방을 볏짚단 업듯 업었었다. 그런 그녀에게도 당연히 세월은 비껴가지 않았다. 무엇보다 그녀의 몸이 과도히 비대하여 제 몸 하나 버티는데도 무릎이 비명을 질렀던 것이다.

박 씨네는 땅바닥에 나뒹구는 영감을 일으키려고 했으나 저항하는 박 씨 때문에 한 덩어리가 되어 같이 구르고 있었다. 뚱뚱한 몸이 힘에 부쳐 박 씨네는 씩씩거리느라 말도 못 한다. 뙤

약볕이 한창인 오후 골목에서 두 사람이 한마디 말없이 뒹굴고 있는 장면은 웃지도 못할 희극이었다. 박 씨네는 박 씨의 넥타이를 끌고 올라가려고 하고, 박 씨는 안 끌려가려고 뻐딩긴다. 넥타이 줄이 길게 늘어난다. 그러자 이번에는 박 씨네가 넥타이를 놓더니 박 씨를 떠다밀어 눕혀놓곤 발로 모가지를 꽉 밟는다. 박 씨가 캑! 하고 자빠져 두 손으로 박 씨네 발을 붙잡고 늘어진다.

"죽어라, 죽어! 나 좀 살게 그만 죽어라!!"

술만 먹으면 동네가 창피하여 이십 년을 한결같이 서방을 업어 들이던 부인이 세월 가서 은퇴한 남편을 이젠 동네 한복판에서 창피고 뭐고 없다.

박 씨의 몸은 성한 곳이 없다. 귀 언저리에서 피가 흐르고, 양복윗도리는 벗겨져 저 아래 길바닥에서 걸레가 되어 있고 걸쳐 있는 속옷마저 갈갈이 찢겼다.

그 유명한 박상원 씨가 죽었다는 정보를 그녀는 그가 죽은 뒤 한 달 후에야 알았다. 그 여자는 동네의 모든 정보에 어두웠다. 게다가 요즘은 초상이 나도 병원에서 초상을 치니 이웃에 살아도 일부러 알려주지 않으면 알 방법이 없었다.

또 한 사람은 그녀와 함께 힘을 합쳐 무단쓰레기를 극성스레 단속하던 영감님이다. 몰래 쓰레기를 버리다가 걸리면 멱살잡이도 불사하였다.

"이놈! 이놈! 파출소 가자, 이놈! 니가 한 짓이 잘한 짓인지 어디 가보자 이놈! 내가 백만 원 벌금을 어디 물리나 안 물리나 봐라, 이놈!"

파킨슨병인지 손을 심히 떨고 턱까지 떨어서 가끔 음료수라도 권할라치면 다 쏟기만 한다고 한사코 거절하였다.

한평생 소규모 가구공장으로 식구들을 먹여 살리고, 십 년 전에는 살던 집을 헐어 5층짜리 빌라를 지었다. 식구들에게 한 채씩 주고 나머지 층은 월세를 받게 하여 늙은 아내를 평생 돈 걱정 없이 살 수 있게 해놓았다. 마누라와 딸들의 온갖 지청구에도 담배를 못 끊어 추운 겨울에 대문 앞에 쪼그리고 앉아 덜덜덜 턱과 손을 떨며 담배를 피웠다.

그런 그 영감님이 한동안 안 보였다. 그녀는 마침 마주친 통장에게 물었다.

"영감님이 요즘 안보이네요?"

"모르세요? 그 영감님 치매와서 요양원으로 갔잖아요. 한참 됐어요."

"아니, 손을 떨어서 그렇지 치매기는 없었던 거 같은데……?"

그녀는 통장의 말이 믿어지지 않는다. 불과 두 달 전에도 전봇대 밑에 버려진 쓰레기들을 같이 치웠던 것이다. 손과 턱을 떨었을 뿐 정신은 누구보다 명료하던 영감님이었는데 어떻게 된 일일까. 설령 좀 치매기가 왔다고 치자, 그렇다고 그렇게 냉름 요양원에 보내진단 말인가. 평소에도 그 집 안식구와 딸들이 영감님을 홀대하는 것 같아 그녀는 의아하였다. 돈 한 푼 안 생기는 일에 목청을 높이고 나대는 일이 맘에 들지 않은 것 같았다. 따라서 그 식구들은 영감님과 짝짜꿍하는 그녀도 꼴뵈기 싫었을 것이다. 그들은 오가는 길에 그녀와 마주쳐도 인사도 잘하지 않았다. 그녀는 요양원으로 보내진 그 영감님이 내처 짠하여 언제건 통장을 앞세워 한번 찾아가 봐야지 하는 중에 그 영감님이 세상을 떠났다는 소식을 또 통장으로부터 들었다.

평생토록 좋은 옷 한 벌 못 입고, 맛있는 거 한번 못 먹었을 것 같은 영감님이 일생 고생만 하다가, 처자식들을 걱정 없이 살게 해주었는데도 그들이 아비를 너무 일찍 요양원으로 보내어 세상을 뜨게 된 것만 같아 그녀는 한동안 그 영감님 생각에 우울하였다.

"아니, 워뜬 호랭이 물어갈 손이 여그다 이거슬 내뿔고 간거시여? 어이? 대체 요런 싸가지 읎는 손목대기가 언년의 거시여? 아이, 엿다가 버리뿔먼 이거슬 누구 치우라고 그랴? 지가 긴하게 썼으믄 보내줄 때도 요식대로 잘 보내 주야제. 아, 팽생을 덮어 살 따숩게 해줬던 이불이고만, 요거슬 요레 홀대를 하고야 자석들이 잘 될거슬 바라야? 으메~! 이거슬 으째야 쓰까~ 다 젖어부럿네 다 젖어부러써! 으메으메~!"

아침부터 이웃 정수할머니의 호남사투리가 골목을 흔든다.

골목 지킴이였던 영감님이 세상을 뜨자 대타로 정수할머니가 나타났다. 정수할매는 손자 하나를 데리고 문제의 전봇대 맞은편 집으로 이사를 온 것이었다. 그녀로서는 천군만마 같은 지원군을 얻은 셈이었다. 정수할매가 이사를 오자 골목은 영감님보다 더 시끄러워졌다.

그녀도 빗자루를 들고 골목으로 나가본다. 수술을 받고 열흘 만이었다. 너무 누워만 있은 탓인지 몸이 휘청하는 느낌이다. 누워있는 중에도 그녀는 노심초사했다. 골목이 그녀 소유도 아닌데 그녀는 이 골목에다 청춘을 바쳤다고 해도 과언이 아니다. 그녀는 아침마다 골목 이쪽저쪽을 훤하게 쓸어놓고는 홀로 만족하였다.

'그랴~ 소설가가 사는 골목이 이 정도는 돼야지!'

허나 그걸 누가 알랴. 그녀가 소설가인 줄은 아무도 몰랐다.

그녀는 1990년 봄, 소설가로 데뷔했다. 하지만 등단하자마자 개점 휴업상태가 길게 이어져 오늘까지 가열차게 이어지고 있는 중이었다. 소설은 궁뎅이로 쓴다는 말이 있나 본데 그녀의 궁뎅이는 좀처럼 의자를 좋아하지 않았다. 의자에 궁뎅이를 붙이고 있기엔 과도히 사람을 좋아하고 또 어디든 쏘다니기를 좋아하였다. 게다가 워낙 능력도 안 되는 데다 천성적으로 게을러 말하자면 치명적 결함의 소유자였다. 소설을 손으로 쓰지 않고 머리로만 삼십 년 가까이 써오다 보니 이젠 그녀조차도 자신이 소설가인지 아닌지 자주 헷갈리거니와 막상 누가 소설가라고 아는 척이라도 해주면 어디 쥐구멍으로라도 들어가고 싶을 뿐이었다.

빗자루를 들고 대문 밖에 나와보니 걱정과는 달리 골목길은 오늘도 훤언하다. 정수할머니의 덕분이었을 것이다. 이 골목이 이 정도로 정리가 되기까지 그녀의 고생은 조금 과장하여 눈물의 곡절이 많았다.

저만큼 아래 전봇대가 문제였다. 그곳은 딱히 누구네 집 대문 앞이 아니라는 이유로 늘 쓰레기장이 되기 일쑤다. 다리가 부러진 교자상, 침대매트리스, 솜이불, 고장 난 가전제품들이 몰래 버려지는 장소였다.

나이가 들면서 그녀는 되도록 피가 끓어 역류하는 일은 절대 만들지 말아야 한다고 결심하였다. 젊었을 때는 자주 피가 끓어 얼마나 살기가 힘들었던가. 별일도 아닌 일에 걸핏하면 눈앞이 캄캄해지고, 누군가의 말 한마디에 하늘이 무너졌었다. 길고 긴 불면의 밤, 어떻게 해야 좋을지 몰랐던 그런 형체 없는 고민들이 사라지자 그녀는 비로소 조금 너그러워지던 것이었다. 웬만한 일은 원만하게 넘어가고 좀 이해가 안 되는 일이 있어도 '그 입장이라면 그럴 수도 있었겠지' 하며 넘긴다. 그럼에도 혹시 피가 끓는 경우가 생기면 재빨리 그 자리를 떠나야 한다고 전략도 세웠다. 그리하여 그녀의 피는 언제나 잠잠한 혈관을 따라 나날이 평화롭게 흘렀다.

그런데 언제부터인가 굳이 지나쳐 버려도 될 저 전봇대 밑의 쓰레기들이 그녀의 속으로 들어와 버린 것이었다. 처음 시초는, 불현듯 나도 뭔가 이 사회에 '도움 내지 보탬'이 돼보자 하는 인식이 발단이었다.

아주 작은 일부터 시작하여 눈앞에 보이는 일부터 해보자, 하다 보니 동네입구의 쓰레기들이 눈에 들어온 것이었다. 그러나 막상 관여를 하기 시작하자 그녀는 밤낮으로 스트레스를 받아 행복할 수가 없었다.

환경회사에 신청하여 의자며 매트리스 등을 가져가게 하고 (오천 원 내지 만 원이 든다) 나머지는 종량제봉투에 넣고 주변을 환하게 해놓은 후, 방을 써 붙였다.

"이곳은 쓰레기장이 아닙니다. 내 집 앞에 내놓아도 청소부 아저씨들이 다 가져갑니다."

이때만 해도 문구는 꽤 예의가 있었다. 하지만 소용없다. 다음엔 강도를 좀 더 높인다.

"잡히기만 해봐라! 기필코 과태료 백만 원을 물리고야 말 테다!"

협박해 보지만 예상했듯이 범인은 절대 잡히지 않는다. 쓰레기는 여전히 버려진다. 다시 휘언하게 치운 후에,

"보세요! 좋잖아요. 다시는 더럽게 만들지 맙시다. 이곳은 우리 골목의 얼굴입니다."

애원을 한다. 그러나 이튿날 아침 커다란 덩치의 찢어진 소파가 나와 있다. 여자는 약이 꼭대기까지 오른다.

"소파 버린 분! 저 소파가 당신을 보고 있습니다. 어떻게 보고 있을까요? 또 저 소파를 보는 사람들마다 당신의 양심을 저주합니다. 그런 저주를 받고도 당신의 자식이 건강하고, 당신 남편 일이 잘 풀리길 바라세요?"

숫제 소설을 썼다. 과연 며칠간은 흠칫 효과가 있었다. 하지만 결국은 제자리로 돌아갔다. 그녀는 그만 미궁에 빠져버렸다. 내가 살려면 저 전봇대 밑을 치워야 하고, 그렇지 않으면 이사를 가야 할 것 같았다. 쓰레기 때문에 이사 가는 것도 웃기는 일이라 그녀는 전자를 택할 수밖에 없었다.

버리면 치우고 버리면 또 치우고. 치우는 자와 버리는 자와의 전쟁이 시작되었다. 전쟁!이라고 하자. '그렇다면 절대 물러설 수 없지!' 그녀는 공연한 고집을 부리기 시작했다.

분명히 불법이고, 비양심적인 일이 어쩌면 이다지도 고쳐지지 않는지 그녀는 이해할 수 없었다, 골목 안의 이 얼굴 저 얼굴을 떠올려 봐도 그런 파렴치한 짓을 할 인물이 없었다.

'그래! 어디 한번 해보자! 내가 저거 하나 해결 못 하면 아무개, 라고 할 수 있나!'

그녀는 존재의 의미까지 보태며 전쟁에 돌입하였다.

밤이면 전봇대가 잘 보이는 맞은편 차고 안에 간이 책상과 의자를 내다놓고 거기서 책을 읽거나 차를 마셨다. 안에서는 바깥이 잘 보이지만 바깥에서는 자동차에 가려 쉽게 볼 수 없었다. 노트북도 갖다 놓았다. 겨울에는 석유스토브를 가져다 놓고 담요로 무릎을 싸고 지키고, 여름에는 등줄기로 흐르는 땀을 훔치며 그곳을 지켰다. 그녀가 못 지키는 날은 영감님이 그 일을 했었다. 영감님과 그녀는 일심이었다.

괴괴한 여름 오후, 뜨거운 태양이 아스팔트 위로 작열하는 골목에 누군가가 소리도 없이 걸어와 검은 비닐 '봉다리'를 훌쩍 던지는 순간 그녀가 차고에서 스윽, 나타나면 쓰레기를 버리던 자는 혼비백산을 하였다. 검은 봉다리를 버리는 사람은 주로 혼자 사는 남자거나 외국인들이었다.

"이렇게까지 여기다 쓰레기를 버리는 이유가 뭐에요?"

그 남자는 쓰레기봉투를 어디서 파는지 모른다고 하였다. 그녀는 집으로 들어가 쓰레기봉투를 내주었다. 봉투를 파는 동네

슈퍼 이곳저곳을 가르쳐주고 다 쓰면 또 오라고도 하였다. 하지만 한 사람도 다시 오는 사람은 없었다. 어느 땐 차마 본인 눈앞에 못 나서서 버린 사람의 대문 앞에 쓰레기를 도로 갖다 놓기도 하였다.

그녀는 장애인협회서 운영한다는 그 녹색 헌옷수거함이 문제라는 걸 알았다. 관리가 잘 되다가도 누군가가 그 수거함 위에 뭔가를 갖다 놓기 시작하면 그때부터 하나둘 쓰레기가 모이는 것이었다. 그녀는 재활용수거함에 적힌 전화번호로 전화를 걸어보았다. 없는 번호다. 그녀는 밤낮으로 신경을 곤두세우고 헌옷 수거해 가는 사람을 기다렸다.

낡은 트럭이 오르막을 올라오는 소리가 들렸다. 그녀는 그 트럭이 문제의 트럭임을 직감하였다. 용수철처럼 튀어나갔다. 트럭에서 내린 남자는 장애인도 아니고 기골 장대한 중년 남자였다.

"이 수거함 때문에 여기가 쓰레기장이 되니 이거 가져가시면 좋겠어요!"

그녀가 처음 좋은 목소리로 말했지만 남자는 코웃음을 쳤다.

"차암, 나! 아니 별소릴 다 듣겠네! 아줌마! 사람들이 쓰레기를 버리니까 쓰레기장이 되는 거지 이 옷통이 뭔 죄가 있어요!?"

"이게 있으니까 사람들이 여기다 쓰레기를 갖다 놓더라구요."

설득해봤자 혈압만 오른다. 결국 두 사람의 대화가 싸움으로 발전하자 하나둘 여자들이 대문을 열고 나왔다. 그리곤 간만에 할 일을 만났다는 듯 거들었다.

"아니! 우리가 싫대는데 뭔 배짱이야? 우리는 헌옷수거함이 싫다구!"

"아저씨! 주민들이 싫대잖아! 당장 안 가져 가?"

"가져가, 가져가란 말이야! 우리는 필요 없다니까?"

목통 큰 여자, 떡대 좋은 여자, 보기에도 무섭게 생긴 여자들이 단체로 삿대질을 하며 대거리를 하니 그 남자는 도리 없이 단단히 묶은 수거함의 자물통을 열고 수거함을 실어갔다. 역시 한국의 '제3의 인류' 아줌마들은 무서운 존재다.

사람의 능력이란 신비한 것이었다. 신경을 모으기 시작하면 온몸의 촉각이 바늘 끝처럼 살아나서 촉수가 되었다. 그 촉수들은 가닥가닥 뻗어 골목으로 꽂혔다.

그녀는 한밤중 깊은 잠에 들었다가도 골목에 불온한 기운이 돌면 불에 덴 듯 반짝 잠이 깼다. 동시에 의식도 또렷해진다. 눈을 뜨고 사방에서 들려오는 소리에 집중한다. 보일러 돌아가는 소리, 이름 모를 곤충들 소리, 저 아랫동네에서 들려오는 희미한 자동차 소리, 그리고 뭔가 알 수 없는 소리들로 세상은 한밤중에도 그리 조용한 세상은 아니었다.

그녀는 후다닥 일어나 두꺼운 스웨터로 어깨를 덮고 대문 밖으로 나갔다. 골목으로 내려가 전봇대 부근을 확인한다. 전봇대는 꼭대기에 가로등을 매단 채 희미하게 바닥을 비추고 있을 뿐 아침에 치워놓았던 그대로다. 골목 저 꼭대기에서 아래 끝까지 조용하기만 하였다.

춥다. 밤기운이 써늘하게 온몸으로 스며든다. 오늘이 음력으로 며칠인가. 엷은 구름에 싸여 노란 반달이 세상을 비춘다. 서울 하늘에서 별이 사라진 지는 이미 오래된 일이어서 그나마 달을 볼 수 있다는 것만으로도 다행이다. 어쩌면 조만간 저 달마저도 볼 수 없게 되는 날이 올지도 모를 일이다. 그 여자는 무릎을 안고 오랜만에 대문 앞에 앉아 달을 올려다보았다.

왜 불현듯 잠이 깼을까.

생각하는 찰나 꿈결인 듯 들었던 소리가 들려왔다. 그녀는 앉은 채 고개를 빼고 골목 위쪽을 보았다. 과연! 움직이는 물체가 보인다. 두 사람이었다. 사람 둘이 침대 매트리스를 끌고 내려오는 중이었다. 그들은 조심조심 소리를 내지 않으려고 공을 들여 내려오다가 대문 앞에 팔짱을 낀 그녀를 보자 귀신을 본 듯 기함을 하였다.

그들은 중국 동포였다. 하지만 이렇게 밤중에 살금살금 끌고 내려오는 걸 보면 분명 불법이라는 건 알고 있음이 분명하였다.

"어떻힐래요? 사진을 찍혀 과태료를 물래요, 되가지고 갈래요?"

그녀는 선택을 강요하였다. 그들은 후자를 택했다.

'내 눈이 시퍼렇게 떠 있는 한 절대 못 버린다!'

하고 많이 중요한 일도 많으련만 하필 쓰레기 치우기에 인생을 걸다니. 한심한 일이긴 하지만 어쨌거나 '전쟁!'이라고 선포하지 않았던가. 이겨야 할 일이었다.

그녀가 이곳으로 이사 온 70년도 중반에는 집집마다 대문 앞에 거대한 시멘트쓰레기통이 있었다. 실로 견고한 쓰레기통이었다. 음식쓰레기건 일반쓰레기건 큼직하게 만들어진 쓰레기통 입구로 마구마구 쏟아부어 놓으면 이삼일에 한 번씩 청소부 아저씨들이 쓰레기를 가져갔다. 아래쪽 출구에다 삼태기를 대놓고 끌대를 안으로 넣어 쓰레기를 끌어내면 쓰레기와 더불어 엄청난 쥐 떼들이 우르르 쏟아져 나와 산지사방으로 흩어져 달아났다. 사람들은 별로 놀라지도 않았다. 지금은 집안에서 바퀴벌레 한 마리만 보여도 집에 지진이 난다.

그 여자는 1975년 봄, 중구 오장동 낡은 적산가옥 2층에 방 두 칸을 얻어 신혼살림을 차렸다. 남편의 직장인 중구청이 가까웠다.

5개월쯤 지났을 때 그녀는 입덧을 시작하였다. 입덧은 몹시도 심하여 먹는 것은 고사하고 아래층 주인집에서 올라오는 음식 냄새 때문에 하루 내내 토하고 토하다가 사흘걸이로 병원으로 실려 가 링거를 맞았다.

어느 날 남편이 퇴근하더니 모월 모일에 이사를 가자고 말했다. 달력을 보니 일주일 뒤였다. 그녀는 네, 하고 있다가 일주일 뒤 남편이 운전하는 옆자리에 올라앉아 사당동의 새집 대문 앞에 내린 것이 지금까지 사당동에 살게 된 내력이었다.

5월도 하순이었다. 집은 예뻤다. 대지 58평. 60평도 안 되는 기역자 블록집은 낡고 볼품없었지만 네모반듯한 대지의 담장에는 오월의 줄장미가 담을 돌아가며 만발해 있었다. 미처 셋방살이 집 없는 설움을 겪을 새가 없어서인지는 몰라도 집을 샀다는 기쁨보다 담장의 줄장미가 마음을 환하게 밝혔다.

극심한 길치인 그녀는 그렇게 들어선 집에서 아무 생각 없이 저녁 찬거리를 사러 나섰다가 집을 못 찾고 시장 안에 있는 파출소에서, 어둑어둑해져서야 마누라가 없어진 것을 알아챈 남편이 찾으러 올 때까지 기다렸다.

그런데 내려갈 때는 몰랐던 오르막이 남편을 따라 걸어 올라와 보니 이건 보통 오르막이 아니었다. 신기하게도 입덧은 사라졌지만 곧 배불떼기가 된 그녀는 이곳에서는 힘들어서 살 수 없다고 밤낮으로 졸랐지만 결국 오늘까지 살고 있는 것이었다.

몇 달 후, 막내 손녀가 집을 샀다는 소식에 여간한 일로는 좀처럼 고향의 고가를 비우는 일이 없는 할머니가 서울에 오셨다. 그녀를 키워주신 할머니는 오매불망 당신이 살아생전 막내 손녀를 시집 못 보내고 죽을까 그것만이 걱정이다가 그 손녀가 시집가던 날 이바지 광주리를 머리에 이고 덩실덩실 춤을 추셨다. 오래전부터 막내가 시집가면 못 추는 춤이나마 춤을 추겠다고 했었다. 다른 이는 몰라도 할머니로서는 경천동지에 버금가는 일이었다. 밤늦게 손서 차를 타고 오신 할머니는 이튿날 아침 골목 밖을 나가보시곤 말이 없었다. 그리곤 가실 적에 손서를 보고 한 말씀 하셨다.

"어데 너 살 데가 그레 없더냐…… 괜찮다! 젊어 고생은 사서도 하는 것이니, 얼렁얼렁 돈 모아서 내려가면 되지."

하지만 세월이 흐를수록 그녀는 이 동네가 좋아졌다. 우선 그녀가 살기에 딱 좋은 조건이었다. 눈을 들면 관악산 꼭대기의 하얀 연주봉이 보이고, 가시거리가 좋은 날이면 계곡을 타고 올라가는 등산객도 보였다. 이따금 동쪽에서 날아온 은빛 비행기가 천천히 서쪽으로 이동하여 사라지고, 푸른 하늘에 두둥실 뭉게구름들이 노니는 하늘은 최상의 선물이었다.

그녀는 서쪽으로 난 창 반대편 벽에 그림 대신 커다란 거울을 걸었다. 그 거울 속에는 사시사철 하늘을 배경으로 은빛 비행기와 참새와 제비가 가로새로 날아다니다 대추나무에 앉아 노는 것을 볼 수 있었다. 세상의 어느 명화보다 멋지고, 날마다 변화 무쌍한 그림이었다.

아랫동네는 논밭이었다.

하지만 그녀가 그곳에 무엇이 심겼는지 눈여겨볼 사이도 없이 논밭은 순식간에 없어졌다. 집들로 메워지던 것이었다. 띄엄띄엄 들어서더니 하루가 무섭게 논밭이 없어지고 집들이 꽉 들어차던 것이었다. 어느새 관악산 밑자락까지 아파트가 들어서서 점점 위로 올라갔다. 흡사 살아있는 생물체가 산을 차츰 잠식해 먹어치우는 것 같았다. 크고 작은 집들 사이로 대형 교회와 웅장한 성당이 들어서고 초등학교도 지어졌다. 그 여자는 이 꼭대기에서 도시의 논밭이 그렇게 빨리 사라져버리는 것을 경이로운 눈으로 지켜보았다.

80년대 중반에는 달동네의 상징인 가마니촌이 없어졌다. 정부 과천청사가 들어서고, 4차선 도로가 8차선으로 넓어지고, 8차선 도로로는 정부 고관들의 출퇴근길이 되었다. 그때마다 거슬리는 것은 눈만 들면 직통으로 들어오는 다닥다닥 게껍질 같은 산동네의 무허가 판잣집이었다. 연말이나 명절 때가 되면 불우이웃 돕기 일 순위가 가마니 촌이었다.

달동네의 판자촌이 강제로 철거된다는 흉흉한 소문이 돌았다. 아랫동네에는 어느새 부동산 거리가 생기고, 집 한 채 값

'딱지'가 단돈 오십만 원에 팔려 그녀의 동창들까지 딱지를 산다고 들락거렸다.

그즈음 그녀가 사는 동네에도 변화의 물결을 거스르지 못했다. 몇십 년씩 살던 사람들이 하나둘 집을 팔고 떠났다. 새로 온 사람들은 헌 집을 헐고 4층이나 5층짜리 빌라를 세웠다. 작은 마당조차 없어지고, 가을마다 익어가던 대추나무 감나무가 뽑혀나가고, 라일락이나 목련 등도 없어졌다.

얼마 후, 그녀의 집 앞으로 웃통을 벗어부친 젊은 청년들이 쇠파이프를 어깨에 메고 윗동네로 올라갔다. 군대를 방불케 하는 그들의 행렬이 지축을 울렸다. 그녀는 거실에서 눈만 내놓고 창문으로 그것들을 보았다. 그들이 올라가면 곧 아낙들의 단말마 비명과 욕설과 고함소리와 크레인과 트럭의 굉음이 들려왔다. 흡사 전쟁이 난 것 같았다. 한국전쟁 이후 자연발생적으로 생겨난 거대한 산동네 판자촌의 역사가 거덜 나는 소리였다.

거리에는 가족계획 현수막이 펄럭였다.
'잘 키운 딸 하나, 열 아들 안 부럽다'
'둘도 많다! 하나만 낳아 잘 키우자!'
'덮어놓고 낳다 보면 거지꼴을 못 면한다!'
듣기만 해도 살벌하여 도저히 자손 만들 생각이 달아나는 표어들이었다. 하긴 골목마다 아이들이 넘쳐나긴 하였다. 집집마다 아이들이 최소한 두셋은 되었고, 오후만 되면 그 아이들이 다 골목으로 쫓아 나와 공과 깡통을 차며 놀았다. 초등학교에는 한 반에 백여 명이 한 교실에서 가히 콩나물시루를 방불케 하였고, 그나마도 오전 오후반이 나뉘어 공부를 하였다. 운동장이 좁아 운동회는 꿈도 못 꾸었다. 1, 2학년과 3, 4학년 등으로 나뉘어 운동회를 하였으므로 응원과 함성소리가 가을 내내 가을 하늘에 울려 퍼졌다.

어느 날 반장엄마가 헐레벌떡 대문 안으로 들어왔다. 반장엄마는 그녀보다 십 년쯤 나이가 더 많았다. 그녀가 둘째 아이를 낳은 지 7개월쯤 지났을 때였다.

"혁이엄마야, 혁이 봐줄 테니까 어여 대문 밖에 차 타라."

"왜요? 어딜 가는데요?"

"글쎄, 가보면 알아! 좋은 일이니까 나중에 나한테 고맙다고나 해!"

반장은 젖먹이 아기를 빼앗아 둘러업으며 그녀를 황황히 대문 밖으로 내몰았다. 엉겁결에 대문 밖에 대놓은 승합차에 오르니 승합차 안에는 동네의 젊은 엄마들이 만차였다.

"아니, 다들 어디 가는 거에요?"

그녀의 물음에 여자들은 음흉스레 낄낄 웃으며 밤마다 좋은 일을 하러 간다고 하였다. 그 여자는 그 일이 뭔지 알 턱이 없었으므로 어리둥절해 있는 그녀에게 앞집엄마가 윽박질렀다.

"이그~! 애를 둘씩이나 낳아보고 웬 내숭이야?"

보건소에서 나온 직원이 불임수술을 하러 간다고 말해주었다. 복강경 수술이었다. 그 수술을 하면 콘돔을 안 써도 될 뿐 아니라 임신의 공포로부터 해방되니 그게 밤마다 좋은 일이 아니고 무엇이냐고 하였다.

복강경 수술은 보건소에서 공짜로 해주었다. 그녀는 낙태수술을 한 번도 안 해봤지만 버스 안에 있는 여자들은 모두 적게는 대여섯 번, 연주엄마는 열 번도 넘게 낙태수술을 했다고 하였다.

보건소에 도착한 사람들은 환자복을 갈아입을 것도 없이 그냥 입은 채 수술실로 들어갔다. 수술실도 따로 있는 게 아니라 그냥 빈 공간에 간이침대를 여러 개 놓고 그 위에 줄르레기 누워 마취 차례를 기다렸다. 수술을 한다는 긴장감은 조금도 없어 아낙들은 하하거리며 농담을 하였다. 수술도 매우 간단하기 그지없었다. 마취에서 깨어보니 배꼽에 작은 반창고 하나가 붙어 있을 뿐 통증 하나 없었다. 생산을 못 하게 하는 그런 엄청난 수술을 했다는 흔적은 어디에도 없었다. 마취에서 깨어난 아낙들은 또 갈 때 타고 갔던 승합차를 타고 희희낙락 집으로 돌아왔다.

그렇게 그 골목의 아낙들은 불임수술도 단체로 하고, 금반지

계도 하고, 교자상계도 하고, 그릇계도 하여 살림을 불렸다. 비나 눈이 오시는 날은 골목 안 누군가의 집에서 부침개를 부쳤다고, 수제비를 했다고, 혹은 감자를 삶았다고 골목 중간지점에서 목청껏 외면 금세 이집 저집에서 알았다고 그만한 고함소리가 돌아오고 이내 아낙들은 하나둘 모여들었다. 대문은 그렇게 사시사철 열려 밤에 잘 때나 닫혔다.

집집마다 고만고만한 화단에 채송화며 맨드라미 봉숭아가 철 따라 피었다. 네 집에 있는 꽃이 내 집에 있고, 저 집에 피는 꽃이 이 집에도 피었다. 뭐 하나 나누어 가지지 않는 게 없던 시절, 사이좋게 살기 좋던 골목이던 것이었다.

그녀가 회원번호 1번이었던 '책천지'도 있었다. 시장가는 길에 '책천지' 간판을 달고 있을 때, 그녀는 묻지도 따지지도 않고 등록을 했다. 1번이었다. 그 후 그녀는 책천지의 왼쪽 벽에 붙은 서가에서부터 오른쪽 벽의 서가까지 만화책을 읽어치웠다.

일 년이 좀 지났을까, 책천지의 젊은 남자는 책 대여점을 정리하고 그 자리에서 연탄불고깃집으로 전환했다. 고작 만화책이나 잡지를 빌리러 오는 손님들을 위해 밤 12시까지 기다려야 하는 노력과 시간에 비해 도통 돈벌이가 안되는 것 같았다. 하지만 직종을 전환한 후에도 그의 돈벌이는 책천지 때보다 더 나아 보이지 않았다. 오가는 길에 습관처럼 돌아보는 그 가게 안에는 한창 북적여야 하는 저녁시간대에도 썰렁하기 그지없었다. 책가게를 할 때 제법 친하게 지냈던 그 남자는 연탄불고깃집으로 바뀌고부터는 그녀를 모른척하였다. 가끔 시장통에서 상추 풋고추 따위를 사고 있는 그를 종종 보지만 그녀도 그를 아는 척 하지 않았다.

백화점 뒷길은 또 한차례 거대한 변화의 물결이 닥쳤다. 큰길에서 들어오는 골목이 도로로 확장된다. 이 사업은 이미 저 윗동네 우성 신동아 극동 등의 거대한 아파트군이 들어설 때부터 과제였다. 거대한 아파트군에 비하여 진입도로가 턱없이 좁아서 출퇴근길의 혼잡함 때문에 아파트값이 오르지 않았다.

그 길이 이번에 확장되는 것이다.

연연세세 선거 때만 되면 제일 중요한 공약이었지만 번번이 건물주들의 보상문제로 쉽게 해결되지 않아서 십 년 이십 년 영영 해결될 것 같지 않은 문제가 이번에 끝을 본 것이다. 이번에는 조용하게 진행되는 것 같다.

먼저 건물에 세들어 장사하던 사람들이 보상을 받는 순서대로 그곳을 떠났다. 그러면 2차로 중고업자들이 트럭을 세우고 무엇이든 돈 될 가구들을 챙겨나간다. 그런 다음엔 유리장사와 샤시장사가 들어와 그들이 필요한 것들을 골라 실어간다. 이때쯤 이미 건물은 반 파괴상태에 이른다. 마지막으로 포크레인이 들어서 먼지를 뭉게뭉게 일으키며 굉음과 함께 순식간에 건물을 부순다. 그러면 이번에는 또 철근업자가 나타나 시멘트 속에 얽힌 철근들을 깨끗이 골라내 가는 것이었다. 너무나 신속하고도 정연하게 하나의 건물이 세상에서 사라지는 것이다. 맥도날드가 없어지고, 베스킨라빈스도 없어진다. 저녁마다 자리가 없어 손님을 못 받던 곱창집이 없어지고, 바람 잘 날 없는 남편의 바람기에 눈코를 고치고 이쁜이 수술까지 받았다는 약국도 없어졌다.

언제 형성되었는지 알 수 없는 '택사스촌'도 없어졌다. 밤이면 경찰 두 사람이 골목 입구에 지키고 서서 미성년자들이 그곳으로 들어가지 못하게 하였다. 그 좁다란 골목 안에는 허름한 유리창에 분홍커튼을 드리우고 울긋불긋한 2인용 소파와 16인치 티비와 좁은 탁자가 놓여있었다. 술을 팔기에도 여자를 팔기에도 매우 적당치가 않아 보이는 곳이었다. 하지만 경찰이 지키는 곳이니 뭔가 상당히 수상한 곳인 것만은 틀림없었다.

몇 달 후, 그 도로는 '로데오거리'라고 불리웠다. 바닥부터 일괄적인 아스팔트가 아니라 사방 10센티 정도의 정사각형 시멘트벽돌을 도로에 깔았다. 보기엔 좋을지 모르나 우선 몹시 불편한 도로였다. 도로가 울퉁불퉁하니 자동차가 지나가면 소음이 심하고, 아침저녁으로 출근하는 여자들은 새로 산 구두 뒷굽이 망가져 화를 냈다. 민원이 빗발쳤는지 그 길은 곧 빨강과 파랑으로 도색한 아스팔트로 바뀌었다.

먹자골목의 상가들이 정보에 적응하는 순발력 또한 타의 불추종이었다. 광우병이 돈다고 하면 이 골목은 순식간에 솥뚜껑 삼겹살, 흑돼지고기 혹은 치킨집으로 간판이 교체된다. 조류독감이 돈다고 하면 또 어느새 횟집, 조개구이, 혹은 해물매운탕, 섞어찌개 같은 걸로 일제히 개비가 된다. 생존경쟁에서 살아남으려는 원초적 순발력이다. 어느 해던가 광우병과 구지역과 비브리오균이 한꺼번에 발생했을 때 이 골목은 죽은 골목 같았다. 거의가 '내부수리'라는 안내문을 붙이고 개점 휴업상태에 들어갔다.

이윽고 은퇴한 그녀의 남편은 할 일은 그것밖에 없고, 마침내 할 일을 만났다는 듯이 그녀를 따라다니며 참견을 하기 시작하였다. 아니면 그동안 시간이 없어 못 했던 참견을 이제야말로 해야만 한다고 결심이라도 한 것일까. 남느니 시간이니 하루 종일 건강 공부를 열심히 하여 시시때때로 주방에 들어와서, 이건 몸에 좋고, 이건 덜 좋고, 이건 아주 안 좋다고 복습을 하거나, 어딘가 외출을 하려고 하면 어디 가느냐, 누구 만날 거냐, 언제 올 거냐를 일일이 알아야 하고, 다녀와서도 또 같은 것을 알아야만 하였다. 전화가 걸려 와도 누구냐 뭐라고 하더냐 왜 그런 말을 하게 되었냐⋯⋯ 이 정도는 또 약과다. 주방바닥에 밀가루만 흩어져 있어도, 밀가루음식을 먹은 적이 없는데 왜 밀가루가 흩어져 있느냐고 물었다. 쓰레기통에 버려진 영수증을 찾아 들고 와서 이건 뭘 산 영수증이냐고 물을 때, 그녀는 진정 위기를 느꼈다. 40년을 넘게 별 탈 없이 살았는데 이제 다 늙어서 이 사람과 해로를 못 하는게 아닌가 하는 생각이 드는 것이었다. 참다못한 그녀가 왜 그러냐고 고함을 치면 다행히 며칠 동안 자제하는 듯하다가 그 며칠이 지나고 나면 또다시 시작하는 것이었다.

그는 오늘도 아침 식탁에 앉아 밥이 되다고 첫 번째 잔소리를 하더니 젓갈류는 건강에 안 좋다고 두 번째 잔소리를 하고, 식가위가 왜 거실탁자에 나와 있느냐고 세 번째 잔소리를 마친 후 구둣주걱이 제자리에 안 걸려 있다고 네 번째 잔소리를 하곤 나갔다. 외출에서 돌아온 그는 또, 통장에 무슨 돈이 이렇게 많이 빠져나갔냐고 다섯 번째 잔소리를 시작하였다. 그녀도 이제는 화내지 않는다. 도가 튼 것이다.

"그거? 내가 다 떡 사 먹었어!"

하고 그를 흘겨보았다. 다행히 그도 얼른 알아차리고 2절을 하지 않는다.

늙어서인지 요즘은 남편과 옥신각신하면 와중에 주고받은 말들이 다 가슴에 얹힌다. 전 같으면 아무렇지 않게 넘어갔을 일도 마음이 토라져 며칠씩 말도 섞기 싫어지는 것이었다.

지금은 그런 일이 일어나려고 하면 그녀는 수영장으로 도망친다. 아직도 내가 이렇게밖에 못사나 하고 인생이 한없이 쓸쓸해지면 그녀는 서둘러 수영장으로 내뺐다. 그곳에는 함께 웃을 또래가 있고, 또 물속에서 한두 시간 정신없이 헤엄을 치고 나면 물속에 인생 나부랭이를 씻어버린 듯 개운해지는 것이었다.

들어서니 탈의실이 시끄럽다. 여자 둘이서 무엇 때문인지 싸움이 난 것 같았다. 두 여인이 한참 큰소리가 오가더니 급기야 좀 더 젊은 여자가 좀 더 늙은 여자에게 '나이 많은 게 무슨 자랑이냐!'고 쏘아붙였다. '좀 더'라고 하지만 두 여인의 나이 차이는 얼핏 보아도 십 년은 있어 보였다.

창졸간에 기습을 받은 좀 더 늙은 여자는 순간 대거리를 하지 못하였다. 몹시도 분하고 억울한 듯 입술이 파르르 떨리고 있었다. 전후 사정을 모르지만 결론은 좀 더 젊은 여자의 승리인 것 같았다.

그녀는 옷을 벗으며 문득 '나이 많은 게 자랑일까?'라고 물어본다. 결론은 자랑이 맞는 것 같았다. 계산해 보라. 나이 한 살 더 먹는데 얼마나 많은 돈이 들었으며 얼마나 많은 일들을 겪고 당하고 쌓였으랴. 그런 것들을 새로 겪고 깨달으며 쌓인 경험과 지혜들을 창고가 있어 차곡차곡 쌓아두어서 눈으로 볼 수 있다면, 무려 십 년이나 연하인 아랫것이 저토록 무례하게 나이가 자랑이냐고 대들지 못할 것이다. 늙어 부족한 것은 오직 체력일 뿐이다.

아침. 골목에서 현아네를 만났다. 현아네도 40년째 이 골목에서 살고 있다. 자동차 문을 열고 '애들' 보러 딸네 집에 가는 길이라고 한다. 그녀의 딸은 일산에서 살고 있다. 현아네 '애들'은 아기가 아니라 개들이다. 딸을 시집보내놓으니 낳으라는 애는 안 낳고 개들을 키워 딸이 집을 비우면 그 어미가 '애들'을 돌보러 갔다. 그녀는 수다를 떨다가 뒤에서 차가 오는 바람에 밀려서 갔다.

사람들은 주택에 살면 일도 많고 힘들 것이라고 한다. 하지만 그녀는 특별히 일이 많다고 생각해 본 적이 없고, 힘이 더 든다고도 생각하지 않는다. 설령 좀 그렇더래도 그녀는 언제까지나 주택에서 살고 싶다. 아침에 일어나 마당으로 내려서는 기쁨을 알까. 가이없는 하늘이 보이고, 산도 보이고, 담 밑에 자란 풀도 뽑고, 마당에 파 상추도 심고, 골목도 쓸고, 빗자루를 든 채 서서 수다도 떨고…… 그렇게 사는 것이 좋다고 그녀는 생각하는 것이었다.

그녀는 비로소 유명해졌다. 소설가로 유명해진 것은 아니었다. 소설가로 유명해지지 못한 것이 유감이긴 하지만 그래도 어쨌든 '전쟁'에 이겼으니 이것으로 되었다고 생각하였다. 그녀가 도모한 '보탬 내지 도움'이 얼마간은 된 셈이었다.

전봇대 아래는 이제 성역이 되었다. 수거함이 놓였던 자리에는 팬지꽃과 분꽃 채송화 봉숭아가 피었다. 정수할매는 꽃을 좋아하여 자고 일어나면 긴 호스를 끌어내어 물을 주었다.

"으따메~! 이것짬 보시요! 이 채송화 잠 보씨요. 에멜무지 뿌리논 씨가 요로콤 꽃을 피웠당께."

"암만이제요이. 이게 다 정수할매 덕분 아이것소~하하하."

그녀의 호남말도 정수할매 덕분에 날마다 일취월장이다.

"날마둥 길바닥을 쓸어싼게 인자 먼지 한나가 없소이!"

정수할매 말대로였다. 이제 그녀가 사는 골목은 세상에 있는 어느 골목보다 깨끗하니 훠언하였다. 그녀는 대문을 닫고 들어오며 혼자 중얼거린다.

'글치! 소설가가 사는 골목이 이 정도는 돼야지!'

해설

웃음, 재미, 감동의 여운
―유선희 소설집 『소설가가 사는 골목』을 읽고

노순자·소설가

소설이란 무엇일까.

사람 사는 이야기, 인간과 삶을 소재로 하는 언어예술, 인간 삶의 총체성을 조명하는 서사문학, 작가의 혼이 쏟아 부어지는, 있을 수 있는 허구의 세계 등이라는 정의를 듣게 된다. 이외에도 저마다 제각각의 정의를 내릴 수 있을 것이다. 그 중 대표적인 것으로는 게오르그 루카치(Georg Lukacs 1885~1971)의『소설의 이론』에 언급되는 정의가 아닌가 한다.

그는 먼저 "왜 소설이 현대의 대표적 문학형식이 될 수밖에 없는가?"라는 철학적 물음을 던져놓고 그것에 대해 현대인이 직면하지 않을 수 없는 역사 철학적 이유를 들고 있다. 고대, 곧 호머의 서사시 시대에는 인간의 영혼이 아무 문제없이 그 시대의 역사 철학적 상황에 안주할 수 있었는데, 그럴 수 있었던 것은 선험적 좌표가 선명했기 때문이라고 한다. 그러나 현대는 그렇지 못하다는 것이 그의 견해다. 이를테면 현대의 서사형식인 소설은 이미 선험적 좌표와 형이상학적 고향을 상실하고 있기 때문에 인간의 영혼이 고독할 수밖에 없다는 것이다. 그래서 이 역사 철학적 산물의 결과로 "소설은 현대의 문제적 개인(주인공)이 본래의 정신적 고향과 삶의 의미를 찾아 길을 나서는 자기인식에로의 여정을 형상화하고 있는 형식이다"라고 규정한다.

문학이론에 어두운 사람도 루카치의 소설 이론이나 미학을 읽으면 어려운 중에도 공감과 위로를 발견하게 되는데 유선희의 소설을 집중적으로 읽으면서 필자는 문학이론의 어둠에도 불구하고 루카치의 『소설의 이론』이 떠올랐다.

일단 유선희의 소설은 생기발랄하고 재미있다. 어쩌면 그는 "소설은 우선 재미있고 볼일"이라는 명제에 충실하기로 작정한 것이 아닐까 싶다. 또한 그의 단편 소설은 좀 제 마음대로이다. 「소설가가 사는 골목」 같은 것은 이게 소설인지 그 오랜 골목길에 대한 서지학에 가까운 고찰인지 헷갈리기도 한다. 그러나 읽는 이에게 어떤 울림을 줄 수 있는 작품이라면 그건 괜찮은 소설이라는 것이 나의 고집스러운 생각이다.

다시 루카치의 말을 빌려 표현하자면 "형식과 내용이 완전히 통합되면 수용자는 내용과 형식을 구분하지 않고 통합된 상태에서 감동을 체험한다"라고 소설의 이론에서 말하는데 유선희의 소설들이 그러하다. 그는 어떤 소설이론도 뛰어넘으면서 소재는 지극히 소소하고 흔한 일상사에 머문다. 거창한 주제를 욕심내지도 않고 과한 상상의 세계를 끌어들이지도 않는다. 이를테면 독자들이 안심하고 신뢰할만한 범위 안의 얘기만을 선택한다. 그는 소설쓰기와 살림만으로 살아왔다고 내내 신음하며 비명 지르듯 살림하는 여자의 범주 안에서 한 걸음도 밖으로 나오려하지 않는다. 소재가 그렇게 일상적이고 소소하면 답답할 것 같은데 묘하게도 아니다. 아니 답답함을 느낄 겨를이 없이 그의 소설들은 생생하고 절실하고 맵고 때로는 사납기까지 하다. 생명감이 넘치는 삶이 담겨있는 것이다. 어지간한 웃음을 주기도 한다. 그러나 재미와 웃음 뒤에 가슴 뻐근한 삶의 무게가, 인간의 한계와 비극이 옷깃 여미는 숙연함으로 스며든다. 조금만 다듬지 하는 아쉬움을 주기도 하지만 유선희 소설의 강점은 야무짐이다.

소재의 우울함과 작가의 눈

「삶이란」 단편소설은 인간의 조건이랄까 본질에의 접근을 시도하는데 제목을 참 무성의하게 지었다, 라는 느낌을 준다. 그런데 첫 문장이 숨을 모으게 한다. 노인 소재는 읽고 싶지 않다, 라는 순간적인 감정도 스친다. 그러나 "노인에게서는 언제나 죽음의 냄새가 났다. 노인이 기저귀를 찬지 올해로 딱 다섯 해다"라는 간결하고 흡인력 있는 도입부가 곧 소설 속으로 이끈다. 군더더기 없이, 있는 그대로의 상황을 정직하게 서술하고 있기 때문이다. 가장 좋은 소설 문장은 독자에게 의식되지 않는 문장이라고 한 박경리의 말을 유선희의 문장은 상기시킨다.

"영순을 지쳐 떨어지게 하는 건 그 냄새였다. 냄새는 닦아도 닦아도 없어지지 않았다. 락스를 쓰면 락스에 희석되고 크레졸을 쓰면 크레졸에 섞여 더욱더 이상스런 냄새로 변할 뿐 냄새는 그 무엇으로도 없어지지 않았다. 씻고 또 씻고 다시 씻어도 냄새는 천장의 나무결 사이사이, 발포벽지의 이음새 사이사이에 숨었다가 어느새 스멀스멀 스며나와 온 집안에 진동한다. 영순은 죽음의 냄새라고 단정 짓는다."

아이들을 길러주고 살림을 해주던 시어머니가 쓰러지자 영순은 학교를 그만둘 수밖에 없었다. 중풍은 노인을 공격했는데 고통은 영순의 몫이었다. 남편은 뻔뻔해지기로 작정했는지 하루걸러 숙직을 하더니 지방발령이 났다고 근무지를 옮겨갔다. 영순은 남편이 냄새를 피해 자원해서 지방으로 갔으려니 짐작한다. 아들아이 역시 냄새를 피해 입대하고 고교생 딸은 도서관에서 산다. 친정엄마는 영순의 팔자소관이라고, 팔자갈이는 못한다고 한다. 그러나 치매가 설려 양로원으로 간다.

거동을 못하는 노인은 한 시간 간격으로 밥을 찾고 노인의 시
중을 드는 일은 전쟁이다.

"영순은 짧은 바지와 브래지어 바람이 된다. 머리를 거의 박
박 깎인 노인은 성별조차 구별할 수가 없다. 일생동안 긴 머리
를 틀어 비녀를 꽂는 것을 고집하였지만 영순은 더 이상 노인의
긴 머리를 감기고 빗기고 손질하여 비녀 꽂는 일을 계속 할 마
음이 없어졌다. 마누라 머리 짧은 것도 싫어하여 커트를 할 때
마다 인상을 쓰는 남편은 처음 노인의 머리를 거의 박박 깎아
온 날 미친것처럼 화를 냈었다.

영순은 노인이 깔고 누운 방수요의 양귀를 잡고 욕실 안으로
끌어들인다. 그것만으로도 숨이 가쁘다. 노인은 어쩌다 제정신
이 돌아와 영순과 눈이 마주치면 눈을 피했다. (중략…) 한 번도
햇빛을 보지 못한 노인의 속살은 광목천처럼 희다. 탄력을 잃은
피부는 때수건으로 밀 때마다 이리저리 밀린다. 샤워타월에 바
디샴푸로 거품을 잔뜩 일으켜 노인의 몸을 닦기 시작한다. 흐물
흐물한 목, 팔, 유방, 배를 닦고 사타구니에 이르면 영순의 팔에
는 무의식적으로 힘이 가해진다. 한 번 더 닦으면 냄새가 덜날
까 영순은 노인을 뒤적거리며 더 세게 민다. 아야야! 아야야! 노
인이 비명을 지른다."

날마다 반복되는 노인과의 고단하고 힘겨운 일상 속에서 영
순은 부탁과 위협과 우격다짐을 동원해서 하루 동안 동서에게

노인의 간병을 맡긴다. 남편에게서 몇 달 동안이나 소식이 없는 것이다. 요리조리 피하던 동서는 그러면 그리로 모셔다 드리겠다는 말에 불에 덴 듯 오겠다고 한다. 영순은 기차를 타고 남편의 근무지로 내려간다. 하숙집 주인은 깜짝 반기며 남편이 식사는 거의 밖에서 한다고 미안해한다. 밤이 늦도록 남편은 들어오지 않는다. 날마다 그렇다고 한다. 다른 여자와 같이 있는 것일까. 그럴 사람은 아니라고 머리를 젓는다. 혹시 그렇다면 그것도 팔자소관이라 생각해야하나 여인은 그러나 그 문제보다는 졸음이 쏟아진다.

"'치매 걸린 제 어미의 치다꺼리를 마누라에게 떠안겨 놓고 저는 딴 짓을 하고 산다면 그것도 그의 팔자이고, 갈 곳 없는 내 엄마가 양로원으로 간 것도 엄마 팔자이고, 내 모친은 그런 곳에 보내고, 남의 모친 치다꺼리에 인생을 바치는 이것 또한 내 팔자일까.' 영순은 이런 복잡한 생각에 꼬리를 잡혔다가 마침내 이부자리 위로 쓰러지듯 눕는다. 문 밖의 빗소리가 차츰 거센데, 남편은 아직도 귀가하지 않는다. 그는 언제 들어오려나."

소설은 이렇게 끝난다.

흔하다면 흔한 소재, 소재만으로도 읽고 싶지 않은 어둡고 우울한 이야기를 유선희는 그저 보통의 일상사인양 담담히 풀어나가다가 남편에게 여자가 생기는 일조차 아무 일도 아닌 듯이 거의 무감각한 양 태평스러운 결말로 매듭짓는다. 그런데 독자에게는 그게 무책임하다기보다는 요즘 아이들 말로 쿨하게, 구질구질 하지 않고 산뜻하게 다가온다. 인간의 본성, 삶의 본질, 도무지 해결책이 보이지 않는 노인문제를, 노인의 질병 때문에 가정이 와해되고 있는 모습을 그저 작은 목소리로 속삭이듯 나직나직 보여줄 뿐인 것이다.

같은 맥락의 주제로 볼수 있는 「이층 왼쪽 방 남자」는 아들에 의해 남의 집에 버려진 노파와 주인 여자의 얘기다. 주인 여자는 어쩌다 월세에 맛이 들어 얼떨결에 노파를 떠맡게 된 멀쩡한 가정의 안주인이고 아들딸의 어미이고 한 남자의 아내이다. 그녀는 월세 맛에 잠만 잘 남자를 구했는데 누나가 여행 간 동안만 모셔야한다던 어머니를 남겨두고 사라진 것이었다. 이 웃지못할 해프닝은 우연 아닌 필연의 장치들이 단단해서 딱히 해프닝이라고만 할 수 없음에도 독자로서는 시종일관 웃음을 참지 못하게 된다. 어미를 버린 고약한 아들에 대해서도 고약하기보다는 그저 그럴만한 사정이 있었나보다 싶어지고 바지런해봤자 팔순 노파가 오죽하랴라는 저항도 느껴진다. 철딱서니 없는 안주인과 딸래미와 아들 모두의 행태가 웃음을 머금게 하기 때문이다. 그래서 작품상으로는 부모를 버리는 몹쓸 일이 전혀 심각하지 않게 넘어가고 아직 이 사회의 한구석에는 자식에게 버림을 받아도 익명의 가정에 가족으로 영입되는 다사로운 인정이 남아있나 보다, 라고 착각하게 한다. 그러나 이 얼마나 터무

니없는, 비현실적인 오도인가.

"그네의 아들이 그네를 이 집에 버리고 달아나 버렸다는 사실을 노파는 싫어도 인정할 수밖에 없는 현실이었다. 노인은 이제 몸으로라도 때우겠다는 듯이 집안일을 작정하고 나서서 했다. 그녀가 미루어 둔 설거지를 하고, 그녀가 없으면 그녀 대신 밥하고 냉장고를 뒤져 반찬도 만들었다. 딸아이까지 허물 벗듯 벗어놓은 옷가지들을 일일이 정리하고 날마다 깨끗이 청소해주는 노인을 싫어하지 않았다. 딸아이는 노인에게 로션도 사주고 노인이 예배당에 갈 때마다 연봇돈도 가끔 주는 것 같았다.

군에서 제대한 아들은 한술 더 떠 가관이었다. (중략…) 노인은 그렇게 이제 그녀의 식구가 되었다. (중략…) 그러나 그게 어디 간단한 문제이던가. (중략…) 그녀는 생각하면 할수록 노인을 붙이는 일은 결코 간단한 일이 아닌 것만 같았다.

생각 끝에 그녀는 노인의 거처가 될 시설을 알아보러 동회로 구청으로 서울시 복지과로 찾아다녔다. 파김치가 되어 돌아오면 식구들은 그녀가 너무 인정이 없다고 말하였다. (중략…) 그녀는 난감하다.

"아이고~! 아주무이가 멸치를 맛있는 걸로 참 잘 사싰네예."

오늘도 그녀는, 볕바른 거실 한쪽에 앉아 멸치를 일일이 다 듬고 앉아 있는 저 바지런한 노인을 어째야 좋을지 머리를 싸맨다."

주인공이 머리를 싸맨다고 작가는 서술하고 있으나 독자의 입가에는 웃음이 지워지지 않는다. 비정한 소재를 비정하지 않게 이끌고 있는 것이다.

유선희의 노인문제 소재는 읽고 있는 동안에는 그다지 마음이 무겁거나 어둡지 않다. 오히려 결말이 유쾌하게 받아들여지기도 한다. 그러나 책을 덮고 돌아서면 웃으며 읽은 그 이야기의 속내가, 이 사회의 본 모습이 가슴을 짓누른다. 사실 이러한 비현실적 결말은 인위적이건만 독자는 무책임하게 느끼지 않는다. 아마도 유선희의 소설이 허위나 가식, 위선을 발견하기 어려운, 유선희 특유의 투명한 솔직함과 올곧음으로 이루어지기 때문일 것이다.

관계와 인간의 유형

「어떤 인연」과 「때로는 좋은 이별」은 사람 사이의 유대관계를 조명하면서 인간 유형의 성격과 심리묘사에 비중을 두고 있는 점에서 궤를 같이 한다. 또한 극한 상황이나 절박한 소재가 아닌, 누구나 일상 속에서 흔히 겪을 수 있는 건강한 주제라는 점에서도 함께 분류 될 수 있겠다.

그중 「어떤 인연」은 아주 짧고 경쾌한, 조금은 뻔한 이야기다. 그러나 이렇게 미묘한 소재일수록 형상화하기는 쉽지 않아서 유선희 역시 등장인물들의 이중성이나 심리묘사에 어느 정도의 성과를 거두고 있을 뿐이다.

주인공이 서점에서 우연히 A선생을 보게 되고 서둘러 피하는 데 A선생은 그녀가 등단하기 전 장편과 몇 편의 단편을 필사했던, 좋은 작품을 쓰는 작가였다. 그의 소설을 필사하면서, 작가가 되어 이런 소설을 단 한편이라도 쓸 수 있다면 소원이 없겠다고 주인공은 생각했었다. 그의 소설을 읽으면 가슴이 먹먹했다. 휘영청 달 밝은 밤, 이승인 듯 저승인 듯 알 수 없는 곳에 홀로 세워진 듯한 서늘함과 원초적 고독함이 가슴을 저며 책으로 가슴을 누르고 한참 엎드려 있어야 할 정도였다. 그런데 등단 후, 자연스럽게 인사할 기회가 있었건만 영리한 j로 해서 틀어져 버렸다. 영리한 J를 유선희는 이렇게 묘사한다.

"그녀가 굳이 J 앞에 '영리한'이라는 형용사를 붙이는 이유는 J의 놀라운 처세 때문이다. 남이 차려놓은 밥상에 숟가락 하나 얹어 그 밥상이 오로지 저 혼자 차린 게 되게 만드는 능력, 돈을 내야하는 순간이 오면 절묘한 타이밍에 전화를 받거나 커다란 가방 안을 뒤져 뭔가를 바쁘게 찾는 능력이 뛰어난 여자였다.

J의 현란한 말에 이끌려 한참 따라가다 보면 어느새 일행들은 j의 체면치레 하는 일에 들러리를 서고 있었다. J가 안내한 레스토랑이나 커피숍은 식사대와 커피 값이 앗! 하게 비쌌다. 영문 모를 일행들은 따라간 죄로 십시일반 돈을 거둬 계산했다. J는 사람들을 이용해 본인이 차려야 할 인사를 그런 식으로 아무렇

지 않게 해치운다. 처처에서 조목조목 한순간 한 푼의 돈과 시간을 낭비하지 않고도, 해치우는 J의 능력은 아무도 따라갈 수 없는 능력이었다. 으이? 하고 깨달을 때는 이미 상황종료 후 집으로 돌아가 그날 하루를 조용히 되돌아 볼 때이다".

그러나 어느 자리에선가 그녀는 A선생과 마주치고 도망치듯하는 그녀를 향해 A선생은 차 한 잔 하자는 것이었다. 그녀가 놀란 것은 차를 마시자는 말보다 A선생이 그녀의 성을 정확하게 알고 있다는 사실이었다.

훤히 짐작되는 결말임에도 독자들은 지루하지 않게 읽는다. 어떤 인연치고는 너무 싱겁다고 느끼면서도 별 불만이 없다. 싱거운 내용으로도 독자에게 배반감을 주지 않는 것 또한 이 작가의 능력인 것이다.

「때로는 좋은 이별」은 적지 아니 골치 아픈 여인의, 상식에 어긋나는 집착을 그리고 있다. 1인칭 시점의 이 소설에는 도무지 알 수 없는 요령부득의 여성이 등장한다. 전직 교사이고 남편과 함께 일 땐 아무 문제가 없어 보였는데 혼자가 되면서 가당치 않은 관계의 〈나〉에게 전존재를 의존해 오면서 집착을 보이는 것이다. 그녀는 〈나〉의 친구도 아니고 그저 한동네서 40년 이상 얼굴 익히며 살아온 애매한 관계일 뿐이다. 그런데 바로 옆으로 이사를 와서는 온종일 〈나〉에게 의존하고 같이 살자 조르고 저는 아무 것도 안하면서 매사를 〈나〉만 바라보고 기댄다.

도입부는 이러하다.

"어떻게 된 것일까. 왜 내등 잘 지내던 사람이 싫어질까. 그
것도 일 이년도 아닌 30년 40년 잘 지내온 사람이 어느 순간 싫
어지는 것이다. 뭐지? 이게 뭐지? 나는 거실바닥에 앉아 무릎을
세우고 골똘히 생각에 잠겼다. 내려놓은 커피는 식은 지 오래
다."

내가 나쁜 인간인가? 별나서인가? 그런데 그녀는 친구가 〈나〉
인 조 여사 하나 뿐이라 하고 다른 친구가 왜 필요하냐고 한다.

어느 한계까지 견디며 인내한 〈나〉는 결국 핑계를 대어 극도
로 폐쇄적인 여인을 떠나 이사를 하고 마는데 일 년여 만에 만
난 여인은 예전의 그녀가 아니었다.

"과일을 깎아내며 그녀는 내게 미안했다고 말했다. 그때는
그걸 몰랐었다고 하였다. 내가 떠난 후, 그녀는 남편이 죽었을
때보다 더 견디기 힘든 시간을 보냈다. 나와 함께 다니던 길을
저녁마다 울면서울면서 걸었고, 굶어서 죽을 결심도 했었다고
했다. 그녀의 어이없는 고군분투의 과정을 들으며 나는 이제 그
녀를 잃지 않아도 되겠다는 생각을 하고 있었다."

유선희의 소설이 아니면 만날 수 없는 인물이었다. 생각해보
면 인간은 살면서 직접 겪는 체험보다 소설에서 만나고 경험하
는 간섭체험의 분량이 몇 배나 많을지도 모른다. 더욱이 소설은

음악이나 미술이 표현하기 어려운 정신이나 마음, 철학 등 무형의 것을 정밀하게 표현할 수 있지 않은가. 한 글자 한 글자의 문자언어로 일일이 묘사하고 서술해서 한 글자 한 글자가 지각신경을 거쳐 뇌세포에 뜻을 전달하고 그에 따라 두뇌가 이해력과 상상력을 동원해서 인식의 세계로 흡수하는 것이고 보면 소설이 인간에게 미치는 영향은 실로 상상 이상이 아니겠는가.

여자들의 아름다움 생명력

「파죽지세의 난亂」(1), (2)는 남자들에게 보여주기는 좀 아까운(?), 왜냐하면 남자들이 이해할 수 있으려나 싶은 여자들 끼리만의 은밀한 심리와 적나라한 삶을 다루고 있다. 여고동창으로 대변되는 어린 시절의 친구들이 함께 나이를 먹어가는 모습은 또 다른 은밀한 풍속을 만들기도 하고 갈등을 빚기도 한다. 성장기를 함께 보내고 함께 살아가면서 생겨나는 크고 작은 문제들은 결코 여고 동창사이가 아니면 문제가 될 턱이 없는, 사소할 정도가 아니라 아예 아무것도 아닌 일들이기 십상인 것이다. 이를테면 좋은 일은 여고동창이기에 수십 배의 기쁨이 되고 언짢은 일 역시 여고친구여서 몇 배로 확대되게 마련이다.

"'파죽지세'는 원래 저 40년 전, A읍의 달랑 하나 있는 여자고등학교의 글 동아리로 민주가 지은 이름이었다. 졸업하면서 글

벗들은 다 흩어지고, 그 후로는 민주를 비롯해 하나둘씩 서울로 상경하여 모이기 시작하자 '파죽지세'는 동창회 이름이 되었지만 원래의 '破竹之勢'의 뜻과는 아무 상관이 없었다.

파죽지세들이 하나둘 서울로 입성할 때마다 먼저 와있던 파죽지세는 환호성을 지르며 청량리역으로 달려 나가 얼싸안고 맞았다. 어린 나이에 허위단심 시작한 서울살이에도, 병이 났거나 출산할 때마저 파죽지세들은 돌아가며 병간호를 하고 산 구완을 하여 서울살이가 특별히 외롭거나 어렵지 않았다."

「파죽지세의 난亂」(1)과 (2)에 각각 나오는 대로 혈육 이상이었던 여고 친구들은 정말 별것 아닌 일로 서로에게 상처를 주고 또 받는다. 사는 형편이 다 다를 수밖에 없으므로 경제문제 교육문제 등의 원인이 친구들을 갈라지게도 한다. 그중 (1)은 갈등문제를 다루고 있다. 다툼의 원인은 물론 여고시절 계집애들의 말싸움에서 한 치도 안 벗어나는 사소한 것이었음에도 화해는 이루어지지 않는다. 아이들 때의 모습 그대로 오기, 질투, 심술, 욕설 등이 거침없이 오간다. 아마도 파죽지세의 인원은 점점 더 줄어들 것이다.

「파죽지세의 난亂」(2)는 이미 인원은 많이 줄었지만 동창모임은 건재하다. 유선희는 세월을 사채업자 같다고 표현하는데 아무튼 파죽지세들은 칠십이 된다.

"생각만 해도 싱그러운 여고시절의 파죽지세들이 50년의 세

월이 흐르자 일제히 일흔살이 되었다. 마흔 살까지만 살겠다고
야살을 떤 것이 엊그제 같은데 70년이라니. 이렇게 오래 살 줄
도 몰랐거니와 칠십이라는 숫자가 주는 어감이 엄청나서, 그들
은 흡사 어제까지 청춘이었다가 오늘 아침 갑자기 노인이 된 것
처럼 호들갑을 떨었다."

　그러나 이 여자들은 나이를 아무리 먹어도 여전히 여고생들
이다. 그들은 적어진 인원 그대로 칠순여행을 떠나기로 한다.
환갑여행도 별렀지만 실현되지 못했다. 그리고 여고 동창들끼
리 있는 한 여전히 여고생들이다. 자칫 이러한 소재는 당사자가
아니면 재미없기가 십상인데 한계는 있지만 어린 시절을 함께
보낸 친구 앞에서만 보일 수 있는 적나라한 여자의 본성과 아기
를 낳을 수 있는 여자의 강인한 생명력이지 싶은 요소들 때문에
재미는 유지된다.

　"그들은 마침내 오랜 숙원이던 칠순여행을 떠나게 되었다.
모인 계금도 이천만 원이 넘었다. 여행이 결정되자 파죽지세들
은 심기를 단단히 하고 저마다 홍삼을, 흑마늘을, 공진단을 먹
기 시작하였다.

　떠나기 전날, 동탄에 사는 여자1과 일산서 사는 여자2는 민
주네서 잤다. 이윽고 당일, 세 여자는 마악 동이 트기 시작한 새
벽에 캐리어를 끌고 지축을 울리며 골목을 내려왔다.

　리무진공항버스가 올림픽대로로 진입하자 저만큼 63빌딩이

뿌연 하늘에 반쯤 푹 꽂혀있다. 공항으로 가는 주변에는 밤꽃이 한창이다. 저 허여죽죽하게 늘어진 꽃도 꽃이라고 과연 새벽공기 속에 향기가 묻어있다.

조금 후, 여자1, 2, 3, 4, 5 그리고 민주. 파죽지세 완전체가 인천공항에 나타나자 그들은 어깨동무를 하고 폴짝폴짝 뛰었다. 다들 그리 홀가분하게 떠날 수 있는 형편이 아니었던 것이다. 여자3만 해도 낮까지도 멀쩡하던 남편이 저녁 잘 먹고선 갑자기 토하고 열 오르고 하여 꼬박 밤을 새우다가 새벽녘에야 진정 기미를 보이는 남편을 뉘어 놓고 나온 터였다.

어쨌거나 떠나게 되었다! 그러면 된 게 아닌가.

어제까지 아프고 결리던 허리 어깨가 거짓말처럼 말짱해졌거니와 내내 뿌우하던 머릿속이 맑게 흐르는 물에 두개골을 쪼개어 씻은 듯 선명해졌다고 입을 모았다."

이 유쾌하면서도 삶의 애환과 우정을 그리고 있는 소설은 한 명씩 줄어들다가 마침내 세 명이 남아 포도주잔을 기울이는 것으로 막을 내리고 있다.

고향의 훈훈함과 아픔, 그리고 소설가의 자존심

「고향무정」의 고향 가는 길은 이렇게 시작되고 있다.

"청량리에서 중앙선 열차를 타고 안동역에 내린 정혜는 비로소 고향으로 가는 감회가 구체적으로 다가왔다. 안동에서 다시 구담행 버스에 오르자 고향은 20년 전의 세월을 돌려놓은 듯 그 모습 그대로 한달음에 달려들었다. 경상도 북부지방의 억양과 안동에서만 들을 수 있는 '사돈, 나오셨니껴?'와 '장에 왔니더.' 등의 인사말은 매우 안동적이었다."

보이고 들리는 모든 것이 품고 있는 화자의 고향 안동이 처음부터 아무 거부감 없이 독자의 고향이 되어 이입되어 온다. 작가의 느긋한 시선에 실린 안정감이 고향의 가슴을 열어주고 고향이 품은 화자 정혜와 기수의 어린 시절을 꺼내어 보여준다.

초등학교 때 다니던 더 초라해진 교회와 수십 년의 먼지를 그대로 쓴 정미소와 사진관, 미장원 양복점이 빛바랜 사진처럼 다가든다. 그 고향의 중심은 어릴 때부터 어른 농부 몫을 해내던 진정한 농부 기수였다. 얼룩 하나 없이 밝고 환한 농부였다.

그러나 그 기수는 장가를 가지 못하고 고향은 퇴락해 간다.

아무 기교 없이 소박하고 덤덤하게 펼쳐 보이는 묘사 속에 고향이 간직한 것이 드러나기 시작하고 농사짓기를 좋아하고 농사에서 떠날 마음이 없기 때문에 결혼을 못하고 시골의 고택과 함께 황폐하게 망가져가는 기수의 가슴 아픈 삶이 우리의 망가져가는 고향에 다름 아님을 작가는 눈물을 삼키면서 덤덤히 그려 보인다. 그럼에도 이를테면 망가져가고 황폐화되어가는 고향임에도 불구하고 현대인들은 고향의 더 초라해지고 먼지 쌓인 퇴락함에도 마음 깊은 곳의 원초적인 그리움에 젖어들게 된다. 농촌을, 우리들의 고향을, 기수를 어찌해야 좋단 말인가. 훈훈하게 읽고 나서 통곡을 하고 싶어지는 가작이다.

「소설가가 사는 골목」은 조금 특별한 요소를 지닌다. 호기심을 자극하는 제목인데 의미는 사뭇 다르다. 아무도 모르는 소설가 혼자 그 골목에 자존심을 걸고 있다는 맹랑한 의미이기 때문이다.

"골목이 그녀 소유도 아닌데 그녀는 이 골목에다 청춘을 바쳤다고 해도 과언이 아니다. 그녀는 아침마다 골목 이쪽저쪽을 훤하게 쓸어놓고는 홀로 만족하였다.

'그랴~ 소설가가 사는 골목이 이 정도는 돼야지!'

허나 그걸 누가 알랴. 그녀가 소설가인 줄은 아무도 몰랐다."

어쨌거나 그 골목은 미상불 서울에서는 귀하다 아니할 수 없는, 골목안 사람들이 수십 년씩 살며 떠나보내기도 하고 맞이하기도 하는 주택가인 것이다.

"저 현란하게 피는 봄꽃들을 보며 그녀가 사는 골목에는 두 사람이 세상을 떠나기도 하였다. 그 사람들 역시 다 이십 년 삼십 년 이 골목을 걸어 다녔던 사람들이었다. 어쩌면 그녀를 비롯한 그런 사람들은 다 미련한 사람들일지도 모른다. 한자리서 십 년 이십 년 살다가 그 집을 헐고 새집을 지어 또 십 년 이십 년 살아간다."

골목길에 자존심을 거는 그녀는 아이가 있는 집을 일부러 골라 세를 들이기도 한다.

"봄꽃을 따라 그녀의 집 아래층에는 보석 같은 아기도 태어났다. 지난 초가을, 방을 보러 온 신혼부부 새댁이 배는 불룩하지 않았지만 임신 중이란 말을 듣고 그녀는 어떻게든 그들을 집에 들이려고 있는 선심을 다 베풀었다. 싱크대를 갈아 주마, 주방 욕실 가량도 갈아주마, 양변기와 세면기도 갈아주마…… 그리하여 그녀의 집으로 들어온 그 새댁이 아가를 낳은 것이다. 아들이었다.

이로써 그 여자네 집 아래층에는 아이 넷이 살게 되었다.

한 집에는 아이가 셋이다. 3년 전, 그 집 가장이 사업에 실패하여 그네 집 아래층으로 들어왔을 때 그녀는 아이가 셋이어서 기쁘게 들였다. 세 아이 때문에 집을 구하기 어려웠다는 애어미는 그녀가 구세주 같았다고 하였다."

골목 이야기는 무단투입으로 버려지는 쓰레기와의 전쟁이 골자인데 그녀의 소설 데뷔 이야기로 이어진다.

"그녀는 1990년 봄, 소설가로 데뷔했다. 하지만 등단하자마자 개점 휴업상태가 길게 이어져 오늘까지 가열차게 이어지고 있는 중이었다. 소설은 궁뎅이로 쓴다는 말이 있나본데 그녀의 궁뎅이는 좀처럼 의자를 좋아하지 않았다. 의자에 궁뎅이를 붙이고 있기엔 과도히 사람을 좋아하고 또 어디든 쏘다니기를 좋아하였다. 게다가 워낙 능력도 안 되는 데다 천성적으로 게을러 말하자면 치명적 결함의 소유자였다. 소설을 손으로 쓰지 않고 머리로만 삼십 년 가까이 써오다 보니 이젠 그녀조차도 자신이 소설가인지 아닌지 자주 헷갈리거니와 막상 누가 소설가라고 아는 척이라도 해주면 어디 쥐구멍으로라도 들어가고 싶을 뿐이었다.”

그녀는 소설쓰기보다 골목길 지키기에 열중하고 오래고 치열했던 투쟁 끝에 마침내는 뜻을 이루게 된다.

“이제 그녀가 사는 골목은 세상에 있는 어느 골목보다 깨끗하니 휘언하였다. 그녀는 대문을 닫고 들어오며 혼자 중얼거린다.

‘글치! 소설가가 사는 골목이 이 정도는 돼야지!’”

소설가의 자존심과 골목길의 청결상태가 무슨 상관인지는 아무도 모를 일이지만 이 건강하고 위트 있는 주제의 소설은 소설로서의 완성도보다 조금 다른 의미를 곁들인다. 서울에 드물게 남아있는 주택가의 오래된 한 골목에 대해 역사와 전통과 그 골목 사람들의 이야기를 집대성함으로서 사라져가는 서울 골목을 기록으로 남기고 있는 점이겠다.

유선희는 투명한 피부와 예쁜 얼굴, 낭랑한 목소리의 상큼한 웃음 속에 단단함을 감추고 있는데 작품도 그러하다. 나는 그의 초창기 작품 「미친 대추나무의 노래」를 읽으며 맵고 야무진 소설을 쓰겠구나 기대했는데 우습고 재미있고 여운이 남는 푸근한 소설을 읽게 해주어 고맙다.

작가의 말

이 책을 내면서 또다시 나는 왜 소설을 쓸까에 대한 질문에
사로잡혔다. 과거에도 수없이 물었었지만 한 번도 흔쾌한 답을
얻지 못했던 질문이다. 왜 쓸까? 답은 솔직히 아직도, '모르겠
다'이다. 먹고살기 위해 썼다고 말할 수 있으면 얼마나 좋으랴.
그렇게 분명한 명분이라면 설령 작품이 맘에 안 들더라도 좀 용
서가 될 것 같다.

혹여 이름 석 자를 세상에 알리고 싶어서도 아니다. 그저 이
험난한 세상에서 부모님이 지어주신 이름을 더럽히지나 말아야
한다는 생각이다. 소설을 써봐야 결과는 뻔하고, 자식들마저 소
설가인 어미를 대수롭지 않게 아는 터에 왜 소설 같은 걸 써서,
쓰면 쓰는 대로 못 쓰면 못 쓰는 대로 고생을 하는지.

그럼에도 나는 줄곧 소설을 써왔고, 소설을 쓰지 않는 날에도 온통 소설에 대한 생각만 하며 살아왔다. 네 권의 소설집을 내면서 나는 왜 쓰는지 모르는 채로 쓴 셈이다. 아마는 다섯 번 여섯 번째 소설집을 내게 되어도 나는 여전히 그럴 것 같아 무섭다.

생각해 보면 열심히 살아왔건만 소설에게는 미안함뿐이다. 자주 소설을 팽개치고 엉뚱한 곳에서 엉뚱한데 힘을 쏟다가 기어이는 돌아와 소설을 쓰곤 했기 때문이다. 엉뚱한 일에 몰두하면서도 느껴지던 그 허전함과 허무함 때문에 나는 결국은 다시 돌아와 책상 앞에 앉을 수밖에 없었던 것이다. 하지만 그렇게 써낸 소설은 늘 주제의 핵심에 도달하지 못하고 항상 20% 쯤 부족하였다. 세월가니 눈만 더욱 높아지고 소설은 갈수록 더 어려워졌거니와 지금도 여전히 어렵기 그지없다. 眼高手卑.

때로, 이제 결말을 볼 때임에도 소설이 이것밖에 안 되다니. 이제 와서 어쩌란 말이냐. 더는 아무것도 '시작할 수 없는 나이'라는 데 생각이 미치자 종당에는 내가 살아온 내 삶조차도 의심스러웠다. 갑자기, 공연히 소설을 쓰겠다고 한 첫걸음부터가 잘못된 것 같고, 그것에 허둥지둥 정신없이 휘둘리다가 결국 허접한 쓰레기가 돼 버린 게 내 인생인가 하여 몹시 당혹스러웠던 때도 있었다.

하지만 이제는 의심하지 않는다.

꽃이라고 어찌 꽃의 여왕이라는 장미만 있으랴. 종류마다 다르게 피고 진다. 아무도 봐주지 않는 풀꽃조차 제 힘껏 살아서 제 꽃을 피우지 않는가.

길고 무시무시한 폭염 끝에 찾아온 가을이었지만
나는 올가을 특별히 외로웠다.

9월에 벗 하나도 잃었다, 나이를 의식하면서의 벗의 존재감은 미처 상상하지 못한 무게여서 한쪽 팔이 떨어져 나간 듯 허전하였다. 실제 오른쪽 어깨도 아팠다. 상상을 초월하는 통증이었다. 의사는 회전근개파열이라고 하였다. 아파서 죽을 것 같으니 제발 어떻게 좀 해달라고 호소하는 내게 의사는 어깨가 아파서는 안 죽는다고 하였다. 의사라도 얼마마한 통증인지 가늠하지 못하는 것 같았다.

혹독한 통증이 기습할 때마다 죽은 벗을 생각했다. 어깨 한쪽이 아파도 이렇게 아픈데 그녀는 두 군데나 아팠으니 얼마나 아팠을까. 또, 이렇게 아파도 안 죽는데 그 친구는 얼마나 아프면 죽었을까.

저녁마다 뜰에 앉아 어깨에다 쑥뜸을 들였다. 연기를 피우며 하염없이 앉아 어두운 하늘을 바라보고 있으면 시선 끝에 벗의 얼굴이 떠올랐다. 내 고통에 벗의 죽음이 보태져 저절로 눈물이 났다. 아 삶은 무엇이고 또 죽음은 무엇인가. 삶에 대하여는 이제 나름 무슨 말이든 할 말이 있을 것 같은데, 그러나 죽음은 언제나 캄캄하다. 시간이 다가올수록 그 길을 어떻게 갈까, 하는 무시무시한 두려움이 분명해질 뿐이다.

책을 낼 때마다 어쩔 수 없이 갖는 죄책감은 이 책 때문에 희생된 아마존과 보르네오의 펄프들 때문이다. 그리고 독자들에게도 죄송하다.

이런 정도의 성적표를 내게 되어 정말 죄송합니다.

용서해 주세요.

2018년 가을에 유선희

소설가가 사는 골목

초판 1쇄인쇄 2018년 10월 29일
초판 1쇄발행 2018년 10월 31일

저   자 유선희
발행인 박지연
발행처 도서출판 도화
등   록 2013년 11월 19일 제2013-000124호
주   소 서울시 송파구 중대로34길 9-3
전   화 02) 3012-1030
팩   스 02) 3012-1031
전자우편 doHwa1030@daum.net
인   쇄 (주)현문

ISBN | 979-11-86644-68-3 *03810
정가 13,000원

도화道化, fool는

고정적인 질서에 대한 익살맞은 비판자,
고정화된 사고의 틀을 해체한다는 뜻입니다.